Frans Smit

Gustav Meyrink

Frans Smit

Gustav Meyrink

Auf der Suche
nach dem Übersinnlichen

Mit 15 Abbildungen

Langen Müller

Aus dem Niederländischen übertragen
von Konrad Dietzfelbinger

Umschlaggestaltung: Christel Aumann, München
Satz: Filmsatz Schröter GmbH, München
Gesetzt aus 10.5/13 ITC Garamond auf Linotron 202
Druck und Binden: Ebner Ulm
Printed in Germany
ISBN 3-7844-2162-8

Inhalt

Zeittafel

1868	19. Januar, Geburt Gustav Meyrinks in Wien im Hotel »Blauer Bock«. 5. März, Taufe in der evangelischen Mariahilf-Kirche in Wien.
1874–1880	Schüler am Wilhelmsgymnasium in München
1881–1883	Schüler am Johanneum in Hamburg
1883–1889	Ende der Gymnasialausbildung in Prag und Handelsakademie
1888	Gründung der Bank »Meyer und Morgenstern« in Prag Später läßt sich Meyrink als selbständiger Bankier der »einzigen Christlichen Bank« in Prag nieder
1891	Selbstmordversuch. Erstes Interesse für den Okkultismus Gründung der theosophischen Loge »Zum blauen Stern« in Prag
1892	1. März, Heirat mit Hedwig Aloysia Certl
1893–1896	Okkulte Studien und Experimente. Kontakte zu verschiedenen okkulten Orden
1896	21. August, Erste Bekanntschaft mit Philomena Bernt 4. September, heimliche Verlobung
1897	Erster literarischer Text: »Tiefseefische«

1901	Konflikte und Prozesse mit dem Prager Offizierskorps 29. Oktober, erste Veröffentlichung: »Der heiße Soldat« im Simplicissimus
1901–1909	Mitarbeit an der Zeitschrift Simplicissimus
1902	Prozeß gegen Meyrink. Gefängnisstrafe (18. Januar–3. März). Bankrott
1903	Erscheinen des ersten Erzählungsbandes: »Der heiße Soldat und andere Geschichten«
1904	Übersiedlung nach Wien. Chefredakteur der Zeitschrift »Der liebe Augustin«. Erzählungsband »Orchideen«
1905	1. Februar, Scheidung von seiner ersten Frau 8. Mai, zweite Heirat, mit Mena Bernt, in Dover
1905–1906	Aufenthalt in Montreux
1906	16. Juli, Geburt der Tochter Sibylle Felizitas
1907	Niederlassung in München Erscheinen des Erzählungsbandes »Das Wachsfigurenkabinett«. Beginn der Arbeit am »Golem«
1908	17. Januar, Geburt des Sohnes Harro Fortunat Reisen an den Gardasee, nach Prag, Berlin und in die Schweiz
1909–1914	Übersetzung von Werken Charles Dickens' Zusammenarbeit mit Roda Roda (4 Theaterstücke) Pläne für ein reisendes Marionettentheater

1911	Niederlassung in Starnberg
1913	Novellenband »Des deutschen Spießers Wunderhorn«
1915	Der erste Roman »Der Golem« erscheint in Buchform
1916	»Das grüne Gesicht« (Roman) »Fledermäuse« (Erzählungsband)
1917	»Walpurgisnacht« (Roman) Hetze gegen Meyrink. Offizielle Erlaubnis, den Namen Meyrink zu führen Ausgabe der Gesammelten Werke in sechs Bänden
1919	Meyrink lehnt es ab, in den Varnbülerschen Familienverband zurückzukehren
1921	»Der weiße Dominikaner« (Roman)
1923	»An der Grenze des Jenseits« (Essay)
1925	»Goldmachergeschichten« (Erzählungen)
1927	»Der Engel vom westlichen Fenster« (Roman)
1928	Meyrink muß sein Haus (»zur letzten Latern«) verkaufen. Bleibt in Starnberg wohnhaft
1932	Selbstmord Harros 4. Dezember, Tod Gustav Meyrinks 7. Dezember, Begräbnis auf dem Starnberger Friedhof

Einleitung

Gustav Meyrink lebte von 1868–1932. Bekannt wurde er als Verfasser kurzer satirischer Erzählungen und Romane sowie als Okkultist, der auf dem Gebiet der Esoterik forschte und zahlreiche Verbindungen mit den gegensätzlichsten spirituellen Strömungen unterhielt. Ursprünglich lebte er als Bankier in Prag, sah sich aber aus dieser Stadt nach einem Prozeß und kurzer Gefängnisstrafe vertrieben. Über Wien, Montreux und München kam er schließlich nach Starnberg bei München. Mittlerweile hatte er zu schreiben begonnen und wurde fester Mitarbeiter der satirischen Zeitschrift »Simplicissimus«. Großen Ruhm erwarb er sich mit dem Roman »Der Golem«, der im 1. Weltkrieg erschien. Es folgten vier weitere Romane, die allerdings weniger Erfolg hatten. Nach und nach zog er sich mit seiner Familie immer mehr nach Starnberg zurück und praktizierte jahrelang Meditations- und Yogaübungen, die er aber schließlich ganz aufgab. Kurze Zeit nach dem tragischen Unfall seines Sohnes starb er 1932.

Das ist in kurzen Zügen der Verlauf seines Lebens. Nach seinem Tod wurden seine Bücher von den Nationalsozialisten verboten und verbrannt. Meyrink geriet in Vergessenheit. Unmittelbar nach dem 2. Weltkrieg aber wuchs das Interesse für sein Werk und Leben wieder, seine Bücher wurden wieder entdeckt. Auch die biographische Forschung kam seit damals langsam in Gang. 1957 machte W. R. van Buskirk den Anfang mit einer Dissertation, die hauptsächlich das satirische Werk zum Gegenstand hatte.[1] Ein zweiter Anlauf bestand in einem Buch über Meyrink von Eduard Frank, ebenfalls aus dem Jahre 1957. Doch kann man diese Arbeit kaum als echte Biographie bezeichnen – das will sie auch nicht sein –, es ist eher eine literaturpsychologische Studie. Überdies ist das Buch inzwischen vergriffen.[2]

In der Folge leistete Manfred Lube in seiner Dissertation gründliche Spurensicherung in Bezug auf den Nachlaß Gustav Meyrinks und lieferte so einige wichtige Beiträge zur Biographie.[3] Die Arbeit selbst ist aber keine abgerundete Lebensbeschreibung. Ebensowenig gilt das für die Meyrink-Ausgabe der Edition l'Herne, die nur aus einer Sammlung verschiedener Artikel über Meyrink als Schriftsteller und Okkultist besteht. Neu darin ist ein umfangreicher Bildteil mit Fotos und Illustrationen.[4] Schließlich wurden die Untersuchungen neuerdings fortgesetzt durch eine Arbeit von Mohammad Qasim.[5] Trotz all dieser Bemühungen ist aber im allgemeinen wenig über Meyrinks Leben bekannt, vor allem über seine Jugend. Besonders über die Prager Periode sind die Berichte unvollständig oder widersprüchlich. Und Lücken dieser Art gibt es noch mehrere. Eine vollständige Biographie stand also bisher noch aus.

Es ist mir nicht geglückt, das Lebensbild Gustav Meyrinks ganz zufriedenstellend aufzuhellen. Dafür gibt es zwei Ursachen. Erstens besteht ein großer Teil der Zeugnisse und Berichte, die uns erhalten geblieben sind, aus Anekdoten, die im Hinblick auf ihre historische Echtheit nicht mehr zu überprüfen waren. Ich habe sie in dieser Biographie stets als solche charakterisiert, denn ohne diese Erzählungen wäre das Bild Gustav Meyrinks unvollständig. Anekdoten gehören nun einmal zu ihm. Ein zweiter wichtiger Punkt betrifft seine Korrespondenz, zumindest was davon übriggeblieben ist. Der Großteil der Briefe von seiner Hand betrifft alltägliche sachliche Angelegenheiten. Nach einer Äußerung seiner Frau hielt er es für unzulässig, private Post aufzubewahren. Es scheint so, daß er auf jedem Brief einen Vermerk machte, ob er aufgehoben werden sollte oder nicht. Zwei Arten von Briefen entgingen der Vernichtung: diejenigen, die sachliche Angelegenheiten betrafen und diejenigen, die ihn von allen möglichen okkulten Orden erreichten. Das führte dazu, daß immer ein geheimnisvolles Dunkel seine Gestalt umhüllte. Treffend wird dies ausgedrückt durch die Worte Emil Bocks: »Meyrink weiß viel, er weiß auch mehr als er sagt.« Überdies war er eine umstrittene Figur mit ebensovielen Freunden wie Feinden, woraus sich erklärt, warum soviel Widersprüche im biographischen Material auftreten. Gegen Ende seines Lebens kam noch hinzu, daß er Annäherungsversuche, vor allem von Bewunderern, sehr erschwerte. Anläßlich dieser Tatsache vermerkt Qasim:

> »Meyrink scheint allerdings allzugut von diesem Interesse oder vielmehr der Neugier des Lesers für das Biographische gewußt zu haben. Er hat sehr wenig hinterlassen, was eine solche Neugier befriedigen kann, oder woraus sich eine Biographie rekonstruieren ließe.«[6]

Von diesem Stand der Dinge bin ich auch bei dieser Biographie ausgegangen. Meine Absicht war es nicht, Gustav Meyrink, sagen wir einmal: akademisch auseinanderzunehmen oder das Unterste seines Lebens nach oben zu

kehren. Selbstverständlich nimmt für mich die exakte Präsentation der Tatsachen den ersten Rang ein. In zweiter Linie habe ich an einigen Stellen das Gewirr widersprüchlicher Berichte wiedergegeben, sofern ich solche fand. Mein Ziel war es, Meyrink eine größere Bekanntheit zu verschaffen, als es gegenwärtig der Fall ist. Dabei wollte ich nicht so sehr den Schriftsteller Meyrink in den Vordergrund stellen, es ging mir vielmehr darum, die geistige Gestalt, die er selbst »den Vermummten« nannte, hinter oder in ihm aufleuchten zu lassen, also darum, durch die biographischen Tatsachen und das literarische Werk hindurch das Bild dieses »Vermummten« sprechen zu lassen und Meyrink auf seinem spirituellen Enwicklungsgang zu folgen: seine Suche nach dieser übersinnlichen Gestalt und sein bewußtseinsmäßiges Hineingleiten in sie darzustellen.
Meyrink wird wieder aktuell. Das Interesse für seine Bücher nimmt zu: vor wenigen Jahren brachte der Langen Müller Verlag eine Kassette mit seinen Romanen heraus.[7] Sein Leben, von dem gesagt wurde, daß »es selbst ein großartiger, vom Schicksal geschriebener Roman war – der größte, den er hervorgebracht hat« –, dieses Leben gewinnt an Aktualität, jetzt, da die Suche nach dem Übersinnlichen immer mehr zunimmt. Jedenfalls war Gustav Meyrink eine Art Prototyp des Suchers, ein Pionier auf Gebieten, die in unserer Zeit eine so bedeutende Rolle spielen. Auf diesen Gebieten hinterließ er aber kein dogmatisches System, sondern ein Vorbild. Den Beweis dafür möchte ich mit diesem Buch liefern.

1.
Prag, die Stadt mit dem heimlichen Herzschlag (1868–1900)

Gustav Meyrink wurde am 19. Januar 1868 um halb zwei Uhr nachmittags in Wien im Hotel »Blauer Bock« geboren. Kurze Zeit später wurde er in einer evangelischen Kirche getauft und erhielt den Namen Gustav Meyer. Den Familiennamen bekam er von seiner Mutter, Maria Wilhelmine Adelaide Meyer, die bei der Geburt ihres Sohnes nach zwei verschiedenen Quellen fünfundzwanzig bzw. siebenundzwanzig Jahre alt war.[1] Sicher ist, daß der Vater von Gustav Meyer beträchtlich älter war, neunund-

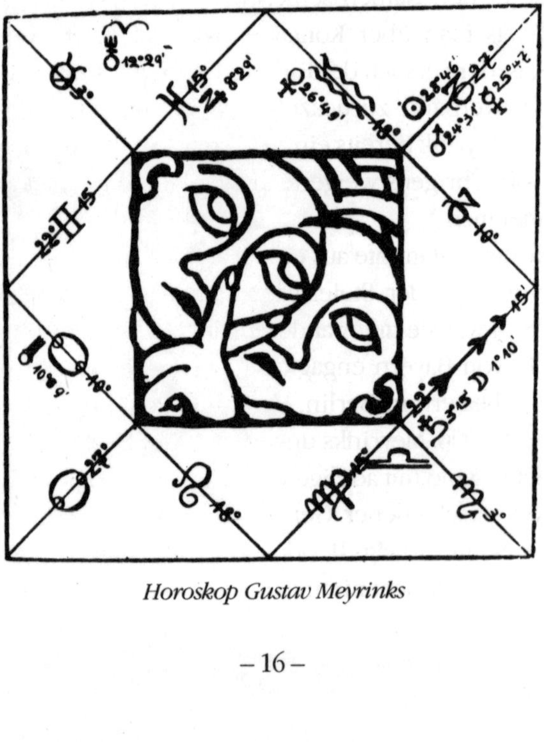

Horoskop Gustav Meyrinks

fünfzig Jahre, um genau zu sein, und daß er nicht mit Maria Meyer verheiratet war. Sein voller Name lautete Baron Friedrich Karl Gottlieb Freiherr Varnbüler von und zu Hemmingen. Er war aus altem adligen Geschlecht. Seine hohe Position als württembergischer Minister und seine Stellung als Familienoberhaupt hinderten ihn nicht daran, mit einer Schauspielerin ein Kind zu zeugen. Da dieses Ereignis gerade auf dem Höhepunkt seiner politischen Karriere eintrat, mag man annehmen, daß er dieses Kind zunächst nicht offiziell anerkannte. Es ist jedoch sicher, daß der sehr vermögende Mann die Ausbildung Gustavs finanziert hat.[2] Dabei blieb es aber auch, Unterhalt und Erziehung lasteten vollständig auf den Schultern der Mutter.

Meyrink gelang es lange Zeit, das Geheimnis seiner Herkunft zu wahren. Erst im Laufe des Prozesses im Jahre 1902 mußte er den Namen seines Vaters preisgeben. Das einzige, was man über Kontakte zwischen Vater und Sohn weiß, ist der Versuch der Familie Varnbüler, Meyrink in den Familienverband zurückzuholen. Das geschah 1919, als Gustav Meyrink bereits ein berühmter Schriftsteller geworden war. Übrigens weigerte er sich, den Namen Varnbüler anzunehmen.[3]

Maria Meyer stammte aus einer Familie, die früher Meyrink hieß und aus der Steiermark kam. Als bekannte Schauspielerin war sie unter anderem am Hoftheater König Ludwigs II. von Bayern engagiert gewesen. Außerdem wirkte sie an Theatern in Berlin, Hamburg, Prag und Petersburg. Sie starb 1906. Meyrinks ungewöhnliche Herkunft (ein uneheliches Kind mit adeligem und künstlerischem Blut) war Quelle verschiedener Gerüchte. So wurde behauptet, er sei ein Sohn Ludwigs II. oder habe sich dafür ausgegeben. Ein anderer Bericht nimmt als seinen Vater einen holländischen Attaché in Wien an, »dessen Name im Laufe der Zeit verlorengegangen ist«.[4]

Wie in der Einleitung schon angedeutet, ist so gut wie nichts bekannt über die Jugend Gustav Meyrinks. Nur folgende Tatsachen stehen fest: von 1874–1880 besuchte er Schulen in München, zuletzt das Wilhelms-Gymnasium. Danach, von 1881–1883, durchlief er eine Schule in Hamburg, das Johanneum. Zwischen 1883 und 1885 absolvierte er das Gymnasium in Prag und (bis 1888) die dortige Handelsakademie. Es steht auch fest, daß er ein sehr intelligenter und eifriger Schüler war, das ergibt sich aus den Zeugnisnoten der Hamburger Schule, die ihm in allen Fächern gute Fortschritte bescheinigte und bestätigte, er sei niemals zu spät gekommen.[5] Nach Schmid-Noerr erzielte er die besten Noten, die dort vergeben werden konnten.[6]

Ein umstrittenes Thema, das ich kurz streifen will, ist die Beziehung zu seiner Mutter. Sicher war es in dieser Zeit ein schwieriges Los für ein Kind, mit unehelicher Abkunft durch das Leben gehen zu müssen, ohne Vater, Bruder oder Schwester. »Diese Jugend war freudlos, wie damals bei illegitimer Herkunft nicht anders zu erwarten«,[7] schreibt Plöhn. Nach Frank hat Meyrink schwer unter seiner Abkunft gelitten.[8] Die spärlichen Mitteilungen, die es über seine Jugend gibt, weisen alle in Richtung auf ein zu kurz gekommenes Einzelkind ohne Vater, dessen stärkste und erste Triebfeder der Drang nach Selbständigkeit war.

Die Beziehung zwischen diesem Kind und seiner Mutter ist ein dankbares Objekt für Psychoanalytiker gewesen. Ihrer Auffassung nach soll Meyrink später von tiefem Haß gegen seine Mutter erfüllt gewesen sein. Diesen Haß, so behauptet man, habe er sich in der Novelle »Meister Leonhard«

von der Seele geschrieben. Daraus zitiert man hartnäckig eine Passage, in der Meister Leonhard in einem Anfall von Wut seine Mutter auf bestialische Weise umbringt.[9] Roda Roda, mit dem Meyrink einige Theaterstücke schrieb, äußerte einmal, Meyrink habe seine Mutter gehaßt, und nach Max Pulver sprach er niemals über seine Mutter.[10]

Es ist nicht meine Absicht, in diesem Buch diesen Aussagen nachzugehen und sie zu bewerten. Ich bin zwar der Meinung, daß es Meyrink in seiner Jugend gewiß nicht leicht hatte, aber ob er seine Mutter haßte? Er wird sie selten gesehen haben, da sie regelmäßig auf Tournee war, was aber nicht heißen muß, daß er ihr gleichgültig war, wie auch behauptet worden ist. Im Nachlaß hat sich ein Brief von Maria Meyer an ihren Sohn erhalten. Aus ihm spricht ein eher freundlicher Ton.[11] Meyrink behielt den Namen seiner Mutter bei – und ging auf die Bitte seines Vaters, den Namen Varnbüler anzunehmen, nicht ein.

Es ist also, wie schon gesagt, sehr wenig über die Jugend Gustav Meyrinks bekannt. Eine Äußerung wie die von Hablitz, die ihm einen frühen Minderwertigkeitskomplex, gepaart mit starkem Selbstbewußtsein, zuschreibt, kommt der Wahrheit vielleicht noch am nächsten.[12] Meyrink war eine unglaublich starke Persönlichkeit. Seine Isolierung als Kind und Heranwachsender hat sicher prägend in Richtung auf frühe Selbständigkeit gewirkt. Später entwickelte er sich, nach seiner Ankunft in Prag, zu einem Mann, der sich auf jede mögliche Weise gegen alles und jeden abzusetzen versuchte. Viele Jahre später äußerte sich Meyrink einmal seinen Kindern gegenüber, all das Gebüffle auf der Schule und die Jagd nach guten Noten sei zu nichts nütze. Zum Beweis für den Unsinn eines solchen Verhaltens führte er seine eigene Schulzeit an: waren seine Leistungen nicht immer ungenügend gewesen und war nicht doch etwas aus ihm geworden?[13] Meiner Ansicht nach konnte er wirklich nichts Besseres tun, als so schnell wie möglich Schule und Ausbildung hinter sich zu bringen, um danach sofort einen selbständigen Beruf zu ergreifen. Seine sehr beträchtliche Intelligenz half ihm dabei. Später, so scheint es, konnte er nur mit leisem Spott auf die Schulzeit zurückblicken.

1893 führte ihn das Schicksal in die Stadt, die einen ungeheuren Einfluß auf ihn haben sollte: Prag. In Prag fand Meyrink seinen ersten Beruf. In Prag heiratete er und traf er später auch seine zweite Frau. In Prag setzte ihn »der Vermummte« auf die Spur der verborgenen Seiten des Lebens. In Prag schlug das Schicksal eiskalt und unbarmherzig zu. Und es war die Stadt Prag, die ihn, den reichen, jungen Weltmann zunächst mit offenen Armen empfing und dann wieder ausspie. Prag machte aus Meyer Meyrink.
Vorausgeschickt muß werden, daß ich als Biograph zahlreiche merkwürdige Geschichten über Meyrink in Prag habe ausgraben können, Geschichten, die achtzig oder neunzig Jahre alt sind und bei denen niemand noch ernsthaft fragt, wieviel daran wahr ist. Manchmal bestätigen sie sich gegenseitig, manchmal widersprechen sie einander. Ich gebe sie in diesem Buch immer so wieder, wie ich sie aufgefunden habe.
Zum ersten – und damit beginnt es schon – gibt es zwei Versionen in Bezug auf einzelne Daten aus dieser Zeit. So wird das Datum der ersten Heirat von Lube auf den 1. März 1893 verlegt, während Frank es genau ein Jahr früher ansetzt.[14] Auch über das allererste Lebensereignis aus der Prager Zeit laufen die Meinungen auseinander, so daß wir nicht genau wissen, ob Meyrink sich 1888 oder 1889 als

Bankier etablierte. Beinahe hundert Jahre später macht sicher ein Jahr Unterschied kaum etwas aus – ich will damit nur sagen, daß, wenn schon über die Daten Unsicherheit herrscht, erst recht die weniger konkreten Ereignisse nur cum grano salis genommen werden können.

Unklar ist auch, ob Meyrink sich von einer Bank anstellen ließ oder ob er selbst ein Unternehmen gegründet hat. Nach Lube wurde er Mitgesellschafter der Bank Meyer & Morgenstern und machte sich später selbständig als Bankier »der einzigen Christlichen Bank in Prag«.[15] Sein Kompagnon war ein Neffe des Dichters Christian Morgenstern. Wie die beiden später wieder auseinandergingen, konnte nicht mehr eruiert werden. Gegen Gerüchte, sein Kompagnon habe Meyrink betrogen, wurden später gewichtige Gegenargumente ins Feld geführt.[16] Wann Meyrink sich als selbständiger Bankier am Wenzelsplatz niedergelassen hat, ist unbekannt.

Über die Qualitäten Meyrinks als Bankier gehen die Meinungen auseinander. Daß er diesen Beruf dreizehn Jahre lang ausgeübt hat, besagt schon für sich etwas. Aber was soll man davon halten, wenn Roda Roda schreibt, Gustav Meyrink sei in Geldangelegenheiten von grenzenloser Naivität gewesen![17] Die Äußerung, sein Geldbeutel sei undicht gewesen, paßt gut hierzu.[18] Wie auch immer, wahrscheinlich war es ihm dank einer Erbschaft, einem beträchtlichen Vermögen, das ihm von seinem Vater vermacht wurde, möglich gewesen, seine Bank zu gründen. Viktor Schweizer erwähnt so etwas in einem Zeitungsartikel mit der Überschrift »Der Bürgerschreck von Prag«.[19] Ob er nun sein Vermögen geerbt oder aufgrund guter Bankgeschäfte erworben hat, auf jeden Fall stellte er es nicht unter den Scheffel.

»Er kaufte sich grelle Krawatten, ausgefallene Anzüge, das hypermodernste Schuhwerk, das im Prag der neunziger Jahre erhältlich war. Er schaffte sich überzüchtete Hunde, einen ganzen Zwinger voll weißer Mäuse, ein ganzes Schock absonderlicher exotischer Haustiere an.« [19]

Er ging sehr elegant und vornehm gekleidet als soignierter Bohemien. Seine Wohnung war randvoll mit wertvollen Möbeln und enthielt zahlreiche Bizarrerien. Paul Leppin, ein Prager Schriftsteller, mit dem er befreundet war, schreibt:

»Überhaupt sah es bei ihm recht phantastisch aus. Er hatte ein Terrarium mit zwei afrikanischen Mäusen, die er nach Maeterlinck-Figuren benannte, einen wirklichen Beichtstuhl, den er, Gott weiß wo, aufgegabelt hatte, Bilder der Blavatzky, die Plastik eines Geistes, der in der Wand verschwindet u.v.a., was in eine Privatwohnung eines Bankiers nicht hineingehört. Bezeichnend ist schon die Wahl seiner Wohnung; er wohnte zuletzt in der Nähe der Nusler Stiege in einem richtigen Turmzimmer.« [20]

Max Brod, der Meyrink in Prag kennenlernte, erinnert sich:

»Ich durfte ihn besuchen, in seiner Bibliothek blättern. Er war der liebenswürdigste Gastgeber, war hilfsbereiter und freundlicher als die anderen Prager Dichter, die soviel von Hilfsbereitschaft und Freundlichkeit sprachen, ohne sie zu üben. (...) die Wohnung war immer noch mit seltsamem kostbarem Mobiliar vollgestopft. Eine Standuhr aus Porzellan fiel mir auf, das Zifferblatt war eine Trommel, eine teuflische Gestalt hielt sie zwischen den gespreizten Beinen eingeklemmt und hob unter wütendem Grimassieren mit ungeheurer Kraft den Arm hoch empor, um auf die Trommel loszuschlagen. Man konnte nicht hinsehen, ohne jeden Augenblick den Knall zerkrachenden Porzellans im Ohr zu empfinden.«[21]

Meyrink selbst setzte in seinem Artikel »Meine einzige politische Chance, Erinnerungen eines Wüstengreises«, noch einen Trumpf darauf. Danach stand mitten in seinem Zimmer

»ein hohler Baum mit einer schwarzen ausgestopften Katze darauf. Ein Richtschwert baumelte herab. An der andern Wand waren Hinterhaupt, Ellenbogen, Unterschenkel und Füße eines gewissermaßen in die Mauer hinein verschwindenden oder springenden Mannes aus grünem Gips sichtbar. Der Ofen war umkleidet mit einem antiken, umgekehrten Kirchenkanzelaufsatz und schwarzen Stuckwänden mit fratzenhaften Gespenstergesichtern. Kurz: erlesenster Geschmack.«[22]

Meyrink schlug wie ein Meteor in die Stadt ein. In kürzester Zeit erwarb er sich den Ruf des großen Bürgerschrecks. Kleidung, Schmuck und Auftreten ließen ihn als den größten Snob erscheinen, den dekadentesten Stutzer, der in Prag herumlief. Hinzu kamen seine extravaganten Hobbys, sein Ruf als gefürchteter Duellant und sein turbulentes Nachtleben. Hinter diesem allem steckte die bewußte Absicht, »alle ehrbaren, allzu ehrbaren Leute dieser Stadt gegen sich aufzuregen, zu verblüffen, zu provozieren« – was ihm auch außerordentlich gut gelang. Schweizer:

> »Die Pose, die Oberfläche, genügte ihm. Er berauschte sich an seinem eigenen schlechten Ruf. Es amüsierte ihn, praktisch auszuprobieren, wie weit er die Prager Bürger in ihren heiligsten Gefühlen kränken könnte.« [19]

Übertrieben? Vielleicht. Doch war so etwas einer starken Persönlichkeit durchaus zuzutrauen, die ganz offensicht-

Meyrink in Prag

lich das eine oder andere zu kompensieren hatte. Aus »Meine einzige politische Chance«:

> »Wer geistig (Pardon!) emporkommen will, der muß gehaßt werden; das schien der Wüstenhund irgendwie unbewußt erfaßt zu haben, denn er ließ das erhabene Ziel, Feinde zu werben, keine Minute der 38 Stunden, die für ihn den Tag ausfüllten, aus dem veilchenblauen Auge.«[22]

Wenn er auch das Bürgertum verspottete – épater le bourgeois –, so war ihm Selbstironie doch nicht fremd, jedenfalls später.
Als magnetische Persönlichkeit zog er einen festen Kreis von Freunden und gleichgearteten Snobs an sich, von denen er der brillante Mittelpunkt war. »Der magische Bankier«, so Leppin, »war inzwischen alles andere als ein Einsiedler...

> Das Prager Nachtleben kannte ihn als ständigen Besucher mit seiner Suite (...). Schauspieler und Dichter, Bankiers und Menschen aller Berufe gehörten zu der Gesellschaft. Denn Meyrinks glänzende Erzählkunst zog stets eine große Schar Zuhörer an.«[20]

Hier wird zum ersten Mal auf eines der wichtigsten Talente Bezug genommen, das jeder charismatischen Persönlichkeit eigen ist: die Kunst des Erzählens. Meyrink verstand durch seine plastische Art zu erzählen selbst die größten Skeptiker zu überzeugen. Diese Fähigkeit lag seinem literarischen Talent zugrunde, das sich später entfalten sollte: Meyrinks Stil ist immer durch direkt zupackende Sprache ausgezeichnet, verwandt dem gesprochenen Wort. Auch in den Kreisen, in denen er später verkehrte, in Wien und München, fanden sich Menschen, die diese Gabe des Wortes bewunderten.

Zu denjenigen, die ihn aus nächster Nähe erlebten, gehörten namentlich Paul Leppin und Max Brod. Paul Leppin war ebenfalls Schriftsteller, hatte aber noch kaum Erfolg gehabt. Er ist dann auch eine so gut wie unbekannte Gestalt geblieben. Leppin schrieb unter anderem die Romane »Daniel Jesus« und »Severins Gang in die Finsternis«, in welchem Buch er Meyrink in der Figur des Nikolaus literarisch verewigt hat.[23] Eine kurze Passage aus diesem Buch, die sich auf eine bestimmte Episode in Meyrinks Leben bezieht, wird im zweiten Kapitel zitiert werden.

Max Brod hat in seinem autobiographischen Buch »Streitbares Leben« einige Seiten seinen Erinnerungen an Gustav Meyrink gewidmet. Daraus geht hervor, daß Max Brod, der einige Jahre jünger war als Meyrink, mit ehrlicher Bewunderung zu ihm aufsah. In der Periode, als seine ersten Erzählungen erschienen, wurde Brod stark von ihm beeinflußt. Seine Zeugnisse gehören zu den interessantesten, die ich über Meyrinks Prager Zeit gefunden habe.[24]

Nach Brod sah Meyrink aus wie ein pensionierter Offizier. Jeden Sonntag konnte man ihm auf dem Markt am »Graben«, der Hauptstraße Prags, begegnen. Meyrink war stets allein, ein Bein schleifte er etwas nach.

> »Sein Gesichtsausdruck war hochmütig, verschlossen. Die großen blauen Augen leuchteten zuweilen höhnisch auf. Dabei bewegte er sich streng immer auf dem äußersten Steinrand des Trottoirs, als müsse er ständig das ganze Rudel der Spaziergänger überblicken, dürfe kei-

nen aus dem Auge lassen. Dann aber schien Müdigkeit ihn zu überfallen, er ging nun weiter, ohne auf irgend etwas achtzuhaben; er blickte gar nicht auf. – Mit ehrfürchtigem Schauder beobachtete ich ihn aus der Ferne.«

Eine Äußerung, die sicher bezeichnend ist, ist Brods Bemerkung, daß die Menschen sehr verschieden auf Meyrink reagierten. Einige wollten rein nichts mit ihm zu tun haben, andere vertrauten ihm ihre tiefsten Geheimnisse an.
Wenn Brod Meyrink auf der einen Seite als einen buchstäblich abseitigen, einsamen Menschen schildert, so kommt in den Schilderungen seines gesellschaftlichen Lebens eine ganz andere Figur zum Vorschein. Man konnte Meyrink in Prag häufig im Café Continental antreffen, wo ein Stamm-

Ein Bild aus dem Jahre 1895. Von links: J. Bernt (der Schwager Meyrinks), Gustav Meyer, H. Schrötter, A. Kurssa, R. Nitsch

tisch für ihn und seine Kumpane im Schachsalon reserviert war. Man unterhielt sich in gedämpftem Ton, wie Meyrink selbst zu sprechen pflegte, der kaum zu verstehen war.

»Gesprächsthemen an Meyrinks Tisch waren: erstens dunkle Anspielungen auf gesellschaftliche Ereignisse, die ich nicht verstand und die irgendwie mit Meyrinks doch noch nicht ganz verschmerztem Unrechtleiden zusammenhingen (...). Überhaupt war er in diesem Kreis ganz anders, als ich mir ihn nach seinem eisernen einsamen Einherschreiten auf dem Graben vorgestellt hatte. In seinen glänzenden blauen Augen, die groß und erstaunt blickten, tauchte zuweilen etwas Treuherziges, Warmes auf.«[24]

Dabei hielt Max Brod, der staunende Bewunderer, stets einen gewissen Abstand. Niemals war er wirklich in den Kreis um Meyrink einbezogen. Brod empfand alles, was Bezug auf Meyrink hatte, als magisch: das Glas Wasser, das man ihm im Café brachte, das Löffelchen in der Kaffeetasse, usw. All dies machte den größten Eindruck auf ihn. Seine ersten literarischen Versuche schrieb er völlig in Meyrinks Stil, wie er später offen zugab.
Mehr aus der Nähe, als Freund, erlebte Paul Leppin Meyrink. In der kleinen Clique, in der er verkehrte, wurde Haschisch, das aus Meyrinks Privatschatulle stammte, geraucht. Auch hatte Leppin, zusammen mit Meyrink und anderen, einigen spiritistischen Sitzungen beigewohnt – weiter unten in diesem Kapitel komme ich noch darauf. Aus den »Erinnerungen an Gustav Meyrinks Prager Zeit«:

»Beim Fußball, beim Pferderennen, beim Schachbrett und bei der Regatta war Bankier Meyer ein häufiger, gerne gelittener Kunde. Seine diskrete Manier, seine Weltläufigkeit hatten etwas an sich, das irgendwie in einem undeutlichen Zusammenhange an Exotisches erinnerte, die Geselligkeit belebte, Trägheit wachrüttelte, aufreizend in die Augen stach. Die Gesellschaft, die er bevorzugte, war vielgestaltig wie das Temperament, mit dem er sich überall einfühlte. Er saß mit Ärzten und Künstlern in der Kaffeehausecke, riß Börsenwitze mit Agenten und Maklern, ging in Begleitung der goldenen Jugend abends Vergnügungen nach, die eine schofle Industrie in den Nachtlokalen servierte. Immer elegant, schlagfertig und freigebig, wurde er mit Respekt zu den oberen zweihundert gezählt. Die okkulten Studien, die er betrieb, brachten einen Hautgout in die Beziehungen, die man zu ihm pflegte. Seine Glatze und seine Trinkgelder verschafften ihm den Ruf eines Wüstlings.«[25]

Dieser »junge Wüstenhund«, wie er sich selbst nannte, war ein leidenschaftlicher Sportsmann und Spieler. Vor allem ein großer Ruderer. Er scheint einmal überraschend eine Meisterschaft in Frankfurt gewonnen zu haben. Eine Zeitlang pokerte er auch, wobei beträchtliche Summen Geldes eingesetzt wurden. Sogar die Lähmung der Beine, an der er litt, wird von manchen Beobachtern sportlichen Exzessen zugeschrieben. Das Gerücht machte die Runde, sein Leiden habe er sich durch Autofahren zugezogen, was damals noch ein (exklusiver) Sport war.[26]

Alle diese Berichte haben natürlich nur anekdotischen Wert. Man kann sich recht gut vorstellen, daß Meyrink als einer der ersten Autobesitzer in Prag mit seinem lärmenden Vehikel den braven Bürgern heftigen Schreck einge-

jagt hat. Übrigens paßt auch diese Extravaganz ins Bild des aus dem Rahmen fallenden Bankiers. Darüber hinaus sind andere Beispiele für Meyrinks Verhältnis zu technischen Neuerungen bekannt.
Meyrink muß, wie Max Brod vermerkt, einige Ähnlichkeit mit Johannes Brahms gehabt haben, von dem man erzählt, er habe abends nicht eher sein Café verlassen, als bevor er sich bei all denjenigen entschuldigt hatte, die er an diesem Abend nicht beleidigt hatte. Mit seinem Verhalten legte er es deutlich auf Konfrontation an. Inwieweit er das willentlich und bewußt tat, bleibt eine offene Frage. Wahrscheinlich waren die Triebfedern, die in ihm seit seiner Jugend angelegt waren, weit stärker als jede nüchterne Besonnenheit. Ich habe einige Proben seines Benehmens gegeben, die schließlich dazu führten, daß die Bürger hart zurückschlugen. Diese Reaktion muß im Licht der sozialen Verhältnisse der damaligen Zeit gesehen werden – wir Späteren freilich fragen uns, warum man soviel Aufhebens wegen dieser Dinge machte.

Ein wesentlicher Aspekt wurde noch nicht genannt, eine Seite des Lebens des Bankiers Meyer, zu der er sich ebenfalls mit Leidenschaft hingezogen fühlte: Der Okkultismus. Es ist vor allem dieser Hang zur unbekannten Hälfte der Welt, der ihm einen so schlechten Leumund eintrug und ihn so verdächtig machte. Die Art und Weise, in der Gustav Meyrink in Berührung mit dem Okkultismus kam, trägt die Signatur einer außerordentlichen Schicksalswendung, ja ich möchte sagen, eines Schicksalseingriffs. Bevor ich diesen spannenden Sachverhalt wiedergebe, möchte ich mit einigen Auszügen aus zwei seiner Essays über die Stadt Prag versuchen, anzudeuten, daß es kein Zufall gewesen sein kann, daß Meyrink gerade in Prag an die entscheidende Schwelle kam und die ersten Schritte darüber hin – zur anderen Seite – setzte.

»In uralter Zeit, lange vor der Regentschaft Königin Libuschas, die um das Jahr 700 Prag gegründet haben soll, sind sieben Mönche aus dem Innersten Asiens, dem Herzen der Welt, gewandert gekommen und haben – wie sie auch sonst noch an anderen Orten der Erde zu geheimnisvollem Zweck gepflogen – auf einem Felsen auf der linken Seite der Moldau, dort, wo jetzt der Hradschin, die Burg Prags, aufragt, ein Reis gepflanzt – so geht die Sage in Böhmen. Es heißt im Volksmund, das Reis sei ein Zwergwacholder gewesen, jener in phantastischen Formen waagrecht hinwachsende Strauch, der aussieht, als fege ein für unsere Sinne nicht fühlbarer Sturmwind beständig darüber hin: das mag wohl auch der Grund sein, weshalb man in vergangenen Zeiten behauptete, dort, wo solche Pflanzen gediehen, bräche in Intervallen der Orkan großer Kriege aus der Erde.
Seltsam ist, daß, wie ich viel später erfuhr, die Sage von den sieben wandernden Mönchen sich auch an die indische Stadt Allahabad knüpft. Allahabad trägt noch einen zweiten Namen: Prag! und heißt wie Praha (die tschechische Benennung für Prag) auf deutsch also: die Schwelle. –
Ich kenne keine Stadt«, so fährt Meyrink in diesem Essay fort, »die wie Prag einen so oft und in so merkwürdig zauberhafter Art lockt, die Orte ihrer Vergangenheit aufzusuchen. Es ist, als riefen die Toten uns Lebende, um uns zuzuraunen, daß Prag nicht umsonst den Namen ›die Schwelle‹ führt – daß es in Wirklichkeit eine Schwelle

zwischen Diesseits und Jenseits ist, eine Schwelle, viel schmäler als an anderen Orten.«[27]

Danach war also Meyrink einer alten asiatischen Bruderschaft auf die Spur gekommen, einem Orden »Sat Bhai«, von dem einst sieben Brüder im Westen Niederlassungen gegründet hatten, die alle »Die Schwelle« hießen. Es hat den Anschein, daß der Orden auch zu Meyrinks Zeit noch bestand und historisch eng mit Prag verbunden war: um 1760 gab es eine Loge, in der unter anderem Cola di Rienzi und Petrarca Mitglied gewesen sein sollen.

»Als ich eines Tages durch die sogenannte Opatowitzer Gasse ging, sah ich über dem Portal eines ehrwürdigen Primatorenhauses in Stein gehauen das Wappen der Sat Bhais – der Asiatischen Brüder –, seltsamerweise war eine Papstkrone darüber angebracht. Ob jemals zutage kommen wird, was es damit für eine Bewandtnis hat?«[27]

Auf Künstlernaturen mit großer Sensibilität kann eine solche schmale Schwelle auf der Grenze zwischen dem Reich der Lebenden und dem Reich der Toten durchaus inspirierend oder suggestiv wirken. Man braucht nur an die sogenannte »schwarze Romantik« zu denken. Jedenfalls ist anzunehmen, daß diese besondere Situation der Stadt Prag einen Schatten über das Leben in ihr warf und immer noch wirft. Es ist ihre merkwürdige, schicksalsschwangere Atmosphäre, die Meyrink in seinem Essay »Die Stadt mit dem heimlichen Herzschlag«[28] beschrieben hat.

»Schon damals, als ich über die uralte Steinerne Brücke schritt (...), befiel mich ein tiefes Grauen, für das ich keine Erklärung wußte. Jene Bangigkeit hat mich seit diesem Tage nicht einen Augenblick verlassen, solange ich – ein Menschenalter hindurch – in Prag lebte, der Stadt mit dem heimlichen Herzschlag. Sie ist nie mehr ganz von mir gewichen; sie senkt sich heute noch auf mich herab, wenn ich an Prag zurückdenke oder nachts von ihm träume.«

Und über die Bürger dieser Stadt, denen er soviel Schrekken einjagte, schrieb er:

»Prag gestaltet und bewegt wie ein Marionettenspieler seine Bewohner von ihrem ersten bis zu ihrem letzten Atemzug (...). Und wahnsinnig – ganz heimlich und versteckt wahnsinnig – sind irgendwie die meisten Marionetten in Prag. Oder besessen von irgendeiner kuriosen Idee.«

Zur Ergänzung will ich hier Kafka, den berühmtesten Prager, zitieren:

»In uns leben noch immer die dunklen Winkel, geheimnisvollen Gänge, blinden Fenster, schmutzigen Höfe, lärmenden Kneipen und verschlossenen Gasthäuser. Wir gehen durch die breiten Straßen der neuerbauten Stadt. Doch unsere Schritte und Blicke sind unsicher (...). Wachend gehen wir durch einen Traum, selbst ein Spuk vergangener Zeit.«[29]

Ein wesentlicher Unterschied zwischen Meyrink und Kafka ist, daß Kafka Prag niemals verlassen hat, niemals fertigbrachte, es zu verlassen. Er war mit dieser Stadt verwachsen

und konnte sich oder wollte sich niemals davon losmachen. Auch Meyrink hatte eine schicksalhafte Beziehung zu Prag, wie sich aus dem Verlauf seiner Biographie ergeben wird, aber der Stoß, den ihm das Schicksal dort versetzte, war eigentlich ein »Gnaden«stoß. Er hatte außerdem die Wirkung eines Fußtritts in den Hintern. Im übrigen gab ihm die Stadt auch positive Hilfestellung: sie half ihm auf seinen Wegen als Pionier, Neuling, Experimentator und Forscher im Labyrinth des Okkulten. Und, wie erwähnt, kreuzten sich in Prag seine Lebenslinien und die seiner Lebensgefährtin. Die Art, in der Gustav Meyrink mit der Esoterik Bekanntschaft machte, ist in meinen Augen ein eindeutiges Beispiel für einen »Schicksalseingriff« oder, um es mit Meyrinks Worten zu sagen, für die Führung durch den »Vermummten«. Als Biograph habe ich in allen Fällen, wo Ereignisse oder Episoden autobiographisch belegt sind, versucht, denselben Sachverhalt auch in anderen Quellen ausfindig zu machen. In diesem Fall ist mir das nicht gelungen. Wir müssen uns also mit den zwei autobiographischen Texten zufriedengeben, in diesem Fall »Der Lotse«[30] und »Meine Erweckung zur Seherschaft«.[31]
In diesem Zusammenhang möchte ich eine kurze Bemerkung zu einem Satz aus dem Buch von Lube machen. Von einem Biographen erwartet man, daß er soviele Quellen wie nur möglich heranzieht und um Rat fragt, um das Bild so vollständig und zuverlässig wie nur möglich zu machen. Glückt ihm das nicht, dann darf er sich damit begnügen, nur die eine Quelle zu nennen. Der Leser wird selbst in der Lage sein, zu entscheiden, wieviel Glauben er dieser einen Version schenken kann, autobiographisch oder nicht. Wenn ich nun bei Lube auf die flüchtige Bemerkung stoße, daß man Äußerungen Meyrinks über sein

eigenes Leben im allgemeinen keinen Glauben schenken kann, ohne daß Lube erklärt warum, dann muß ich zu dem Schluß kommen, daß Lube seinen eigenen wissenschaftlichen Ansprüchen nicht genügt (sein Buch ist eine Dissertation) und daß er dem Leser keine Selbständigkeit zutraut.

Ich komme hierauf an dieser Stelle zu sprechen, weil die Schilderung Meyrinks in der Tat einerseits als schöne romantische Dichtung gelesen werden kann, andererseits aber die innere Wahrheit des Ereignisses ein besonderes Licht auf sein Leben wirft, ohne das Meyrink nur halb verstanden werden kann.

Von Meyrink wissen wir nun also, daß er sich in den ersten Jahren seines Aufenthalts in Prag richtig ausgelebt hat, beim Rudern, Schachspielen, Pokern – und natürlich in allerlei Liebesabenteuern. In der Abhandlung »Meine Erweckung zur Seherschaft« beschäftigt sich Meyrink mit Liebesaffären, in die er verwickelt war, und mit einem großen Liebeskummer, mit dem er sich herumschlagen mußte, woraufhin er beschloß, seinem Leben ein Ende zu machen. In »Der Lotse« heißt es wie folgt:

»Morgen jährt sich für mich jener Tag ›Mariä Himmelfahrt‹ zum vierundzwanzigsten Male; ich saß in Prag in meinem Junggesellenzimmer vor meinem Schreibtisch, steckte den Abschiedsbrief, den ich an meine Mutter geschrieben hatte, in das Kuvert und griff nach dem Revolver, der vor mir lag; denn ich wollte die Fahrt über den Styx antreten, wollte ein Leben, das mir schal und wertlos und trostarm für alle Zukunft zu sein schien, von mir werfen.

In diesem Augenblick betrat ›der Lotse mit der Tarnkappe vor dem Gesicht‹, wie ich ihn seitdem nenne, den Bord meines Lebensschiffes und riß das Steuer herum. Ich hörte ein Rascheln an der Stubentüre, die hinaus auf den Hausflur führt, und als ich mich umdrehte, sah ich, daß sich etwas Weißes unter den Türrand über die Schwelle ins Zimmer schob. Es war ein gedrucktes Heft. Daß ich den Revolver weglegte, es aufhob und den Titel las, entsprang weder der Regung einer Neugier, noch auch irgendeinem heimlichen Wunsch, den Tod hinauszuschieben – mein Herz war leer.

Ich las: ›Über das Leben nach dem Tode.‹

›Merkwürdiger Zufall!‹ wollte sich ein Gedanke in mir regen – aber er brachte kaum das erste Wort über meine Lippen. An Zufall habe ich seitdem nie mehr geglaubt, wohl aber an den – Lotsen.«

Das Heft stammte aus einer esoterischen Buchhandlung und behandelte Themen des Spiritismus, der Magie und allerlei okkulte Gegenstände.

»Der sengende Wunsch, solche Dinge mit eigenen Augen zu schauen, sie mit eigenen Händen zu greifen, sie auf ihre Richtigkeit hin nachzuprüfen und die Geheimnisse, die ihnen zugrundeliegen mußten, zu durchschauen, erhitzte sich in jener Nacht in mir zu dauernder Weißglut.

Ich nahm den Revolver als einen vorläufig unbrauchbar gewordenen Gegenstand und sperrte ihn in die Schublade; ich besitze ihn noch heute. Er ist an Rost gestorben und seine Trommel dreht sich nicht mehr, wird sich nie mehr drehen.«

Dieser entscheidende, ungeheure Bruch in Meyrinks Leben beeinträchtigte in keiner Weise seine Energie und seine Einsatzbereitschaft, das lodernde Feuer, mit dem er sich auf alles und jedes stürzte, wenn es ihn interessierte. Es wurde aber fast von einem Moment auf den anderen in eine völlig andere Richtung gewendet.

> »Der Lotse hat es mir gesagt, war meine Überzeugung von da ab viele Jahre lang und viele Theorien stellte ich mir auf: falsche, halbfalsche, dreiviertelwahre, spiritistische, abergläubische und religiöse (die gefährlichsten von allen), wer jener Lotse wohl sein möchte.«[30]

Übrigens fiel diese radikale Kursänderung nicht so einfach vom Himmel. Meyrink hat sich zwar über seine Jugend später so gut wie nicht geäußert – offensichtlich fand er das nicht der Mühe wert –, aber so viel erzählte er: daß er nämlich von Kindheit an Visionen hatte. Seine Gabe der Hellsichtigkeit hatte damals freilich noch spontanen Charakter, erst später lernte er, sie bewußt zu handhaben.[31] Überdies war gegen Ende des 19. Jahrhunderts die Welle des Spiritismus aufgetreten. Er wurde irgendwo in Nordamerika »erfunden« und von da nach West-Europa gespült. Vor allem in Künstlerkreisen war der Spiritismus Mode, und man kann wohl vermuten, daß das in Prag erst recht der Fall war, wo er aufgrund der dortigen »Bodenbeschaffenheit« einen besonderen Charakter annehmen mußte. Das erste, womit Meyrink in dieser Hinsicht dann auch in Berührung kam und was er einer gründlichen Untersuchung unterzog, war der Spiritismus. Dabei fällt auf, daß Meyrink dieses Phänomen bis in die letzten Schlupfwinkel kennenlernen wollte. Ohne Zweifel wurde auch er vom

Strom der Sensationsgier mitgerissen, den der Spiritismus mit sich brachte. Aber aus eigenen Erzählungen und aus denen der Prager Kreise geht hervor, daß er in erster Linie von einem gewaltigen Wissensdrang erfüllt war. Nach seinen eigenen Worten war es eine Sisyphusarbeit, die er sieben Jahre lang fortsetzte.

> »Alles vergeblich: entweder versagten die Medien gänzlich oder sie entpuppten sich als Betrüger bewußter oder unbewußter Art. Niemals jedoch ließ ich mich täuschen, auch nicht ein einziges Mal.«[30]

Paul Leppin erzählt, daß in dem Kreis, zu dem unter anderem der Graf Resseguier, der Psychiater Dr. Schwartz, Hugo Steiner und Gustav Meyrink gehörten, Séancen abgehalten wurden, wobei man mittels Haschisch, das Meyrink aus Ägypten hereinschmuggelte, das Medium in Trance versetzte. Aber über das übliche Tischerücken und Tischeklopfen kamen die telekinetischen Versuche nicht hinaus.[32]

> »Allerdings kann ich nicht eindringlich genug betonen: unter hundert Medien ist kaum eines echt. Ich selbst habe viele hundert Sitzungen mit allen möglichen Medien vor Jahren abgehalten, und das Resultat war Null.«[33]

Aus einem Bericht von Talhoff geht hervor, daß Meyrink sehr gründlich zu Werke ging. So hat es den Anschein, als ob er bei einem bekannten Medium Schrenck-Notzings, Eva C., als es in Trance lag, eine kleine Menge des weiß-schäumenden Teleplasmas, das sie ausdünstete,

an sich nahm, um es auf seine Bestandteile untersuchen zu lassen.[34]
Andere Untersuchungen richteten sich auf Spuk-Phänomene. Meyrink war einst Augenzeuge von dermaßen auffälligen mediumistischen Ereignissen in einem Spukhaus in Levico, daß er sich zu der Schlußfolgerung gezwungen sah, es existierten Phänomene, die zwar sehr selten vorkommen, die aber alles, was die Wissenschaft über die Naturgesetze zu wissen glaubt, sozusagen auf den Kopf stellen.[35]
Aus seinen Experimenten mit dem Spiritismus lernte er zweierlei. Er überzeugte sich von der Echtheit der Ereignisse in solchen Séancen, das heißt, das Medium ist tatsächlich und buchstäblich »besessen«. Es gibt eigentlich nur zwei Möglichkeiten: Entweder das Medium hält die Teilnehmer zum Narren oder das Medium und die Teilnehmer werden zum Narren gehalten. Alles, was sich dabei abspielt, ist immer wieder bestätigt worden. Die Frage ist nur, wer ist der Urheber der Phänomene und wodurch? Der Schluß, der daraus gezogen werden kann, ist, daß die Praxis des Spiritismus auf ungewöhnliche Weise etwas von dem enthüllt, was sich in den unterbewußten Schichten der Seele eines jeden Menschen immer vollzieht, nämlich eine Form von Besessenheit, bei dem einen in geringerem, bei dem anderen in höherem Maße.
Meyrinks abschließendes Urteil über den Spiritismus ist vernichtend. Es kommt zum Ausdruck in den Worten P. B. Randolphs, zu dessen Roman »Dhoula Bel« Meyrink ein Vorwort schrieb. Er zitiert diese Worte zustimmend:

> – »Was immer sich in solchen Séancen zeigt, ist das Teuflischste, was ein menschliches Gehirn auszudenken imstande ist – mag es sich auch noch so engelhaft

gebärden.[36]« Eine andere Äußerung: »Die Zeit steht vor der Tür, wo die Lehre des Mediumismus einer Pestwelle gleich die Menschheit überfluten wird. Das fühle ich als Gewißheit.«[36a]

Meyrinks Verwendung von Haschisch habe ich schon erwähnt. Damals war es ein sehr exklusives Rauschmittel, das in Künstlerkreisen zirkulierte. Opium war gebräuchlicher, Haschisch tauchte erst so etwa 1840 auf. Namen wie Baudelaire, De Quincey und Coleridge sind damit verbunden. In »Haschisch und Hellsehen«[37] schildert Meyrink ein Experiment mit Haschisch. Er wollte hinter das Geheimnis der Halluzinationen und Visionen kommen, und versuchte, sie künstlich zu erzeugen. Wie gesagt, verstand er es, Haschisch aus Ägypten hereinzuschmuggeln. Nach Anweisung eines Arabers sollte er 30 Gramm (!) in schwarzem Kaffee auflösen und das Gemisch austrinken. Sobald dann der Rausch begann, sollte er einen Bambusstock zur Hand nehmen, der als eine Art Leiter dienen sollte, auf der er emporklimmen mußte. Zunächst probierte es Meyrink nur mit 10 Gramm. Im Rückblick sehr vernünftig! Er forderte einige Freunde auf, Zeugen dieses Experimentes zu sein. Gegen drei Uhr nachmittags trank er das Gemisch und wartete der Dinge, die da kommen sollten. Erst drei Stunden später, als er schon anfing, die Wirksamkeit des Mittels zu bezweifeln, begann der Rausch.

»Plötzlich hatte ich das Gefühl, als sei ich etwa einen viertel Meter größer als sonst. (...) Ein ›kalter Rausch‹, so möchte ich es nennen, befiel mich, von Minute zu Minute stärker und quälender werdend.«

Meyrink schreibt weiter, daß seine Sinneswahrnehmungen viel schärfer und tiefer wurden.

»Leise Geräusche hörte ich wie Donner.«

Aber trotz allem keine Spur von Ekstase. Er wurde nur immer nüchterner und blieb es auch, sogar während der Visionen. Er erlebte eine Art doppeltes Bewußtsein, das heißt, er nahm sowohl sich selbst als auch seine Halluzinationen wahr. Daß diese Visionen nicht rein subjektiv waren, ging daraus hervor, daß er einen seiner Freunde sah, der noch zu seiner, Meyrinks, Wohnung unterwegs war. Mit großer Genauigkeit vermochte er die Kleidung des Mannes zu beschreiben, den Weg, den er nahm. Als dann schließlich der Freund ankam und man ihn nach der Route fragte, die er genommen hatte, zeigte sich, daß Meyrinks Visionen völlig zutreffend waren.
Nachdem dieses Experiment geglückt war, stellte man auch eine Probe in bezug auf Hellsehen in der Zeit an. Meyrink wurde aufgefordert, sich vorzustellen, es sei nicht Samstag, sondern der kommende Dienstag, ungefähr elf Uhr morgens. Dann sollte er versuchen, die Börsenkurse abzulesen, die Kurse von bestimmten Wertpapieren. Meyrink nannte zwanzig Zahlen und die Namen der Wertpapiere.

»Das Merkwürdigste war: am Dienstag um elf Uhr, als die Kurse von der Wiener Börse gemeldet wurden, da... stimmten von den zwanzig Zahlen, die ich ›gesehen‹ hatte, sechzehn. Nur vier Kurse stimmten nicht! Sie betrafen Wertpapiere, die... ich selber besaß!! – Ich hatte die Kurse viel zu hoch angegeben. Offenbar hatte ein unbewußter Wunsch in mir das Hellsehen getrübt. Ein

Umstand übrigens, der ein merkwürdiges Licht auf das Wesen des Hellsehens wirft.«

Auch hier zeigt sich wie beim Spiritismus einerseits Meyrinks Überzeugung,

»daß dieses Gift den Vorstellungsinhalt, den der Experimentator jeweils hat, bis aufs äußerste steigert«,

und andererseits seine Fähigkeit, Abstand davon zu nehmen, zu prüfen und zu verwerfen:

»Mein Zustand dauerte fast ohne Unterbrechung zwei bis drei Tage: ich habe in dieser Zeit eine Ewigkeit scheußlichster Qual durchlebt, trotzdem man mir äußerlich nichts ansah und ich sogar wie sonst essen und trinken hätte können, wenn ... das Kauen und Schlucken in meiner Vorstellung nicht so unendlich lange gedauert hätte.«

Dieses verzögerte Zeiterleben überkam ihn auch, wenn er in einen Spiegel schaute und das Spiegelbild erst mit einiger Verspätung auftrat.

»Es war ein Zustand so unbeschreiblicher Qual, daß ich jedermann eindringlichst warnen möchte, nicht ebenfalls mit Haschisch-›Genuß‹ Versuche zu machen.«

Für Gustav Meyrink waren diese Angelegenheiten damit ein für allemal erledigt. So wie er Medien entlarvte, tat er es auch mit dieser Art künstlicher Hilfsmittel. Von ihrer Wirkung war er überzeugt, und er fragte sich, ob nicht die sogenannten Sinnestäuschungen Wahrnehmungen bestimmter Tatsachen waren. Er kam zu dem Schluß, daß die Einnahme, nicht nur von Haschisch, sondern von allen Rauschgiften, dem Menschen ein anderes Bewußtsein als das gewohnte Tagesbewußtsein vermittelt. Aber

> »die Resultate sind natürlich krankhaft, barbarisch und höchst unzulänglich, denn sie gehen aus einer Betäubung hervor.«

Unter Notizen für ein geplantes, aber niemals ausgeführtes Buch über Rauschgifte (»Das Buch der Rauschgifte«, eine – zumindest botanische – Abhandlung von Gustav Meyrink)[38] fand ich das folgende:

> »Ein Wahrheitssucher hört von einem geheimnisvollen Gift, das den Menschen *zweiteilt* (Satan), aber ihm einen geistigen Lehrer verschafft. Jemand warnt ihn: er werde dadurch zum Sklaven, doch er glaubt, das bezöge sich auf Gewohnheit à la Morphinin. Er nimmt das Gift, sieht einen wunderbaren (myst.) Engel, der ihm *Gebote* gibt. Da niemand Gebote *halten kann*, wird der Betreffende dadurch zum Sklaven, wo er vorher frei war. (*Alle* Gesetzgeber gehen als Sklavenmacher stempeln.) Geheimnis des Satans die *2heit*. Entsprechendes Gift finden.«

Meyrink fand es am eigenen Leib heraus: ein Rauschgift oder eine Droge verursacht Bewußtseinsspaltung, sicherlich keine Bewußtseinserweiterung, geschweige denn -erneuerung.

Abgesehen von seinen Experimenten ging Meyrink eifrig

nach aller möglichen Literatur über esoterische Themen auf die Jagd, nach Büchern der Blavatsky unter anderem, der Zeitschrift Luzifer-Gnosis, kurz nach allem, dessen er habhaft werden konnte. Er trat in Briefwechsel mit Menschen in Indien und England. Er knüpfte Verbindungen mit verschiedenen Logen, Gesellschaften an und was es sonst so auf diesem Gebiet gab. Darüber mehr im vierten Kapitel. Seit seinem verhinderten Selbstmord war er anfällig für jede Erschütterung.

> »Ich ahnte nicht, daß ich – zerrissen wurde. Mein Schicksal fing an zu galoppieren und ich merkte es nicht. (...) Menschen, die ein großes Erdbeben miterlebt haben, erzählten mir, es gäbe nichts Entsetzlicheres, Mark und Bein Versengenderes, als: die Erde, an die man als etwas Unerschütterliches von Kindheit an geglaubt hat, unter seinen Füßen wanken zu fühlen. – –«[39]

All sein Suchen und Experimentieren scheint ihn letzten Endes zur Verzweiflung getrieben zu haben, denn alles, was er unternahm, raubte ihm nur die Illusionen. Mochten sich auch die Phänomene als echt herausgestellt haben – sie öffneten ihm die Augen in immer neue Abgründe des Zweifels über ihre Ursache und ihren Nutzen. Die Erlebnisse bei einem Erdbeben waren sicher schrecklich –

> »– – Doch! Es gibt etwas noch viel Furchtbareres: es ist das Fahlwerden der letzten grünen Hoffnung.
> Aber endlich glaubte ich dann gefunden zu haben, was ich so lange gesucht hatte: eine Vereinigung von Menschen (Europäern und Orientalen) in Zentral-Indien, die behaupteten, das wahre Geheimnis des Yoga zu besit-

zen, jenes uralten asiatischen Systems, das wohl den einzigen Weg angibt und weist zu jenen Stufen, die weit über alles Schwächliche, Unvollkommene, machtlose Menschentum hinausführen...«[39]

Der daraus folgende logische Schritt war, nach Wegen zu suchen, um in direkte Verbindung mit der übersinnlichen Welt zu kommen, also ohne Hilfe von Medien und betäubenden Mitteln. Jetzt begann die Suche nach der einen Methode, falls es eine solche gab. Und wie zu erwarten war: viele Methoden boten sich an. Das Kali-Yuga-Zeitalter, die Periode von 5000 Jahren Finsternis, war vorbei. Eine neue Zeit brach an, so erklang es von allen Seiten, und viele behaupteten, den Schlüssel zu dieser neuen Zeit zu besitzen. In diesem Kapitel möchte ich noch nicht auf die Beziehungen eingehen, die zwischen Meyrink und verschiedenen esoterischen Gruppen bestanden, weil sie sich über eine längere Zeit als die Prager Periode ausdehnen. Aber nach dem Lesen von Büchern, dem Dialog mit »Eingeweihten«, dem Suchen nach Quellen und Experimenten kamen die Übungen: Meditationsübungen, Yogaübungen, Übungen des Flüsterns von Mantrams usw. Meyrink wollte, koste es was es wolle, das ABC der Hellsichtigkeit lernen. Zu den technischen Mitteln gehörten zum Beispiel Beeinflussung des Herzschlages, erhöhtes Wachbewußtsein, Parallelrichten der Augen, sogar besondere Diäten waren dabei. Es war gar nicht anders möglich, als daß die in Meyrink schlummernde Sensibilität, die sich in seinen Jugendjahren ab und zu bemerkbar gemacht hatte, durch diese Bemühungen geweckt wurde. In »Meine Erweckung zur Seherschaft« beschreibt Meyrink sein erstes bedeutsames Resultat.[31]

»Eines Nachts, ich saß, da es Winter war und ein Hinausreiten auf meinen Hügel des tiefen Schnees wegen nicht möglich schien, auf einer Bank an der Moldau. Hinter mir ein alter Brückenturm mit einer großen Uhr. Ich hatte bereits einige Stunden, tief in meinen Pelz gehüllt, aber dennoch schauernd vor Kälte, dagesessen und in den schwarzgrauen Himmel gestarrt, mich abmühend auf jede nur mögliche Art, das zu erlangen, was mir Mrs. Besant in einem Briefe als inneres Schauen erklärt hatte. Alles vergeblich. Bis zu jener Zeit und zwar von frühester Kindheit an, war mir ein verblüffender Mangel eigen an der, vielen Menschen verliehenen Fähigkeit, mit geschlossenen Augen mir ein Bild oder ein bekanntes Antlitz vorstellen zu können. So war es mir beispielsweise gänzlich unmöglich zu sagen, ob der oder jener meiner Bekannten blaue, braune oder graue Augen, dunkles oder braunes Haar, eine gerade oder eine gebogene Nase besaß, wenn ich es mir nicht vorher ausdrücklich darauf hin angesehen hatte. Mit andern Worten, ich war gewohnt, in Worten und nicht in Bildern zu denken. Auf die erwähnte Bank hatte ich mich gesetzt mit dem festen Entschluß, nicht eher aufzustehen, bis es gelungen sei, das innere Gesicht mir zu erschließen; des erhabenen Vorbilds des Buddhas Gotamo eingedenk, der sich einst unter den Bodhibaum gesetzt hatte mit ähnlichem Entschluß. Ich hielt es natürlich nur etwa fünf Stunden aus und nicht wie Er Tage und Nächte. Die Frage drängte sich mir plötzlich auf: wie spät mag es wohl sein? Da, gerade in diesem Augenblick jenes Herausgerissenseins aus meiner Versenkung sah ich mit einer Schärfe und Deutlichkeit, wie ich vorher niemals in meinem Leben irgendeinen wirklichen Gegenstand wahrgenommen zu haben mich erinnere, eine riesige Uhr grell leuchtend am Himmel stehen. Die Zeiger wiesen: zwölf Minuten vor zwei. Der Eindruck war so gewaltig, daß ich genau spürte, wie mein Herzschlag – nicht stockte, nein: wie er außergewöhnlich langsam wurde. So, als hielte eine Hand ihn fest. Ich drehte mich um, blickte auf die Turmuhr, die bis dahin hinter mir stand. Daß ich mich schon früher umgedreht hätte und dadurch gewissermaßen einen Anhaltspunkt wie spät es war gewonnen haben könnte, ist vollkommen ausgeschlossen, denn ich hatte die fünf Stunden unbeweglich auf der Bank gesessen, wie es bei derlei Konzentrationsübungen strenge Vorschrift ist! Die Turmuhr zeigte ebenfalls, genau wie die visionär am Himmel Erblickte: zwölf Minuten vor zwei. – Ich war geradezu selig; nur eine leise Angst: wird das ›innere Auge‹ offen bleiben? – beschlich mich. Ich nahm meine Übung wieder auf; eine Zeitlang blieb der Himmel schwarzgrau und verschlossen, wie vordem. Plötzlich kam mir der Einfall, zu versuchen, ob es mir nicht gelingen möchte, mein Herz wieder so ruhig und gebändigt schlagen zu machen, wie es von selbst bei der Vision oder vielleicht, höchstwahrscheinlich sogar: *vor* der Vision von selbst geschehen war. – Es war dies nicht so sehr ein Einfall gewöhnlicher Art, sondern vielmehr eine halb ertastete Schlußfolgerung oder Anleitung aus dem Sinn eines Satzes des Buddha, der sich mir aufdrängte, als käme er aus dem unsichtbaren Mund des ›Vermummten‹. Der Satz lautete: ›Vom Herzen gehn die Dinge aus, sind herzgeboren und herzgefügt.‹ Dank meiner Yoga-Übungen konnte ich einen gewissen Einfluß auf den Herzschlag ausüben; es glückte mir das erste Mal in meinem Leben. Unmittelbar trat ein Zustand ein, der mir bis dahin vollkommen fremd war: das intensive Gefühl abnormen Wachseins. Zugleich mit meinem damaligen Wachheitsgefühl wich ein kreisrundes Stück des Nachthimmels vor meinem Blick zurück: ähnlich, als begänne eine Laterna magica ihr Spiel. Als löse es sich los aus der Atmosphäre und schöbe sich hinein in immer weitere unermeßlich tiefe Fernen des Raums; mit einemmal war nirgend mehr ein Hintergrund. (...) In diesem kreisrunden Loch in der Luft stand ein geometrisches Zeichen. Ich sah es nicht, wie man im Leben Dinge sieht: von vorn oder von der Seite: – ich konnte es von allen Seiten *zugleich* sehen (so sonderbar das auch klingen mag!), so, als ob mein inneres Auge nicht eine Linse wäre, sondern gewissermaßen ein Kreis, um das visionäre Bild herumgezogen. Daher auch der neuartige Eindruck, daß kein Hintergrund vorhanden sei!! Das geometrische Zeichen war das sogenannte ›in hoc signo vinces‹ = ein Kreuz in einem großen lateinischen ›H‹ stehend. Ich sah es mit kühlem und wie unerregbarem Herzen; keine Spur von Selbstüberhebung oder dergleichen ergriff mich.«

Später, so fährt er fort, brauchte er keine Übungen mehr, um das »innere Auge« zu öffnen. Es genügte schon, daß er sich die Erfahrungen und die Visionen an der Moldau vor das Bewußtsein stellte. Dadurch konnte er dieselben Bilder reproduzieren. Die Visionen wurden klarer und strahlender und tatsächlich so leuchtend, daß sie ihm halfen, schwere Perioden in seinem Leben durchzustehen. Niemals verfiel er während dieser Visionen in Träumereien, in Trance oder dergleichen. Zusammen mit seinem erzählerischen Talent legte dieser Durchbruch die Basis für sein späteres Schriftstellertum. Abgesehen davon, daß sie ihm in schweren Stunden Kraft gab und ihm Stoff für seine Erzählungen vermittelte, war diese visionäre Gabe auch für sein Privatleben von Nutzen.

»Daß gar oft Gesichter vor mir erschienen, die mir symbolisch oder offenkundig Warnungen, Ratschläge und Belehrungen erteilten, sei hier nur nebenbei erwähnt.«[39]

Was bei der Schilderung seines »Durchbruchs« auffällt, ist die Gier, ja die Besessenheit, mit der er sein Ziel, das innere Schauen, erreichen wollte, während im Gegensatz dazu die Vision erst auftrat, als er in seiner Wachsamkeit nachließ. Sie erschien als Antwort auf eine triviale Frage. Hieraus geht auch hervor – dieses Problem behandelt Meyrink in anderen Schriften –, daß Autosuggestion dabei eine wichtige Rolle spielt. Theoretisch hat sich Meyrink über verschiedene Aspekte des Yogawegs geäußert: Abhandlungen mit sehr interessanten Aspekten, die nichts an Aktualität eingebüßt haben. Sie werden später in diesem Buch noch zur Sprache kommen.
Nach seinem ersten Erfolg, nennen wir es einmal so, lag die Möglichkeit auf seinem Weg, die neuerworbenen Fähigkeiten in einem wacheren, bewußteren Zustand handhaben zu lernen. Freilich ging das nicht so ohne weiteres, es mußte immer ein Anlaß dasein. Das geht aus seinem Bericht »Magie im Tiefschlaf« hervor. Hier ist die Rede von einer Art spontanem Experiment, wobei auffällt, daß die telepathische Wirkung auftrat, als der Sender in tiefem Schlaf lag. Das steht also im Gegensatz zu Meyrinks Visionen, die er erst bei einem erhöhten Wachbewußtsein erlebte.[40]

Der Verfasser saß in einem Zug, er kam aus Dresden und war auf dem Weg nach Prag, als ihm plötzlich mit Schrekken einfiel, daß er zwei sehr wichtige Dinge vergessen hatte, wodurch die Zukunft seiner Braut und seiner selbst gefährdet war. Ein Telegramm zu senden war nicht möglich, aber seine Braut mußte, wie auch immer, gewarnt werden. Da fiel ihm ein bestimmtes Experiment ein, das er mit einem Freund durchgeführt hatte und das seinerzeit geglückt war. Meyrink beschloß, einen zweiten Versuch zu wagen, es blieb ihm keine andere Wahl. Alles stand auf dem Spiel. Die Absicht war, seine Braut auf telepathische Weise zu warnen, und zwar indem er ihr bei hellem Tageslicht im Spiegel »erschien«. Erst schuf er sozusagen imaginativ das Bild: die Haltung, in der er im Spiegelbild auftreten wollte und den Auftrag an sie, den sie als Empfängerin in Gedanken erhalten sollte. Danach wollte er im Tiefschlaf den Auftrag erteilen. Das Herz sollte als Sendeapparat fungieren, zu welchem Zweck sein Rhythmus verlangsamt werden mußte. Das war der Schlüssel. Außerdem mußten alle Sinne von äußeren Störungen abgeschirmt werden. Meyrink saß im Abteil, um ihn herum schnatternde Damen. Der Versuch schien unmöglich zu sein. Aber schließlich glückte er doch:

> »Wenige Minuten darauf erwachte ich. Mein Puls war diesmal außerordentlich langsam; ich schätze: höchstens vierzig! Dabei ein Siegesgefühl, so tröstlich und beseligend, wie ich es im Leben nur selten empfunden habe!«

In Prag angekommen, eilte Meyrink zu seiner Verlobten. Die Gedankenübertragung war vollständig gelungen. Sie erzählte, sie habe sich mittags, eine halbe Stunde nach dem

Essen, auf dem Sofa zur Ruhe gelegt, als sie plötzlich durch eine unerklärliche Müdigkeit überfallen wurde. Kaum eingeschlafen, fühlte sie, wie sie wachgerüttelt wurde. Sie erzählte:

»›Mein Blick fiel auf...‹ (›Auf den Spiegel!‹ unterbrach ich.) ›Nein: in meinem Zimmer hängt kein Spiegel‹, sagte meine Verlobte, ›nein: auf einen polierten Schrank neben dem Sofa. Im Glanz seiner Oberfläche sah ich dich stehen (...), in einen hellen Mantel gehüllt, die Hand warnend erhoben. Gleich darauf verschwand das Bild.‹ Aus der weiteren genaueren Besprechung«, fährt Meyrink fort, »ging hervor, daß meine Frau alles getan hatte, was ich gewünscht; noch viel ausführlicher und besser, als ich es geplant. Und das, was sie hatte tun sollen, war keineswegs einfach und wäre ihr kaum von selbst eingefallen, denn sie hätte gewisse Einzelheiten vorher wissen müssen (was durchaus nicht der Fall war). ›Ich habe wie unter einer Eingebung gestanden‹, so sagte sie mir.«

Meyrink beschließt diesen Bericht mit einem Ausspruch des Agrippa von Nettesheim:

»Nicht Gestirn noch Unterwelt: in uns allein der Geist ist's, der alles bewirkt.« Und er fügt hinzu: »Ein Leitstern ist mir dies Motto geworden für mein ganzes Leben.«

Jede Beschreibung seines strikt empirischen Vorgehens beweist, daß Meyrink niemals von Voreingenommenheit und okkulter Geheimnistuerei ausging. Erst mußte alles ausprobiert werden. Danach tastete er das Erlebte gedanklich ab. Und ob seine Forschungen nun Erfolg oder Mißer-

folg hatten, eines stand fest wie ein Felsen: er konnte sich einer reichen Erfahrung rühmen. Keinem Versuch ging er aus dem Weg, auch wenn er damit rechnen mußte, seine Umgebung zu schockieren. Berichte darüber findet man in den Essays »Magie und Hasard«, »Das Zauberdiagramm« und »Wie ich in Prag Gold machen wollte«.[41]
Auf seine alchimistischen Forschungen und Experimente möchte ich etwas ausführlicher eingehen und zwar aus drei Gründen. Zum ersten, weil Prag eine alchimistische Vergangenheit aufweist, die recht interessant ist. In ihrer Geschichte hat diese Stadt immer zahlreiche Gelehrte angezogen. Ein Höhepunkt in ihrer Vergangenheit war die Zeit der Regierung Kaiser Rudolfs II. im 16. Jahrhundert. Dieser zog Gelehrte wie Tycho Brahe, Kepler und John Dee an seinen Hof, Alchimisten, Astrologen und Astronomen. Außerdem hatte Prag eine der ältesten Universitäten Europas (seit 1348), die schon von Dr. Faustus, Paracelsus und Cornelius Agrippa besucht worden sein soll. Innerhalb der Prager Burg befindet sich noch die sogenannte Goldmachergasse, wo Kafka gewohnt hat. In nächster Nachbarschaft liegt seit kurzem das alchimistische Museum.
Der zweite Grund ist, daß Meyrink sich einerseits praktisch, andererseits vor allem aber auch theoretisch mit Alchimie beschäftigt hat, wovon Spuren in zahlreichen Notizen und Essays zu finden sind, vor allem in dem Stück »Alchimie oder die Unerforschlichkeit«, das die Einleitung zu seiner Übersetzung eines Werkes von Thomas von Aquin bildet, nämlich der Abhandlung über den Stein der Weisen.[42] In »Fakirpfade« heißt es:

»Die Alchimisten im Mittelalter zerbrachen sich den Kopf, wie man aus dem trüben Blei des Erdendaseins die

> Tinktur des ewigen Lebens gewinnen könne – die Heutigen sind über so etwas längst hinaus. – Die trachten, das Gold der Unsterblichkeit in schmierige Banknoten zu verwandeln.«[43]

Als Ex-Bankier (die Abhandlung ist 1907 geschrieben) konnte er sich diese Ironie wohl erlauben.
In seinen literarischen Werken, besonders in den Romanen »Der Golem« und »Der Engel vom westlichen Fenster«, kommen regelmäßig alchimistische Motive in immer wieder anderen Formen vor. Hier handelte es sich um eine Aufgabe, die ihn in ihrem Bann hielt, nicht zum wenigsten dann, als es darum ging, die echte Alchimie im eigenen Leben zu praktizieren.
Und schließlich, drittens, spricht Meyrinks eigene Beschreibung, die für mich mehr als nur anekdotischen Wert hat, Bände über seine direkte, ungestüme, zupackende Vorgehensweise, ebenso wie über seine Naivität. In dem 1928 publizierten »Wie ich in Prag Gold machen wollte«[41] findet sich die Passage:

> »Es mögen an die fünfunddreißig Jahre her sein, und ich war noch jung und hatte daher vollauf Muße und Zeit, all die Dummheiten zu begehen, deren Erinnerung mir jetzt das Alter verschönt, – da beschloß ich eines Tages, mich nicht nur wie bis dahin theoretisch, sondern praktisch mit Alchimie zu befassen.«

Meyrink begegnete in der Folge einem sogenannten Wissenschaftler mit Namen Kinski, einer sehr dubiosen Figur, die offensichtlich allein vom Schnaps lebte. Dieser Sonderling hatte einen bestimmten Stoff entdeckt, mit dem ge-

wöhnliches Glas in Rubinglas zu verwandeln war, was normalerweise allein durch die Zufügung von Dukatengold möglich war. Ein Freund von Meyrink wollte damit einen lukrativen Handel beginnen, was aber nicht gelang, weil der Wissenschaftler kurz darauf starb.
Meyrink vertiefte sich nun in allerlei alchimistische Bücher, um dahinterzukommen, was der Urstoff, die »Prima Materia« der Alchimisten, wohl gewesen sein könnte. In einer alten Schrift, die er aus Mailand kommen ließ und die aus der Feder des mittelalterlichen Grafen de Marsciano stammte, las er, daß der Urstoff aus menschlichen oder tierischen Exkrementen bestand (»Gold ist Dreck«, hatte der verrückte Kinski gesagt). In diesem Buch stand es also: »Unsere Materia ist gelb wie Butter, riecht himmlisch und schmeckt süß wie Manna.«
Als Meyrink auch den zweiten Band dieses Werkes in die Hände bekommen hatte, kam er dahinter, daß – immer nach dem Verfasser – tierische Exkremente sich in der Erde nach geraumer Zeit in einen Stoff umsetzen, auf den die Beschreibung genau paßte: »Buttergelb, wohlriechend, mannasüß usw.«
In der Geschichte folgt dann ein ziemlich düsterer Abschnitt, worin Meyrink, in der Absicht, sich diese »Materie« zu verschaffen, in einer Nacht nach Absolvierung eines Ruderclubfestes den »König der Nacht« (einen Kloakenarbeiter) anruft und ihn um den begehrten Stoff bittet. Die Bitte wird erhört, ein paar Monate später bekommt er von dem alten Arbeiter einen kupfernen Eimer voll Dreck.

»Was soll ich weiter viel erzählen? Die alten Alchimisten behaupten fast übereinstimmend, der Prozeß der Eli-

> xierbereitung sei behütet von finsteren Mächten der Unterwelt und führe namenloses Unheil im Gefolge. Armut, unheilbare Krankheit, gewaltsamen Tod. Tatsache ist: ich habe den Urstoff vorschriftsmäßig durch Wochen konstant erwärmt. Tatsache ist: zu meinem und des chemischen Beraters höchstem Erstaunen stellten sich auch die erwähnten unerklärlich schönen Farbveränderungen bis zum Pfauenglanz ein. Tatsache ist: als ich eines Tages vor der Retorte stand, zerplatzte diese mit lautem Knallen und der ›Stoff‹ flog mir ins Gesicht (...). Tatsache ist: als ich ein drittes Mal den Versuch wiederholen wollte, wurde ich von einer gräßlichen Krankheit befallen, die als unheilbar gilt und erst nach vielen Jahren langsam wich. Seitdem halte ich mich fern von praktischer Alchimie.«

In der wahren Alchimie, mit der sich Meyrink ein Leben lang praktisch beschäftigt hat, geht es um

> »das Geheimnis, eine Form zu gewinnen, die nicht kerkerartig beschaffen ist, wie der gewöhnliche Menschenleib, und nicht den Elementen untertan, sondern ähnlich dem, was das neue Testament unter ›Auferstehungsleib‹ versteht. –«[44]

Mit der »gräßlichen Krankheit«, von der Meyrink spricht, beschäftige ich mich im nächsten Kapitel. Eigentlich ist die Rede von mehr als einer Krankheit, besser gesagt von quälenden Schmerzen, auch hat er sie noch auf andere Ursachen zurückgeführt. Ob also wirklich sein Leichtsinn und seine Gutgläubigkeit durch körperliche Schmerzen bestraft wurden, lasse ich dahingestellt sein.

Einige Namen aus den Kreisen, mit denen Meyrink Beziehungen unterhielt, habe ich bereits erwähnt (Paul Leppin und Max Brod). Andere Namen sind Viktor Hadwiger, Richard Teschner und Oskar Wiener.
Unglücklich war die Beziehung zu seiner ersten Frau. Über das genaue Heiratsdatum gibt es, wie erwähnt, zwei Versionen, die genau ein Jahr voneinander abweichen. Es war der 1. März 1892 oder 1893.[45] Diese Heirat ist eine dunkle Blattseite in Meyrinks Biographie. Das einzige, was darüber bekannt ist, ist, daß es eine mißglückte Verbindung war. Schon im August 1896 (oder 1897?) lernte Meyrink seine zweite Frau kennen, die wirklich große Liebe, wie sich später zeigte. Hedwig Aloysia Certl, wie seine erste Frau hieß, wollte sich allerdings nicht scheiden lassen. Erst nach Vermittlung durch einen Freund gab sie schließlich nach. Am 1. Februar 1905 wurde offiziell die Scheidung ausgesprochen. Fast unmittelbar darauf wurde Meyrink zum zweiten Mal getraut, am 8. Mai 1905. Dieses Mal mit Philomena Bernt. Wahrscheinlich um Skandale zu vermeiden, wurde die Hochzeit in Dover, England, gefeiert.
Ich will dieses Kapitel nicht beschließen, ohne der Reihe von aufregenden Geschichten, die Meyrinks langen Marsch durch das Gebiet des Okkulten säumen und sich um seine umstrittene Figur ranken, eine echte Meyrink-Anekdote hinzugefügt zu haben, die uns durch Fritz von Herzmanovsky-Orlando überliefert ist und die ich hier vollständig wiedergebe:[46]

> Zur Zeit, da Gustav Meyrink noch als Bankier in Prag wirkte, mußte er Geschäfte halber regelmäßig nach Dresden reisen. Die häufigen Fahrten des arrogant aussehenden Herrn mit dem vornehmen Handgepäck er-

regten das Mißtrauen der Grenzbehörden, und jedermann wird es nur recht und billig finden, daß Meyrink am Zollamt von Tetschen-Bodenbach immer aufsässiger kontrolliert wurde. Als ihm das lange genug auf die Nerven gegangen war, setzte er sich auf seine Weise gegen die »Zollzwockeln« zur Wehr. Er ließ in Dresden – denn der heimischen Technik hätte das damals unüberwindliche Schwierigkeiten bereitet – in seine kleine Handtasche einen Stahleinsatz einbauen und unter hydraulischem Druck eine überraschend große Anzahl feuchter Handtücher hineinpressen. Dann machte er sich frohgemut auf die Rückreise.

Als der Zug an der Grenzstation hielt, trat der Beamte ein und stellte die übliche Frage:

»Nix zu verzollen?«

Meyrink, wie gleichfalls üblich, verneinte hinter seiner Zeitung hervor.

Dem Beamten, seiner grünen Uniform wegen auch »Spinaterer« genannt, stach das neue, hochelegante Lederköfferchen in die Augen, das noch dazu das erlaubte Maß um gute zweieinhalb Zentimeter überschritt, was er sogleich mißbilligend zu schätzen in der Lage war.

»Was ham S' da drin?«

»Wäsche.«

»Was fir welche?«

»Nur ein paar Handtücher für eigenen Bedarf. Ich komme aus dem Sanatorium Lahmann.«

»Handtiecher? A ganzer Koffer voll? Effnen S'!«

Meyrink erwiderte artig, daß die Wäsche in der Eile der Abfahrt noch ein wenig feucht eingepackt worden sei und daß der Koffer dann vielleicht nicht mehr zugehen würde. Übrigens verpfände er sein Ehrenwort als Reserveoffizier, daß die Wäsche wirklich –

»Tut mir leid«, unterbrach ihn der Zöllner. »Geben S' die Taschen gefälligst herunter.«

Meyrink zuckte die Achseln:

»Kann ich nicht. Sie ist mir zu schwer.«

Der Beamte, zusehends gereizter, legte selbst Hand an und stutzte. Das unwahrscheinliche Gewicht dieses kleinen Handgepäckstücks schraubte seinen Verdacht in lockende Höhen. Und auf der anderen Seite waren, wie er tastend konstatierte, auch noch Vorhängeschlösser dran!

Er maß den immer bedenklicher werdenden Fahrgast mit stechenden Blicken, wie solche in den Kursen für Untersuchungsrichter und verwandte Organe gelehrt werden, und ließ das verdächtige Gepäckstück von zwei Trägern in die Zollhalle schleppen, wohin er Meyrink persönlich eskortierte.

Mit dumpfem Krach setzten die Träger das Köfferchen auf den Zolltisch und wischten sich die Stirn. Als nächstes erschien ein durchaus spinatfarbener Finanzrat, von tuschelnden Zollbeamten aus einem Glasverschlag hervorgeholt. Da er gerade im »Bösen Geist von Zuckmantel« gelesen hatte, war er über die Störung sehr ungehalten. Er blickte längere Zeit mit verschränkten Armen auf den fromm dastehenden Meyrink, dann tippte er das ihm bereits als zweideutig geschilderte Reisegut an, versuchte es zu bewegen und fragte süffisant:

»No, was hätt man denn da drin?«

Meyrink wiederholte seine Angaben, denen er entgegenkommend hinzusetzte: hier seien die Schlüssel und er bäte, selbst zu öffnen – aber auf Verantwortung der

Amtsstelle. Er sei in wichtigen Bankgeschäften unterwegs, müsse zu einer Konferenz mit dem dortigen Finanzgewaltigen noch vor drei Uhr in Prag sein und wolle nicht an einer Zugverspätung Schuld tragen, die ihn selbst aufs unangenehmste träfe. Nochmals mache er darauf aufmerksam, daß die Wäsche bestimmt nicht mehr in den Koffer hineingehen würde. Andererseits könne man ihm aber nicht zumuten, mit feuchten Handtüchern unterm Arm weiterzureisen, um so weniger, als er die reinste Wahrheit gesagt habe.

»Das wird sich ja gleich zeigen!« replizierte mit galligem Hohn der Finanzrat. »Bissl schwer fir Wäsche kommt mir das vor! Vielleicht daß die alten Ritter so a' Wäsche g'habt ham, wann s' auf Kreizzug gefahren sind... Binden S' mir keinen Bören auf, Hörr! Wissen S', was da drin ist? Ödelmetalle sind da drin, damit Sie's wissen... Stojesbal! Nehmen S' die Schlissel und tun S' das Zeig da aufsperren!«

Kaum aber hatte der mit Recht als Stojesbal angeredete Zöllner das eine Schloß geöffnet, als das andre sich selbsttätig losriß, so daß der Koffer aufsprang und ein nicht endenwollender Strom von Handtüchern leise summend hervorquoll. Der grüne Finanzrat und einige gestikulierend herbeigeeilte Amtsorgane stürzten sich auf das unheimliche Gepäckstück und versuchten den Deckel niederzudrücken. Umsonst. Die Hydraulik war stärker.

Eine halbe Stunde später dampfte Meyrink, flankiert von zwei rasch irgendwo aufgetriebenen Fässern, in denen es noch immer leise summte, der Landeshauptstadt zu.

Das Zollamt von Tetschen-Bodenbach ließ ihn seither ungeschoren.

2.
Aus Meyer wird Meyrink (1900–1903)

Daß aus Meyer Meyrink wurde, war weit mehr als nur die Annahme eines Pseudonyms. Es war der Ausdruck und die Besiegelung einer ungewöhnlich dramatischen Veränderung, die seinen Beruf, seine Person und seinen Wohnort betraf. Die Vorboten davon waren allerdings schon früher erschienen, und der ganze Prozeß war erst 1917 abgeschlossen. Denn erst in diesem Jahr erhielt Meyrink die offizielle Erlaubnis, diesen Namen zu führen. Er war also damals schon längst kein Pseudonym mehr.

Warum der Name Meyrink? Einmal hat Meyrink als Schriftsteller sich selbst darüber geäußert. Er wählte ihn einfach, weil er der Ansicht war, er müsse den Namen Meyer mit viel zu vielen Menschen teilen.[1] Der Name Meyrink klang doch etwas exklusiver. Die Vorfahren von Mutterseite her hatten so geheißen. Sie gehörten zu einem Adelsgeschlecht und stammten aus der Steiermark. Yvonne Caroutch erwähnt in ihrem Buch einen sächsischen Offizier aus dem 17. Jahrhundert, der diesen Namen trug.[2] Vielleicht hat sich Meyrink mit diesem Ritter identifiziert. Immerhin führte auch er seinen Kampf. Seine Waffe war die Feder.

Im vorigen Kapitel habe ich beschrieben, wie sich Meyrink einen recht dubiosen und umstrittenen Ruf erwarb, absichtlich und bewußt. Den größten Anteil daran hatte sein Ruhm als okkulter Forscher. Man denke dabei aber auch an seine unglückliche Verbindung mit Hedwig Certl, seine Kontakte als verheirateter Mann mit einer anderen Frau

(Mena Bernt), während der Umstand, daß er Bankier war und Meyer hieß, den noch schlafenden Antisemitismus geweckt haben muß (ungefähr 15 Jahre später erhob er offen sein Haupt). Dies alles machte viel böses Blut in einer Gemeinschaft, die damals noch eine ständische Gesellschaft war und die sehr rigoros, wenn nicht feindlich, auf alles und jedes reagierte, das von ihren Normen und Regeln abwich. Namentlich war dies in den höheren Schichten der Fall und, besonders was Meyrink angeht, in den Rängen und Schichten der militärischen Hierarchie. Es existiert eine verwirrende Vielfalt von Erzählungen, Zeugnissen und Anekdoten um den in den Jahren 1901–1902 ausbrechenden Konflikt, die eine Rekonstruktion viele Jahre danach außerordentlich schwierig macht. Die Hauptakteure in diesem Drama waren Meyrinks erste Frau, der Polizeibeamte Olič und einzelne Mitglieder des Offizierskorps »Markomannia«. Und natürlich Meyrink selbst. Die Auseinandersetzung zwischen Meyrink und seinen Gegnern muß schon einige Zeit in der Luft gelegen haben, anders wäre es schwierig zu erklären, warum ein belangloser Zufall den Anlaß für einen zwei Jahre dauernden Prozeß abgeben konnte. Der Anlaß bestand im wesentlichen darin, daß ein gewisser Ganghofer, ein Reserveoffizier, Frau Meyer im Vorbeigehen nicht grüßte. Das übertriebene Ehrgefühl Meyrinks war offenbar schuld daran, daß er diesen Vorfall so krumm nahm und eine offizielle Beleidigungssache daraus machte. Der springende Punkt bei dieser Angelegenheit war, daß Ganghofer zum selben Ruderclub wie Meyrink (Regatta) gehörte. Jetzt wurden also Zeugen aufgerufen, die Sache kam ins Rollen. Beleidigungen hin, Beleidigungen her und so fort, bis schließlich Meyrink soweit ging, Ganghofer zum Duell zu fordern. Es wurde sogar behauptet, daß Meyrink das ganze Corps forderte. Wie auch immer, für heutige Ohren klingt das alles unglaublich. Aber erstens herrschten damals andere Sitten und Duelle und Ehrenhändel waren nichts Ungewöhnliches und zweitens kann man annehmen, daß sich manches vorweg ereignet hatte, was in Meyrink ein großes Kompensationsbedürfnis erzeugt hatte. Meyrink stand in dem Ruf, ein versierter Duellant zu sein, und es besteht Grund zu der Vermutung, daß die Ausreden, mit denen die Offiziere diesem Duell zu entkommen suchten, ihrer Furcht vor dem erfahrenen Fechter entsprangen. Zur Illustration seiner Fähigkeiten ist eine Anekdote von Ursula von Mangoldt recht geeignet.[3] Sie erzählt, daß Meyrink in Prag viel unter dem Snobismus der Offiziere zu leiden hatte. Er wurde wegen seiner Herkunft als uneheliches Kind verhöhnt, worauf er aggressiv reagierte und den Gegner zum Duell forderte. Einmal wurde Meyrink von einem Offizier angeklagt und arretiert. Kurz zuvor aber hatte er ein Ei unter einem Holunderbusch vergraben – eine uralte Form der Zauberei. Das verfaulende Ei sollte magisch auf die Niederungen der Dämonenwelt einwirken und sie befrieden, womit Meyrink hoffte, das Gleichgewicht zwischen den Offizieren und ihm zu seinen Gunsten zu beeinflussen und zwar eben auf dem Platz, wo das Duell stattfinden sollte. Während er in der Zelle auf das Duell wartete und bereits drei Tage verstrichen waren, kam die Nachricht, der Offizier sei in einem anderen Duell tödlich verwundet worden. Meyrink wurde freigelassen. Als er das Ei ausgrub, war nur die Schale übriggeblieben. Der Inhalt war nicht verfault, aber völlig verschwunden.

In der Auseinandersetzung zwischen ihm und Ganghofer kam es niemals zu einem Duell, denn der Offizier erklärte

sich von Berufs wegen verhindert und Meyrink als nicht »satisfaktionsfähig«, da er das uneheliche Kind einer Schauspielerin sei. Das war nun allerdings Öl ins Feuer. Die Angelegenheit eskalierte. Meyrink, der das Salz in der offenen Wunde brennen fühlte, wurde heftiger. Das alles führte schließlich zu einem Prozeß. Außer Ganghofer tauchen in dieser Sache noch die Namen von Dr. Bauer und zwei Offizieren, Heller und Budiner, auf. Bei Egon Kisch[4] ist zu lesen, daß Meyrink diese zwei Offiziere beschuldigte, falsche Informationen verbreitet zu haben, woraufhin die beiden Meyrink wegen Ehrbeleidigung anklagten. Meyrink wurde zu vierzehn Tagen Gefängnis verurteilt, wobei diese Strafe in eine Geldbuße verwandelt wurde. Daraufhin ging Meyrink in die Berufung und kam mit neuen Beschuldigungen, unter anderem einer geheimen Absprache zwischen Budiner und Olič.[5] Zehn Tage danach, genau einen Tag vor seinem 33. Geburtstag, erfolgte Meyrinks Verhaftung aufgrund von Betrugsverdacht.
In dieser Angelegenheit spielte der Polizeibeamte Olič eine sehr undurchsichtige Rolle. Paul Leppin schreibt darüber, daß »der sehr einflußreiche Olič, der Meyrink bis aufs Blut haßte, ihn aus Prag verjagt habe.«[6]
Meyrink stand während seiner ersten Ehe in Beziehung zu einer Sängerin, die in dem damaligen Chantan des »Hotel Wien« auftrat. Diese Frau, Mena Bernt, war es, die er später heiratete. Auch Olič sollte ein Auge auf sie geworfen haben und haßte Meyrink mit der ganzen Glut seiner Eifersucht.
Wer war dieser Olič? Egon Kisch verdanken wir einige Hintergrundinformationen über diesen geschworenen Feind Meyrinks. Olič, Angehöriger der sogenannten politischen Polizei, war mit einer ungelösten Mordsache befaßt gewesen, was beinahe zu seiner Entlassung geführt hatte.

In einem zweiten Fall, diesmal von Rufmord, gelang es dem umstrittenen Beamten, sich zu rehabilitieren. Obwohl sein Name auf tschechische Herkunft hindeutet, war er durch und durch Österreicher. Und während der Jahre, als die Tschechen um ihre Unabhängigkeit kämpften, war er ein fanatischer und mitleidloser Gegner der Nationalisten. Viele hatte er ins Gefängnis gebracht.

Im Ersten Weltkrieg vollzog er eine unerwartete und radikale Schwenkung. Er nahm nämlich plötzlich Partei für die Tschechen. Während er offiziell den Auftrag hatte, die Nationalisten auszurotten, machte er sein Haus zu einem Treffpunkt der tschechischen Nationalisten. In der Affäre Meyrink trieb dieser Olič eine falsche Zeugin auf, eine Dame, die Kundin bei Meyrinks Bank war und die er erklären ließ, sie sei das Opfer eines Schwindels geworden. Ein bestimmtes Wertpapier, ein Bodenkreditlos, wollte sie dieser Bank zur Aufbewahrung übergeben haben, später aber habe sich herausgestellt, daß es auf unerklärliche Weise verschwunden sei.

Auch die örtliche Presse begann sich zu rühren und tischte Gerüchte und Verdächtigungen auf:

> »Es war bereits seit längerer Zeit für Viele durchaus kein Geheimnis mehr, daß der nach gewissen Richtungen hin so empfindliche, seine Ehre so krampfhaft verteidigende Meyer nichts weniger als ein Gentleman sei. Daß Gustav Meyer finanziell nicht gerade gut situiert sei, wußten wenigstens diejenigen, welche gegen ihn mit Execution vorgehen mußten und zu ihrem Gelde entweder gar nicht, oder nur mit großer Mühe kommen konnten. Mehr als einmal geschah es, daß Meyer, um zu verdekken, daß er nicht einmal einige Wertpapiere, Banknoten

und Münzen für seine Auslage habe, einfach seinen Auslagekasten renovieren ließ. (...) Er verstand es sogar, ›Spiritismus‹ in den Dienst seines Geschäftes zu stellen. Dadurch wird es erklärlich, daß er gerade viele Damen zu seinen Committenten zählte.« [7]

Eine andere, ebenso bizarre Beschuldigung lautete, Meyrink habe sich als Sohn König Ludwigs II. von Bayern ausgegeben. Das führte sogar zu einer Hausdurchsuchung, denn in seinem Haus sollte sich das Wappen Ludwigs befinden. Die Durchsuchung brachte seltsame Gegenstände an den Tag. Mediumistische Bilder, Eulen, Frösche »und allerhand gespenstisches Getier, das zum Hausrat des Metaphysikers gehörte« (Leppin). Das Wappen stellte sich als Wandteller über seinem Bett heraus. Am 18. Januar 1902 wurde Meyrink unter dem Verdacht des Betrugs verhaftet. Seine Bank wurde versiegelt. Im Laufe des Prozesses wurden mehr als dreihundert Zeugen verhört. Unterdessen mußte Meyrink im Gefängnis bleiben. Abgesehen von der Freiheitsberaubung und der Erniedrigung kamen noch Schmerzen hinzu, unter denen Meyrink seit einigen Jahren litt und die ihn gerade in dieser Zeit besonders quälten, was natürlich seinen Aufenthalt in der Zelle nicht angenehmer machte. Trotzdem scheint Meyrink seine Verteidigung selbst geführt zu haben. So soll er während des Prozesses zu Olič gewendet ausgerufen haben: »Ich habe die Absicht, Ihnen eine Anklage wegen Meineids an den Hals zu bringen.« Im Verlauf des Prozesses wurde auch die falsche Zeugin aufgerufen. Man fragte sie nach der Nummer der Serie des verschwundenen Wertpapiers. Die Zeugin konnte sich nicht daran erinnern. Darauf wurde nach der Form und der Farbe des Dokuments gefragt. Da roch sie

Lunte und ahnte, daß ihr Spiel durchschaut war. Sie ließ die Angelegenheit auf sich beruhen und setzte sich ab.[8]
Meyrink wurde freigesprochen und am 2. April freigelassen. Krank und verbittert kam er aus dem Gefängnis. Zwar hatten sich alle Beschuldigungen als gegenstandslos erwiesen und aus den Untersuchungen war hervorgegangen, daß seine Bankangelegenheiten in Ordnung waren, doch war sein Unternehmen ruiniert und sein Name beschmutzt. Ein Versuch zur Rehabilitation mißglückte. Meyrink wandte sich an die Presse mit der Bitte, eine Erklärung von ihm abzudrucken. Darin war unter anderem zu lesen:

> »Meine Bücher sind vollkommen up to date und ganz und gar in Ordnung befunden. (...) Ich habe mir mein Einkommen auf keine andere Art als mittels eines soliden Bankgeschäftes erworben.«[9]

Aber eine der Zeitungen reagierte folgendermaßen:

> »Empörend. Gustav Meyer, der famose Wechselstubenbesitzer (...) hat die Frechheit gehabt, die Redakteure der Zeitungen, welche über sein Treiben auf Grund der behördlich eingelaufenen Nachrichten berichtet hatten, gerichtlich zu belangen wegen – Ehrenbeleidigung.«[10]

Die Ausläufer der ganzen Affäre zogen sich bis März 1903 hin. Zu einem wirklich definitiven Abschluß kam es niemals. Der beteiligte Offizier bestand weiter darauf, er sei beruflich verhindert. Inzwischen zog Meyrink in eine Vorstadt von Prag um und schließlich 1904 nach Wien.
Der Schlag hatte weitreichende Folgen:

> »Mein Schicksal fing an zu galoppieren und ich merkte es nicht«,[11]

schrieb er darüber. Es fand eine Art Wechsel der Persönlichkeit statt, was auch in einer Namens-, Berufs- und Ortsveränderung resultierte. Arnold Waldstein beurteilte diesen Vorgang besonders treffend auf folgende Weise:

> »Es gibt kein schöneres Vorbild eines Menschen, der, nach einem Ausspruch von Nietzsche, ›sein eigenes Gift zum Balsam für seine Wunden‹ gemacht hat.«[12]

Nach Leppin hat Meyrink in der Zelle zu schreiben begonnen, vor allem die Erzählung »Izzi-Pizzi«, doch stimmt dies nicht mit den Tatsachen überein.[13] Meyrink wurde von Oskar A. H. Schmitz zum Schreiben angeregt, die Begegnung mit ihm fand noch vor dem Prozeß statt. Untersuchungen von Lube haben nachgewiesen, daß die Erzählung »Tiefseefische« Meyrinks erstes literarisches Produkt war. Die erste Publikation einer anderen kurzen Erzählung fand auch noch vor seiner Verhaftung statt: »Der heiße Soldat«, im Simplicissimus vom 29. Oktober 1901. Schon als Meyrink noch Bankier war, tauchten Gerüchte auf, er trage sich mit dem Plan, ein Buch zu schreiben, doch schenkte man dieser Neuigkeit wenig Glauben.[14] Sicher aber haben die Affäre und der Prozeß als Katalysator für Meyrinks Entwicklung als Schriftsteller gedient und die Basis für seine scharfen Satiren gelegt. Eine direkte Linie führt von dort zu den Erzählungen »Prag« und »Das ganze Sein ist flammend Leid«.[15] Letzteres Stück enthält einige autobiographische Absätze, worin die Erfahrungen im Gefängnis beschrieben werden.

»Das Gefühl der Empörung und des wilden Hasses, daß man ihn, wo er doch vollkommen unschuldig war, so lange eingesperrt hielt, hatte ihn in den ersten Wochen bis in den Traum verfolgt, und oft hätte er vor Verzweiflung am liebsten aufgeschrien.
Aber die dicken Mauern und der enge Raum – kaum fünf Schritte lang – schlagen den Schmerz nach innen und lassen ihn nicht heraus; dann lehnt man nur die Stirn an die Wand oder steigt auf die Holzbank, um einen Streifen blauen Himmels durch das Kerkergitter zu sehen. (...)
Den ganzen langen Tag sitzt man und brütet vor sich hin, die Ellbogen auf die Knie gestützt – nur ab und zu eine Unterbrechung, wenn der Schließer die Tür öffnet und ein Sträfling schweigend den Wasserkrug trägt oder die Blechtöpfe mit den gekochten Erbsen.«

Den Titel dieser Erzählung entnahm Meyrink einer kurzen Strophe eines Gedichtes, mit dem er die Erzählung abschließt:

»Das ganze Sein ist flammend Leid –
Wer dies mit weisem Sinne sieht,
wird bald des Leidenslebens satt:
Das ist der Weg zur Läuterung.«

Es stammt aus Karl Eugen Neumanns Übersetzung »Der Wahrheitpfad« (Dhammapadam) und stellt ein Motto dar, das man über Meyrinks ganzes Leben stellen könnte.
In der Erzählung »Prag« sind es vor allem die Militärs und Ärzte, die dran glauben müssen. Diese Berufe sind übrigens Zielscheibe seines beißenden Spottes in vielen kurzen Erzählungen Meyrinks. Die Militärs, weil sie seine

Existenz als Bankier vernichtet hatten, und die Ärzte, weil sie ihn nicht von seinen Schmerzen befreien konnten. In »Prag«, dieser »optimistisch gehaltenen Städteschilderung« heißt es[15]:

»Selten wissen Engländer oder Franzosen, wo Prag liegt, – denn sie haben, wie es in der Bibel steht, den besseren Teil erwählt.
Auf tschechisch heißt Prag: Prr–aha. Und nicht mit Unrecht.
Die Nebbich, die im südlichen Böhmen entspringt und sich schließlich doch in die Elbe ergießt, fließt rasch an der Stadt vorüber. Dem harmlosen Fremdling erscheint sie auf den ersten Blick mächtig wie der Mississippi, sie ist aber nur vier Millimeter tief und mit Blutegeln angefüllt.«

Autobiographische Spuren finden sich auch in der folgenden Passage:

»Und jetzt steht plötzlich alles auf und grüßt ehrerbietig!?! Ein würdevoll aussehender Herr ist soeben eingetreten, (...) und dankt herablassend nach allen Seiten. –
Er war früher Offizier. Jetzt ist er falscher Zeuge von Beruf.
Daher die allgemeine Beliebtheit.«

An dieser Stelle möchte ich näher auf die Schmerzen eingehen, unter denen Meyrink litt und die ihn in der Zelle geradezu zermürbt haben müssen. Nach seiner Äußerung war er während des Prozesses »schwer krank«. Am Rande eines Horoskopes, das er sich stellen ließ, notierte Meyrink:

»Krankheitsanfang 1897 – Frühjahr 99 Ausbruch. Große Lebensgefahr 17. Okt. 1905« [16]

Die Schmerzen gingen auf eine Entzündung des Rückenmarks zurück. Über die Ursachen seiner Krankheit gingen die wildesten Vermutungen um (Exzesse im Sport, Autofahren!), doch Meyrink selbst schreibt sie bestimmten Meditationsübungen zu, die er von Mailänder empfangen hatte (siehe Kapitel 4). In »Die Tretmühle« [17] berichtet Meyrink über Versuche, mittels Autosuggestion seine Schmerzen zu besiegen. Dabei befolgte er Anweisungen der Christian Science, Übungen, die Schmerzen wegzudenken. Meyrink wohnte damals in Zizkov, einer Vorstadt Prags, wo seine Wohnung am oberen Ende einer steilen Straße lag. Seit dem Ausbruch der Krankheit konnte er sich nur am Stock fortbewegen, aber mitten im Winter, auf einer eisbedeckten Straße, war dies hoffnungslos, bis ihm der Einfall kam, die Krankheit »wegzudenken«. Ohne jede Hoffnung begann er mit einer Übung, aber zu seinem Erstaunen merkte er, daß seine Füße, die bis dahin wie abgestorbene Klumpen an seinen Beinen hingen, lebendig wurden.

Die letzten Meter zu seinem Haus konnte er sogar mit kräftigen Schritten hinter sich bringen und wie ein ausgelassenes Schulkind glitt er über das Eis. Zu Hause ging er in Hochstimmung zu Bett – aber am folgenden Morgen war er ebenso krank wie am Abend zuvor. Wiederholte Übungen halfen nichts.

Noch in seinen Prager Jahren kam eine akute Zuckerkrankheit hinzu, zu deren Behandlung Meyrink einige Male in Kurorte wie Eisenach reiste. Nach Prag trat eine allgemeine Besserung ein, wenn es auch scheint, als sei ihm für immer

ein nachschleifendes Bein geblieben. In jedem Fall hat er, während er in Starnberg wohnte, viel gerudert und gesegelt. Er selbst schrieb seine Genesung den Yogaübungen zu, die er jahrelang vollzog.[18] Gegen Ende seines Lebens verschlimmerten sich die Rückenmarksschmerzen wieder, und er suchte regelmäßig Heilstätten auf.
Eine dichterische Bearbeitung des Prager Prozesses gegen Meyrink gab Paul Leppin in seinem Roman »Severins Gang in die Finsternis«, worin die Figur des »Herrn Nikolaus« Meyrink repräsentiert.[19]

> »Man erzählte, daß in seinem Zimmer einmal ein Mensch auf geheimnisvolle Weise ums Leben gekommen sei. Niemand war Zeuge dieses Vorfalles gewesen und die gerichtliche Untersuchung ergab, daß der Revolver, ein schönes und kostbares Stück, das Nikolaus seinem Besucher zeigte, unversehens sich plötzlich entladen und ihn getötet hatte. Das Verfahren gegen Nikolaus wurde eingestellt, aber ein hartnäckiges Gerücht brachte noch lange Zeit eine Dame der Gesellschaft mit dem Unglück in Verbindung und man munkelte von Totschlag und einem amerikanischen Duell, ohne daß Nikolaus in Hinkunft sich bewogen fand, diesen verdächtigen Geschichten entgegenzutreten.«

Die einschlägigen Elemente aus Meyrinks Leben sind in dieser Passage leicht zu finden. Eins dieser Elemente ist der Schleier des Geheimnisses, den Meyrink oder seine Freunde und Feinde um seine Figur gewoben hatten, so daß Dichtung, Phantasie und Tatsachen sich mischen. Meyrinks Beitrag dazu braucht man nicht so sehr etwa im Ausstreuen von Gerüchten oder Anekdoten oder in seiner auffälligen Lebensart zu suchen, als vielmehr in dem Umstand, daß sein Leben, wie erwähnt, deutlich von einem merkwürdigen Schicksal bestimmt wurde, daß es sich abspielte wie ein Schicksalsroman. Natürlich wird jedes Leben mehr oder minder vom Schicksal bestimmt – aber Meyrinks Schicksal hatte begonnen zu »galoppieren«. Es ist möglich, wie er selbst einmal sagte, daß dies der Tatsache zuzuschreiben (oder zu danken) ist, daß er mit allerlei Übungen und dergleichen begonnen hatte, ohne die unbedingt notwendige Vorbereitung der Läuterung durchgeführt zu haben. Aber so war es wirklich: sein Schicksal sprang wie ein rasendes Pferd vorwärts, sein Leben wirbelte wie eine Stromschnelle. In diesem Sinn kann man sagen: die ganze unerquickliche Affäre mit all ihren Folgen, der Durchbruch zum Schriftstellertum – das alles *mußte* sich ereignen. Dem widerspricht nicht, daß Meyrink so gut wie nichts unterlassen hatte, um die Konfrontation mit der bürgerlichen Welt zu provozieren.

Kurz zuvor nämlich hatte seine erste Publikation das Licht der Welt erblickt: »Der heiße Soldat«. Sie erschien in der Zeitschrift Simplicissimus am 29. Oktober 1901. Die Tendenz dieser absurden Erzählung mußte auf das Offizierscorps wie ein rotes Tuch wirken.

Übrigens hat Manfred Lube herausgefunden, daß »Der heiße Soldat« nicht Meyrinks erstes literarisches Produkt war, sondern die aus dem Jahre 1897 stammenden »Tiefseefische«, von denen 1917 ein Fragment veröffentlicht wurde.[20] Diese kurze Erzählung, die eine Schilderung seines Lebens als Dandy in Prag gibt, läßt bereits eines von Meyrinks Leitmotiven zum Vorschein kommen: das wirkliche Leben, das Seelenleben des Menschen, spielt sich unter der Oberfläche des Wachbewußtseins ab (in der

Erzählung: tief unten auf dem Grund des Meeres). Die Seele geht ihren eigenen Weg und steuert oder ist jedenfalls die korrigierende Kraft in der Persönlichkeit.
Wie bereits erwähnt, war es Oskar A. H. Schmitz, der Meyrink zum Schreiben ermutigt hat.[21] Wann genau diese Begegnung stattfand, läßt sich nicht feststellen, in jedem Fall aber vor der Kraftprobe mit den Offizieren und Olič. In seinem Buch »Dämon Welt« erwähnt Schmitz diese Begegnung. Der künftige Schriftsteller wird geschildert als »sportsmäßig magerer Herr«, auffallend durch »eindringlichen blauen Blick«.

> »Im übrigen sah er mit seinem gestutzten, blonden Schnurrbart eher konventionell aus und trug sich in damals bei uns noch seltener *englischer Eleganz*. Er hinkte ein wenig und stützte sich immer auf einen Stock.«

Die zwei begegneten einander in einem Sanatorium bei Dresden, wo Meyrink wegen seiner Zuckerkrankheit behandelt wurde.

> »Er war *ein übrigens christlicher Bankier aus Prag* und wohl der sonderbarste Mensch, den ich bisher kennen gelernt hatte. So behauptete er zum Beispiel, man könne zaubern, sprach von geheimen Einweihungen, Logen, Adepten, zeigte ein umfassendes Wissen in den indischen Religionen, praktizierte selbst Yogaübungen und war zugleich ein genauer Kenner des modernen, praktischen Lebens. (...) Das Überraschendste aber an meinem neuen Bekannten war sein *scharfer Witz* und die *untrügliche Beobachtungsgabe*, die er auf die Umwelt anwandte.«

Meyrinks Kunst zu erzählen hat Schmitz unmittelbar beeindruckt.

> »Wenn er uns seine merkwürdigen phantastisch-humoristischen Geschichten zum besten gab, ermutigte ich ihn immer wieder, sie niederzuschreiben. Davon wollte er anfangs nichts hören, er habe nicht die geringste literarische Ader. (...) In seinem ersten Manuskript waren einige primitive Stilunarten, die ich ihm erklärte. Am zweiten war fast nichts zu ändern, das dritte blieb von meiner Hand unberührt. Wir schickten alle drei an den ›Simplizissimus‹. Bald traf die Antwort ein. Die Redaktion fragte, ob es noch mehr solche Geschichten gäbe und machte den Vorschlag einer ständigen Mitarbeiterschaft mit gutem Gehalt. Damit fand der Verfasser die langersehnte Möglichkeit, bald den Bankierberuf aufzugeben.«

So also spielte sich das ab: ein anderer mußte Meyrink, der von sich selbst sagte, er habe kein Talent, auf die richtige Spur setzen. Damit ist schon vom allerersten Beginn seiner Laufbahn als Schriftsteller an sein Verhältnis zum Schriftstellerberuf und zur literarischen Welt im allgemeinen charakterisiert: ein sehr ambivalentes Verhältnis, die Einstellung eines Autors, von dem es hieß, er halte eigentlich gar nicht so viel vom Schreiben und er spreche seine Sätze lieber in einen Parlographen (die erste Diktiermaschine); die Einstellung eines Autors, der sich selbst nicht primär als Künstler betrachtete.

War also auf der einen Seite für Meyrinks Geburt als Schriftsteller die Begegnung mit jemandem notwendig, der ihm den letzten Anstoß gab, so steht auf der anderen Seite die vielsagende Szene aus dem Büro der Zeitschrift Simplicissimus:

»Nicht lange hernach war zu München Redaktionssitzung beim Simplicissimus. Der zweite Redakteur Geheb hielt ein Manuskript in Händen, es hieß ›Der heiße Soldat‹ und war eingesandt von einem gewissen Gustav Meyrink aus Prag. Geheb schüttelte die Blätter in seiner Faust und seufzte: ›Das Zeug hat ein Wahnsinniger geschrieben. Schade, es wär sonst einiges daran nicht so übel. So aber: Papierkorb.‹
Verspätet trat der Herr des Hauses, Meister Ludwig Thoma, ein. Pfeifendampfumwölkt, wortkarg, saß er behäbig in seinem Stuhl und stocherte, indessen die redaktionellen Beratungen ihren Fortgang nahmen, gelangweilt mit der Zwinge seines Stockes im Papierkorb. Er spießte ein Manuskript hervor, nahm es, las, brummte: ›Ja, was wär dann jetzt dös?‹
Geheb, wegwerfend, wennschon mit bedauerndem Achselzucken: ›Das Eingesandt eines Wahnsinnigen.‹
Thoma, breit: ›Wahnsinnig? Vielleicht. Aber ein Genie. Ja, ja, Geheb, Genie und Irrsinn! Merken Sie sich aber nebenbei den Namen Meyrink. Und schreiben Sie dem Mann, ob er nicht noch mehr von solchen Sachen hat. Wir drucken's umgehend.‹« [22]

Eine feste Anstellung mit einem festen Honorar beim Simplicissimus bedeutete damals viel. Für einen unbekannten Autor, der gerade erst sein Debüt gegeben hatte, war das ein großer Erfolg. Alles wies in dieselbe Richtung: Meyrinks Schicksal begann zu »galoppieren«, nur merkte er es noch nicht. Jahre später schrieb er:

> »Wenn Sie im Ernst wollen, daß Ihr Schicksal galoppiert, müssen Sie – ich warne Sie davor und rate es Ihnen zugleich, denn es ist das einzige, was der Mensch tun soll, und gleichzeitig das schwerste Opfer, das er bringen kann! – müssen Sie Ihren innersten Wesenskern, *den* Wesenskern, ohne den Sie eine Leiche wären (und sogar nicht einmal das), anrufen und Ihm – *befehlen*, daß Er Sie den kürzesten Weg zu dem großen Ziel führt – dem einzigen, das des Erstrebens wert ist, so wenig Sie es jetzt auch erkennen –, erbarmungslos, ohne Rast, durch Krankheit, Leiden, Tod und Schlaf hindurch, durch Ehren, Reichtum und Freude hindurch, immer hindurch und hindurch wie ein rasendes Pferd, das einen Wagen vorwärts reißt über Äcker und Steine hinweg und an Blumen und blühenden Hainen vorbei! Das nenne ich: Gott rufen. Es muß sein wie ein Gelöbnis vor einem lauschenden Ohr!« [23]

Franz Werfel schrieb, 1912 habe er Prag für immer verlassen. Es sei damals noch ein halb unbewußter Rettungsversuch gewesen. Sein Lebensinstinkt habe sich gegen Prag gewehrt. Prag könne nur als Rausch, als eine Fata Morgana des Lebens ertragen werden. Das sei die Ursache, weshalb so viele Künstler nicht geflohen seien. Der Verbannte in der Fremde begreife das Geheimnis dieser Stadt besser. Gerade ein Verbannter, Gustav Meyrink, habe ihren tiefsten Nerv getroffen, ihr zweites Gesicht, den düsteren Traum ihres uralten Wesens geschildert.[24]

Erst also mußte Meyrink Prag verlassen haben, bevor er über diese Stadt schreiben konnte. Er konnte erst der »spottende Liebhaber und milde Verächter« werden, als er der Stadt den Rücken gekehrt hatte. Eduard Frank ist der

Ansicht, daß Prag Meyrinks literarischen Erzeugnissen einen unverwechselbaren Stempel aufgedrückt habe,

> »diese von ihm gehaßte und insgeheim doch so geliebte Stadt, aus deren schicksalsträchtiger Atmosphäre er sich nie wieder lösen konnte ...«[25]

Zwei Romane Gustav Meyrinks spielen in Prag und beziehen sich auf die besondere Atmosphäre und »Bodenbeschaffenheit« der Stadt: »Der Golem« und »Walpurgisnacht«. Im »Engel vom westlichen Fenster« ereignen sich einige bedeutsame Episoden in Prag. Aber von den jüngsten Geschehnissen in Prag, die ihn ruiniert hatten, war Meyrink innerlich vorläufig noch nicht frei. Er mußte sich noch einiges von der Seele schreiben, bevor es soweit war. Zunächst war es also der innere »Sturm und Drang«, von dem die Schockwellen ausgingen. Als Meister bissiger Satiren sollte der frischgebackene Schriftsteller Meyrink zunächst bekannt werden.

Nur noch ein einziges Mal hat Meyrink nach seinem Abschied von Prag die Stadt besucht. Das war, nach Lube, 1908. Frank verlegt einen Besuch der Stadt, bei dem Meyrink mit Paul Leppin und Max Thun gesehen wurde, auf ein unbekanntes Datum während des Krieges 1914–1918.

1904 hatte Meyrink Prag verlassen und war nach Wien umgezogen, wo er sich im Mai dieses Jahres einrichtete. Nach seiner Freilassung wurde er finanziell von Fritz Wärndorfer unterstützt, mit dem er befreundet war. Sein Aufenthalt in Wien war übrigens nur von kurzer Dauer. In Wirklichkeit begannen nach Prag einige Jahre des Reisens ohne festen Wohnsitz. In Wien verkehrte Meyrink in den Kreisen um Eckstein, einen in einer Vorstadt Wiens lebenden

Rosenkreuzer. Dieser Eckstein war Gelehrter, Fabrikant und Weltreisender, Förderer der Künste und Mäzen, auch Privatsekretär von Anton Bruckner, und hatte Meyrink an seinem ausgebreiteten esoterischen Wissen teilnehmen lassen. Zu diesem Kreis gehörten auch Roda Roda, Paul Busson und Peter Altenberg. In kurzen Erzählungen (»Honny soit qui mal y pense«, »Das – Allerdings« und »Der Wahrheitstropfen«)[26] gibt Meyrink Schilderungen von seinen Verbindungen in Wien, unter anderem mit einem schwarzen Magier namens Fahlendien und dem in Berlin wohnenden verrückten Maler Christophe. Seine wichtigste Arbeit dort war seine redaktionelle Tätigkeit für die Zeitschrift »Der liebe Augustin«. Aber auch dies dauerte nur kurze Zeit, nämlich bis November 1904. Mehr hierüber im dritten Kapitel.

Auch bestanden Beziehungen zur »Wiener Werkstätte« und zu Richard Teschner. Sie dauerten allerdings zu kurz, als daß sie konkrete Ergebnisse hätten zeitigen können.

Vorläufig gab es für Meyrink keine Ruhe, denn auch Wien machte ihn zu einem Verbannten. Wie ein Damoklesschwert hing eine Gefängnisstrafe von drei Jahren über seinem Haupt wegen seiner antimilitaristischen Haltung, die er im »Lieben Augustin« zum Ausdruck brachte. Er mußte in die Schweiz fliehen, wo er sich Ende 1905 in Montreux niederließ. Kurze Zeit davor heiratete er zum zweiten Mal am 8. Mai 1905 in Dover, und zwar Mena Bernt. In Montreux wurde seine Tochter Sybille geboren (1906). Zu Beginn des Jahres 1907 tauchte er erstmalig in München auf, wo 1908 sein Sohn Harro zur Welt kam. Soweit sich das nachprüfen läßt, wohnte er seit 1907 in München, doch unternahm er in den Jahren darauf regelmäßig große Reisen, zum Beispiel zum Gardasee und nach Nervi. Ferner erwähnt er Reisen nach London und Berlin im Zusammenhang mit Familienangelegenheiten. 1911 zog Meyrink nach Starnberg, wo er dann bis zu seinem Tod lebte.

Am 8. Mai 1905 heiratete Meyrink also Philomena Anna Franziska Bernt in Dover. Offensichtlich hatten sie diesen fernen Ausweichplatz zur Vermeidung des zu erwartenden Skandals gewählt, obwohl Meyrink damals schon (aber gerade erst) offiziell von seiner ersten Frau geschieden war. Mena Bernt war die Tochter eines Bankiers und die Nichte von Rainer Maria Rilke. Als Meyrink sie kennenlernte, war sie Sängerin in einem Chantan des »Hotel Wien« in Prag. In einem Brief an Buskirk schrieb sie:

> »Ich habe meinen Mann im Juni 1897 kennengelernt. Ich bin 1873 geboren und war damals 24 Jahre alt... Geheiratet habe ich meinen Mann erst als ich 32 Jahre alt war im September. Seine erste Frau ließ sich nicht

Mena und Gustav Meyrink

von ihm scheiden. Trotzdem war ich 7 Jahre mit ihm verlobt.«

Obwohl dieser Brief nicht datiert ist – das heißt, es fehlt die Jahreszahl –, steht fest, daß er nach Meyrinks Tod geschrieben wurde, wobei Mena Meyrink die Absicht hatte, einen Beitrag für eine von Buskirk geplante, aber niemals ausgeführte Biographie über Gustav Meyrink zu liefern. Wie sich zeigt, stimmen einige Angaben aus diesem Brief nicht genau mit schon bekannten Tatsachen aus anderen Quellen überein. Soweit es dabei um Daten geht, wäre es Haarspalterei, sich dabei aufzuhalten. Anders steht es mit der Bemerkung, die in demselben Brief steht, und die ich hier zitieren will:

»Die Beleidigung seiner ersten Frau, eine Auseinandersetzung mit meinem Bruder stimmt nicht.« [27]

Hier taucht ein Schwager Meyrinks auf, der eine Rolle in der Affäre mit den Offizieren gespielt zu haben scheint. In zwei anderen Quellen (Roda Roda und Wiegler) [28] wird er ebenfalls genannt. In der ersten ist von Menas Bruder die Rede, der ein Todfeind Meyrinks gewesen sein soll. Die zweite spricht von Kameraden (das heißt Offizieren) seines späteren Schwagers. Was die wirkliche Ursache dieses Hasses gewesen ist, ist unbekannt. Wahrscheinlich hat Meyrinks heimliche Verlobung viel böses Blut gemacht. Doch Mena hat dem später widersprochen. Ich erwähne dies beiläufig, weil dies nicht die einzige Äußerung ist, die Meyrinks Frau nach seinem Tod getan hat und die das doch schon schillernde Bild Meyrinks bestimmt nicht deutlicher macht. Von ihr stammen auch die Bemerkungen, daß

»die Beleidigung seiner ersten Frau nicht stimmt« und »Mein Mann selbst war ein miserabler Geschäftsmann und hat das Bankgeschäft caput gemacht.«

In England, wo das Schreiben von Biographien eine noch blühendere Tradition hat als bei uns, kursiert der Ausspruch: »First kill the widow« – bevor du mit einer Biographie beginnst. Witwen scheinen sich der Abfassung einer Biographie noch immer widersetzt zu haben. Das kann man von Mena Meyrink freilich nicht durchgängig sagen. Sie half Buskirk und führte zahlreiche Gespräche mit Frank, die jedoch immer mühsamer verliefen, da sie zunehmend schwerhörig wurde. Sie war der letzte Zeuge, doch wollte sie ihre Erinnerungen nicht aufschreiben, weil sie für ihre Zuverlässigkeit nicht einstehen konnte. Zieht man dies in Betracht, so stehen ihre Bemerkungen allerdings auf schwankendem Grund.
Von Mena hieß es, sie sei Gustav Meyrinks »guter Engel« gewesen.

»Denn nicht zuletzt ihrer stillen, gütigen Sorge ist es zu danken, daß Gustav Meyrinks Lebensabend von der Ruhe erfüllt war, die er zu seinen Meditationen, zu seinem Schaffen brauchte.« –[29]

Meyrink legte größten Wert auf eheliche Treue. Er hielt das für eine Basis, auf der man sich in späteren Seinszuständen wiederbegegnen konnte. In »Das grüne Gesicht« steht:

»Wenn es aber einem Menschen gelingt, über die ›Brücke des Lebens‹ hinüberzuschreiten, so ist es ein Glück für die Welt. (...) – Nur etwas ist vonnöten: ein

> einzelner kann dieses Ziel nicht erreichen, *er braucht dazu –– eine Gefährtin*. – Nur durch eine Verbindung männlicher und weiblicher Kräfte ist es überhaupt möglich. Darin liegt der geheime Sinn der Ehe, der der Menschheit seit Jahrtausenden verlorengegangen ist.«

In seiner zweiten Ehe hat Meyrink diesen verborgenen Sinn zweifellos gefunden. Mena hat ihn aber 34 Jahre überlebt. Nach seinem Tode lebte sie in Percha bei Starnberg. Sie starb 1966 im Alter von 93 Jahren.

3.
Die Schockwellen eines visionären Schriftstellers (1903–1918)

Die Grundlage von Meyrinks Schriftstellerei liegt in Prag. Genauer gesagt, kann man von zwei Pfeilern sprechen, auf denen das frühe Werk ruht. In erster Linie sind das seine Visionen, seine Hellsichtigkeit. In zweiter Linie das außerordentliche Ehrgefühl, der unauslöschliche Drang des »jungen Wüstenhunds«, wie er sich selbst nannte,[1] andere herauszufordern. Dabei sei bemerkt, daß der zweite Pfeiler, den man auch das Haß-Motiv nennen kann, nur unter dem Teil des Werkes steht, der von Meyrinks »Sturm und Drang« abgeschlossen wurde, dem satirischen Werk also. Der visionäre Charakter hingegen blieb im ganzen Œuvre ein wesentlicher Faktor, wobei sich der Akzent vom Persönlichen zum allgemein Menschlichen verschob.

»Die Verwandlung des Blutes«, ist Meyrinks ausführlichster autobiographischer Text. Er wurde erst vor wenigen Jahren, 1981, zum ersten Mal veröffentlicht.[2] Hier schrieb er über das erste Stadium seiner Laufbahn als Schriftsteller folgendes:

> »Sechsunddreißig Jahre sind es her, daß ich jene vermummte, geheimnisvolle Gestalt hinter den Kulissen des Lebens zum ersten Mal ahnte. Sie gab mir stumme Zeichen, die ich lang, lang nicht verstand; ich war noch zu jung, um zu erfassen, was mir die Gestalt sagen wollte. Das Spiel der Komödianten auf der Bühne nahm mich

noch zu sehr gefangen. Ich wähnte, ihr Spiel sei wichtig und auch für mich erdichtet. Dann, als ich selbst mitspielen sollte, aber die mir zugeteilte Rolle mir unerfreulich schien, befiel mich ein wilder unbändiger Haß gegen die Geschminkten, und ich ergoß meinen fanatischen Haß gegen alles Komödiantentum in Satyren, oder wie man es sonst nennen mag.«

Die Motive für das schriftstellerische Werk waren also, man könnte sagen: überreichlich vorhanden. Meyrink schöpfte aus seinem enormen Erfahrungsschatz und machte zum Beispiel aus Olič den Agenten Otschin, der im »Golem« den Schauplatz betritt, oder er verewigte ihn in der Figur der »Meineidkrabbe«. Wenn zwei Menschen sich bis aufs Blut hassen, so schaffen sie damit ein Band, das ebenso fest, wenn nicht fester ist, als dasjenige, das zwischen zwei Liebenden geknüpft wird. 1932 erschien in Berlin in einer Zeitung ein Artikel über Meyrinks Tod, worin stand, er habe »seinen Todfeind in den Tod mitgenommen«.[3] Irrtümlicherweise wird dabei berichtet, daß Olič am selben Tag gestorben sei wie Meyrink. Richtig ist aber der 1. Dezember 1932, während Meyrink drei Tage später starb.
Abgesehen davon stimmt aber ein derartiger Bericht doch nachdenklich.
In mehreren Erzählungen hat Meyrink mit den Militärs abgerechnet, die er als rückständige Figuren schildert und in dem einen oder anderen hinterwäldlerischen Dialekt sprechen läßt. In »Die schwarze Kugel« findet sich dafür eines der stärksten Beispiele.[4] Es wird darin über eine aufsehenerregende Erfindung berichtet, von zwei Indern erdacht, nämlich eine Maschine, die Gedanken produzie-

ren kann. In einem brechend vollen Saal wird von den beiden vor westlichen Wissenschaftlern eine Demonstration gegeben, wobei einer der Erfinder, ein Brahmane, an den verwickelten Apparat angeschlossen wird. Nach kurzer Zeit erscheint in einer Flasche das Bild einer indischen Landschaft von unbeschreiblicher Schönheit. Das fixierte Bild kann monatelang in der Flasche sichtbar bleiben, denn es ist ja das Produkt der gigantischen Gedankenkraft des Brahmanen. Es werden dann auch einzelne Vorführungen mit Hilfe der anwesenden Wissenschaftler durchgeführt, mit den sonderbarsten Ergebnissen. So erscheint bei einem Professor für innere Medizin das Bild eines chaotischen Konglomerats von mißfarbenen Brocken, Klumpen und Zacken usw. (»wie italienischer Salat«, sagt spottend ein Theologe, der aber vorsichtigerweise an dem Experiment nicht teilnimmt). Als an einem anderen Ort die Versuche wiederholt werden, tritt eine Gesellschaft Offiziere nach vorne (alles macht »respektvoll Platz. Na selbstverständlich«!). Ein Oberleutnant wird an den Apparat angeschlossen. Während der ersten zehn Minuten geschieht nichts, man befürchtet, daß der Apparat kaputtgegangen ist, aber dann erscheint in der Flasche eine schwarze Kugel, groß wie ein Apfel. Die Flasche explodiert, oder eigentlich implodiert, denn die Scherben verschwinden in der Kugel. Da nun die Kugel frei in der Luft hängen bleibt, ergibt sich, daß es eigentlich ein Loch ist, ein schwarzes Loch. »Es war ein absolutes: – ein mathematisches ›Nichts‹!« Alles, was an das Nichts grenzt, wird von ihm angezogen und verschwindet im Nichts: die Luft, Damenschleier, Papierschnitzel, sogar der Säbel eines Militärs, der dem Phänomen zu Leibe rücken will.

Verschiedene Elemente aus Meyrinks satirischem Werk

Zeichnungen zu »Der Mann auf der Flasche« von Fritz Janowski

kann man in dieser Erzählung wiederfinden: den grotesken Humor, die sarkastischen Angriffe auf Wissenschaftler und Militärs – Komödianten sie alle. Und dabei tritt als ganz besonderes Element in den Vordergrund, was man einmal »exakte Phantasie« genannt hat. Hat nicht ungefähr ein halbes Jahrhundert später die Astronomie das sogenannte schwarze Loch entdeckt, ein Phänomen, das die selben Eigenschaften besitzt wie die Kugel, die aus dem Hirn des Soldaten hervorging?

Meyrink hat auch einige Parodien geschrieben, unter anderem auf Werke von Gustav Frenssen, namentlich auf die Erzählungen »Jörn Uhl« und »Hilligenlei«, womit er die Heimatkunst durch den Kakao zog.[5] Von Patriotismus hielt er nichts. Auf Anregung des Verlegers Kurt Wolff faßte Meyrink den Plan, ein Buch mit Parodien zu schreiben, der aber nicht verwirklicht wurde. Aus Andeutungen geht hervor, daß darin Parodien auf die Brüder Mann, Wedekind, Freuds Komplextheorie, Oscar Wildes »Salome« und einen »theosophischen Vortrag von Dr. Rudolf Steiner« enthalten sein sollten.[6]

Der Titel einer seiner Erzählungssammlungen »Des deutschen Spießers Wunderhorn« ist an sich schon eine Parodie, nämlich auf »Des Knaben Wunderhorn«. Der erste Band mit kurzen Erzählungen erschien 1903 unter dem Titel »Der heiße Soldat und andere Geschichten«, er umfaßte alle kurzen Erzählungen, die ab 1901 im Simplicissimus veröffentlicht worden waren. 1904 und 1907 erschienen dann die Bände »Orchideen« und »Das Wachsfigurenkabinett«. Das »Wunderhorn« war also Meyrinks vierter Erzählungsband und wurde 1913 publiziert.

Die Hauptfiguren in diesen Erzählungen sind vor allem Außenseiter, einsame, verrückte Wissenschaftler zum Beispiel, die mit absurden Methoden die Welt verbessern wollen. Alle sind sie karikaturistisch verzerrt, grotesk, gespalten, besessen von Wahnideen. Meyrink war fasziniert von der Existenz von Menschen, die wie Marionetten, »Wachsfiguren«, gelenkt und manipuliert werden, Spielbälle von Mächten, die stärker sind, als die bewußte Persönlichkeit es weiß. Seltsame Experimente spielen eine regelmäßig wiederkehrende Rolle, häufig mit okkultem Hintergrund. Halbtierische Gestalten oder primitive Charaktere mit Mißbildungen treten auf, Tiere mit menschlichen Zügen, wie die Affen, die nach der Injektion eines bestimmten Impfstoffs sich hysterisch, patriotisch und militaristisch betragen. Oder Wissenschaftler, die ihr Äußerstes tun, um Affen ähnlich zu werden. Ein normaler Mensch kommt in diesen Geschichten nicht vor, höchstens Asiaten, die in einzelnen Erzählungen eine Rolle spielen und als die redlichsten Menschen beschrieben werden. Man kann sich leicht vorstellen, daß diese scharfen Satiren eine ganze Anzahl von Lesern in ohnmächtige Wut versetzten, besonders Ärzte, Militärs, Diplomaten und Nationalisten. Die Herausforderung des Bürgertums, die Angriffe gegen die »Komödianten« wurden jetzt von der Ebene des Schriftstellers aus vorgetragen, wodurch ein breiteres Publikum als in Prag erreicht werden konnte, wo Meyrinks Ruhm nur durch Gerüchte verbreitet wurde. Der erste Erzählungsband zum Beispiel erreichte eine Auflage von 85 000 Exemplaren.

Neben sehr herablassenden Urteilen konnte Meyrink mit seinen kurzen Geschichten auch große Popularität erzielen, vor allem unter Künstlern und Kunstkritikern. Der Tenor der Literaturkritik war und ist, daß sein frühes satirisches Werk als besonders wertvoll, originell und ta-

lentiert gepriesen wird. Oft wird Meyrink dabei mit E.T.A. Hoffmann und Edgar Allan Poe verglichen.
Ein anderes Stilelement, das schon im Frühwerk in den Vordergrund tritt, ist die Arbeit mit Kontrasten. Meyrink läßt Personen zuerst sehr erhaben agieren, sich aber dann plötzlich recht vulgär verhalten. In diesen Zusammenhang gehört auch der Gebrauch von Neologismen und die Benennung seiner Helden mit bizarren Namen, die häufig asiatischen Sprachen entlehnt sind. Das Schönste aber sind sicher die Titel, die er erfand. Hierin war er Meister: *Tschitrakarna, das vornehme Kamel; Das Wildschwein Veronika; Wozu dient eigentlich weißer Hundedreck; Amadeus Knödlseder, der unverbesserliche Lämmergeier; Die heimtückischen Champignons* und viele andere.

Die Verbindung mit dem Simplicissimus dauerte von 1901 bis 1909.[7] Für Meyrink war das eine fruchtbare Zeit. Zwischen 1901 und 1908 schrieb er 38 Erzählungen für dieses Blatt, mußte danach allerdings die Produktion zeitweise unterbrechen, weil er aus Geldnot gezwungen war, Übersetzungen zu machen. Nach 1914 folgten noch einzelne Beiträge. Es war ein großer Vorteil, daß er mit dem Simplicissimus eine Vereinbarung hatte treffen können, denn es war ein vielgelesenes und in bestimmten Kreisen tonangebendes Blatt. Mit der politischen Tendenz konnte er wenig anfangen, allerdings paßten seine antimilitaristischen Absichten zum Geschmack der Redaktion. Was er auf literarischem Gebiet geworden ist, verdankte er, wie er selbst sagte, dem Simplicissimus. Für ihn war es die günstigste Plattform, um seine spirituellen und okkulten Ideen zu verbreiten:

> »Daß ich eine Maske vornahm, war eine Hinterlist von mir; ich wollte den ›Simplizissimus‹ mir als Forum erschleichen, um die mir heilige Sache dem Publikum gewissermaßen von rückwärts beizubringen.[8]

Man kann freilich behaupten, daß diese »heilige Sache« durch Nebensachen überwuchert wurde, zum Beispiel gesuchte Redewendungen und skurrilen Humor. Andererseits ist es gerade diese kontrastreiche Kombination, die seinen Erzählungen einen so einzigartigen Ton gibt. Auch gab es Leute, die fanden, er mache sich über diese heilige Sache lustig. In jedem Fall konnte er aber mit der Verbreitung seines spirituellen »Programms« erst wirklich einen Anfang machen, als er Romane zu schreiben begann. Erst mußte das Feuer des Hasses gegen die »Komödianten« gelöscht sein.

Eine andere Zeitschrift, mit der er Beziehungen einging, war »Der liebe Augustin«. Von Mai bis November 1904 war Meyrink Chefredakteur, nämlich während seines Aufenthaltes in Wien. Er war Nachfolger von Adam Müller-Guttenbrun, der das von Greipel herausgegebene Blatt geleitet hatte. Das Programm der Zeitschrift lautete wie folgt:

> »›Der liebe Augustin‹ ist ein geistig und finanziell vollkommen unabhängiges Blatt, das keiner bestehenden politischen Partei dienen wird. Das Blatt wird in Wort und Bild, mit den Waffen des Humors und der Satire, gegen alle Ausartungen des öffentlichen Lebens zu Felde ziehen, allem Guten Freund, allem Schlimmen Feind sein und sich auch dem Ernst nicht völlig verschließen.«[9]

»Der liebe Augustin« erschien dreimal monatlich bis November 1904. Viele Bekannte und Freunde Meyrinks, die er noch aus Prag kannte, gehörten zu den Mitarbeitern: Oskar Wiener, Paul Busson, Erich Mühsam, Paul Leppin, Max Brod usw. Illustratoren waren u. a. Richard Teschner, Franz Christophe, Alfred Kubin, Hugo Steiner und John Jack Vriesländer. Bedeutende literarische Beiträge stammten von Otto Julius Bierbaum, Franz Wedekind, August Strindberg, ebenso Übersetzungen von Stefan Zweig.
Meyrink zog die Angelegenheit großzügig und enthusiastisch auf, doch fehlte es an einer soliden finanziellen Basis und zum Schluß ging das Blatt ein. Veröffentlichungen seiner Novellen erschienen außer im Simplicissimus auch im »März«, »Pan« und »Zwiebelfisch«. Geldmangel zwang ihn später, sich jeweils dem meistbietenden Organ oder Zeitschrift zuzuwenden, zum Beispiel »Sport im Bild«. 1913 trug sich Meyrink mit dem Plan, selbst eine Zeitschrift herauszugeben, die nach seiner Äußerung

> »dem in München herrschenden Kunstgeschmack mit der Faust ins Gesicht schlägt«.[10]

Das Blatt sollte »Gent« heißen. Zu mehr als Kontakten mit möglichen Finanziers und Mitarbeitern (wie Berta Eckstein, die unter dem Pseudonym »Sir Galahad« publizierte) ist es nicht gekommen.
Nach dem Schreiben von kurzen Erzählungen begann Meyrink mit verschiedenen Projekten. Das meiste davon blieb im Anfangsstadium stecken. Andere stellten sich als wenig erfolgreich heraus. Eine ziemlich aufwendige Unternehmung war die Zusammenarbeit mit Roda Roda, aus der vier Theaterstücke hervorgingen. Die Pläne da-

für waren nach Roda Roda schon aufgetaucht, als sich die beiden Schriftsteller in Maderno begegneten. Das muß 1908 gewesen sein, denn Roda Roda schrieb, daß Meyrink sich drei Jahre lang an die Idee gewöhnen mußte, und die Arbeit daran wurde erst 1911 aufgenommen. An einem Vormittag wurde der Entwurf für eine Komödie fertig. Danach schrieb jeder seine Version, die in kürzester Zeit aufs Papier gebracht war. Mit dem ersten Stück »Der Sanitätsrat« waren die Kompagnons sogar in drei Wochen fertig.[11] Zwischen 1910 und 1913 verfaßten sie zusammen vier Theaterstücke. Erstens »Der Sanitätsrat«, eine Komödie in drei Akten. Gewidmet Helene Böhlau al Raschid. Das Werk enthielt zahlreiche Anspielungen auf das öffentliche und literarische Leben, häufig in recht grobem Ton. Zweitens »Die Sklavin aus Rhodos«. Premiere fand am 21. Dezember im Münchner Schauspielhaus statt. Die Kostüme entwarf Olaf Gulbransson, die Musik stammte von Eugen d'Albert. Im allgemeinen wurde das Stück sowohl von der Öffentlichkeit als auch von der Kritik schlecht aufgenommen. Überdies wurden die Verfasser des Plagiats beschuldigt. Drittens »Bubi«. Dieses Werk wimmelte von Karikaturen von Diplomaten. Außerdem wurde das literarische Leben verspottet, vor allem die Welle der sexuellen Aufklärung und der Spiritismus. Viertens »Die Uhr«. Das Stück hatte 1914 im Hoftheater in München Premiere. Beide Autoren schrieben eine eigene Version. Wolff, der Intendant des Hoftheaters, wählte diejenige von Meyrink, ohne übrigens zu wissen, daß sie von ihm war. Das konnte Roda Roda nur mit Mühe verwinden. Zunächst versuchte Meyrink das Stück noch anderweitig zu verkaufen, nahm aber später davon wieder Abstand. Schließlich trat er seine Rechte an Roda Roda ab, womit ihre Zusammenarbeit an ihr Ende kam. Die

Stücke wurden auch noch veröffentlicht, allerdings ohne Erfolg. 1913 schrieb Meyrink an Roda Roda:

> »Ich habe nunmehr alles, was mit dem Theater zusammenhängt, so gründlich satt, daß ich nur *eine* Lösung sehe: Raus.« [12]

Nachdem Meyrink Prag verlassen hatte, mußte er unaufhörlich mit großen finanziellen Problemen kämpfen. Von einigen Freunden wurden Hilfsaktionen unternommen. Danach versuchte er, sich etwas durch den Handel mit Schmuck und Edelsteinen hinzuzuverdienen.[13] Notgedrungen begann er Werke von Dickens zu übersetzen. Davor hatte er ein Buch von Camille Flammarion übertragen: »Die Rätsel des Seelenlebens«, 1908. Die Dickens-Übersetzungen entstanden in den Jahren 1909 bis 1914. Charles Dickens war von Jugend an einer der Lieblingsschriftsteller Meyrinks, überdies in dieser Zeit überhaupt ein populärer Schriftsteller. Meyrink war nicht der einzige der diesen Autor schätzte. Auch Kafka äußerte sich anerkennend über ihn.[14] Der Dichter war gerade erst vom deutschen Lesepublikum entdeckt worden, es war ein harter Konkurrenzkampf zwischen den Verlegern ausgebrochen, die gleichzeitig Übersetzungen Dickens' auf den Markt brachten. Diejenigen von Gustav Meyrink erschienen im Albert Langen Verlag. Nach den Plänen sollten zwanzig Bände herauskommen, doch bei Band sechzehn wurde die Produktion eingestellt, weil die Verkaufsresultate ungenügend waren.

Im Zusammenhang mit diesen Übersetzungen wurde übrigens zum ersten Mal bekannt, daß Meyrink sich eines sogenannten Parlographen bediente. Meyrink las den englischen Text und sprach dann sofort die deutsche Übersetzung hinein. Die gute Beherrschung der englischen Sprache verdankte er seinen regelmäßigen Kontakten mit esoterischen Strömungen in England und dem Vorlesen englischer Texte innerhalb theosophischer Kreise. Die Neuigkeit, daß Meyrink einen solchen Apparat benützte, machte einiges Aufsehen, traf übrigens auf den Unglauben des Verlegers Kurt Wolff. Er wollte nicht einmal wahrhaben, daß eine solche Maschine existierte.[15] Meyrink, der als einer der ersten davon Gebrauch machte, zog diesen Apparat der gewöhnlichen Art des Schreibens vor. Er ermöglichte große Produktion in kurzer Zeit, war also gerade für Übersetzungen geeignet. Sonst schrieb Meyrink seine Manuskripte mit dem Bleistift, später auch mit der Schreibmaschine.

Als seine Übersetzungsarbeit zu einem völligen Mißerfolg zu werden drohte, versuchte er noch über Hermann Hesse, seine Leistungen zu propagieren, indem er in einem Brief behauptete, seine Übersetzungen seien nicht nur die besten, die damals auf dem Markt waren, sondern auch die besten, die jemals erschienen seien.[16] Ein Urteil, das jedenfalls in deutlichem Kontrast zur Mehrzahl der Kritiken stand, obwohl es einzelne günstige Ausnahmen gab. Die Ausgaben erschienen zwischen 1909 und 1914.[17]

Die Publikation des Sammelbandes »Des deutschen Spießers Wunderhorn« bedeutete den Abschluß von Meyrinks Frühwerk, seiner »Sturm und Drang«-Periode, in der er mit wirklichen und eingebildeten Feinden abrechnete. Allmählich wurde er seines Hasses gegen diejenigen, die ihn in Prag erniedrigt hatten, und seines Ekels vor den »Komödianten« Herr. Er kam nämlich dahinter, daß die »Komödianten« sich nicht einmal bewußt waren, daß sie eine Rolle spielten, wie er in »Die Verwandlung des Blutes«

schrieb, sondern daß sie von Kindesbeinen an zum Spielen von Rollen manipuliert worden waren. Diese Entdeckung, und also auch die Entdeckung seiner eigenen Rolle in diesem ganzen Spiel, ließ ihn seine Haßgefühle überwinden. Das Thema seiner Erzählungen veränderte sich. Er begann jetzt in Novellen und Romanen auf die Gestalt des »Vermummten« hinzuweisen. Wer diese Figur war, wußte er nicht. Er vermutete nur, daß sie bereits zwei Mal in sein Leben eingegriffen und es in eine bestimmte Richtung gelenkt hatte. Vielleicht erzeugte dieser »Vermummte« die Visionen, die jetzt immer stärker seine Erzählungen inhaltlich bestimmten.

Arnold Waldstein unterscheidet zwei Typen der kurzen Erzählungen: die expressionistischen, wie er sie nennt, und die Einweihungsgeschichten.[18] Vom ersten Typus sagt Waldstein, diese Erzählungen seien allesamt von Angst geprägt, jedenfalls vermittelten sie häufig eine Atmosphäre der Angst. Die Erzählungen sind meistens in pathetischem Ton gehalten, einigermaßen wortreich und endigen jeweils sarkastisch.

Der zweite Typus von Geschichten, die Einweihungsgeschichten, hat eine andere Form, nämlich weitgehend die Form einer »Ellipse«, und was ihren Inhalt betrifft, so stehen das Leid, der Terror und das Unrecht im Mittelpunkt. Doch ist es nicht so, daß Meyrinks Helden in diesen Erzählungen an ihrem eigenen Leben leiden. Das Leid überfällt sie als Eingriff des Schicksals, und eben dies weckt sie zur Aktivität, zum Übersteigen der eigenen Natur, oder wenigstens zu einem Versuch dazu. In jedem Fall führt das Leid zur Erkenntnis des unlöslichen Bandes zwischen Unheil und Unrecht auf der einen Seite, die sozusagen von außen ins Leben hereinbrechen, und dem eigenen Wesen

auf der anderen Seite. Meyrink schlägt hier das Thema des »Karma« an.
Dieser zweite Typ von Geschichten wurde in dem Buch »Fledermäuse« gesammelt, das 1916 herauskam. Nach Tonlage und Tendenz gehören diese Erzählungen in die engste Nachbarschaft seiner Romane. Immer noch wird scharf beobachtet, doch »Duelle« werden nicht mehr ausgetragen. Immer offener spricht Meyrink über okkulte Fragen, wobei gleichzeitig auffällt, daß gängige künstlerische Formen keine Rolle spielen. Er benützt die Literatur ohne Umwege als Plattform für die Verbreitung seiner Ideen. Meyrink beginnt seine Maske abzuwerfen. Das Kreuzen der Degen ist vorbei, das Spiel mit der Sprache, mit Neologismen, mit grotesken, lächerlichen Figuren hört auf. Er verläßt das Regelgebäude künstlerischen Aufbaus. Es kommt durchaus vor, daß seine Erzählungen schon mit der Pointe beginnen. Damit erreicht er überraschende Effekte: der Leser kommt erst am Ende der Geschichte dahinter, daß die Pointe schon am Anfang gesetzt ist, was wiederum eine Pointe für sich ist, und so schließt sich die Ellipse.
Die erste Schockwelle von Meyrinks literarischer Arbeit, die in dem ersten Roman, dem »Golem«, kulminieren sollte, beruhte auf einer Gefühlswirkung, die dadurch erzielt wurde, daß Science-fiction und okkulte Elemente – man denke zum Beispiel an die schwarze Kugel – mit scharfem Spott und Sarkasmus vermischt wurden. Der Haß verschwand, die Phantastik blieb, gewann aber allmählich noch an Tiefgang. Nach dem »Golem« und den Erzählungen aus den »Fledermäusen« setzte die zweite Schockwelle ein. Sie beruhte nicht mehr auf dem direkten äußerlichen Effekt, sie wirkte mehr untergründig, indirekt, allmählich und mit Verzögerung.

Hans Arnold Plöhn schreibt über Meyrink:

> »Ein glänzender Gesellschafter trotz allem, dessen Temperament, dessen funkelnder Esprit den neuen Kreis in den er geriet, faszinierte.« [19]

So lief es in Wien, so lief es auch in München. Roda Roda beschreibt ihn als »blendenden Gesellschafter«, einen Mann, der »von Temperament glühte« und von Paradoxa lebte.[20] Wie er war, so schrieb er auch: feurig, um nicht zu sagen aggressiv, und kontrastreich.
Das Paradoxe an ihm war der Ausdruck eines ungeheuren inneren Kampfes. Schon in Prag war ein Sturm in ihm ausgebrochen, zwei Seiten stritten in ihm um die Vorherrschaft: das Streben, hinter den Schleier der Dinge zu dringen, und seine feindselige Haltung gegenüber jedem, der seine verletzbaren Stellen kannte oder auf den hingeworfenen Fehdehandschuh reagiert hatte. Diese zwei Seiten vertrugen sich nicht miteinander, das war die Ursache des Kampfes.
Max Pulver lernte Gustav Meyrink in München kennen und erkannte diesen Widerspruch in ihm. Er beschreibt Meyrink als einen schlanken Vierziger, sehnig-elegant, mit langem, fast kahlem Schädel und »tiefliegenden, tiefblikkenden hellen Augen.

> An ihnen blieb mein Blick hangen, (...) in ihnen war ruhige Stille im spießbürgerlichen Trubel des Hofgartencafés, wo die Figuren aus ›Des Deutschen Spießers Wunderhorn‹ ihren Schöpfer unwissend und selbstgesättigt umlärmten. ›Der Mensch mit seinem Widerspruch ist erst der Anfang des ganzen Menschen‹, diese Ansicht

strahlte Meyrinks Gestalt und Haltung aus (...), dieser Mann paßt nicht zu sich selbst. (...) Daneben aber ging sein hell klingendes Gespräch wie eine elegante Fechtübung weiter. Dann plötzlich legte sein äußerer Mensch den Degen weg, sein innerer Mensch senkte sich in seinen Leib zurück. Der große, straffe Mann verbeugte sich und ging.«[21]

Eine andere Erinnerung stammt von Karl Wolfskehl. Er beschreibt Meyrink als schlanken, vornehmen Mann

»mit den feinen Bewegungen, dem schmalen, von den Falten innerlicher Arbeit, unbezwinglicher Energie und auch tiefen Leidens zugleich begrenzten und umzuckten Munde, dem leuchtend ebenmäßigen Schädel und den Augen, deren Tiefenblick so viel Ironie, ja Schelmerei überblitzte.
Das Merkwürdigste in seinem Gesicht waren eben doch die Falten um den Mund. Sie gaben den Zügen fast etwas Tibetanisches (...) sie blieben still, fast unbewegt, auch wenn es von den Lippen dunkel, toll oder bizarr ausbrach.«[22]

In welchen Kreisen Meyrink auch verkehrte, jeder Zuhörer wurde unmittelbar von seiner Kunst zu erzählen beeindruckt. Wolfskehl:

»Meyrink gehörte zu den Sprechern, deren lebendiges Wort durch die Magie des Moments, der Betonung, der Aufgeschlossenheit der Zuhörer erst seinen richtigen Sinn erhielt. Man hing an seinen Lippen, man konnte sich nicht satthören.«

Dieser »Großmeister der Konversation« war im gesprochenen Wort in seinem Element. Daher der »Parlograph«. Daher auch vielleicht die Äußerung Mena Meyrinks, die beim ersten Hören recht sonderbar klingt: »Mein Mann schrieb so ungern!«
Wolfskehl:

> »Er war eine völlig neuzeitliche Erscheinung, ein soignierter Yogi, ein Eremit mit guten Manieren (...)
> Und so glaube ich, nie war ich mehr in seinem Banne, nie wurde mir die Identität von Taschenspielertum und echter Magierschaft dieses Großmeisters der Konversation deutlicher, unheimlicher, lieber als an jenem Spätnachmittag im halbdunklen Gemach, als er uns, einem kleinen Kreise bedrückt und angespannt Lauschender, von den Zuständen des Zwischenreichs nach dem Tode einiges zum besten gab. Er war in seiner makabersten, grauenlüsternsten und verwegensten Laune. Alle Schauermärchen des Ostens, alle Teufelsphantasien des Mittelalters verblaßten gegenüber den Schrecknissen, den fürchterlichen Angstbildern, die er mit halblauter Stimme fast gleichmütig heraufbeschwor. Eine Stunde lang ging die Rede, eine Stunde lang schlürften wir Hörer an diesem brodelnden Höllenkelch, an dem wir schließlich wie festgewachsen hafteten. Das künstlerische Wohlgefallen an Einfällen und Phantasmagorien wandelte sich in atemlose Lebensangst, jede Rechenschaft erlahmte, das Hier und das Dann stürzten ineinander. Unsinnig surrten die Wirbel, schnürte die Qual – da brach Meyrink irgendwo ab, mitten in den eiskalten Schauern oder an deren Schluß, an deren Beginn, wer wüßte es zu sagen. Mit einem leisen Seufzer, dabei fast

freundlich, fast nachsichtig kam es von seinen Lippen: ›Ja mei, wenn's weiter nix wär!‹
Das ist Gustav Meyrink, der Meister und Gent des Zwischenreichs.«

Nach Herbert Fritsche war Meyrink ein leidenschaftlicher Liebhaber von Kaffeehäusern. Im Münchner Stadtteil Schwabing war das Café Stephanie sein Stammlokal. Dort spielte er Schach mit Erich Mühsam. Mit Franz Wedekind, Kurt Martens und Heinrich Mann bildete er die Nachmittags-Gesellschaft im Café Luitpold. Darüber schreibt Mühsam:

»Hier wurden mit gedämpfter Stimme die Ereignisse besprochen und aus höheren Gesichtspunkten betrachtet. Meyrink gab dabei unseren realistischen Betrachtungen häufig etwas mystische Zutat bei. Mir erklärte er einmal, mir werde im Krieg bestimmt nichts Böses widerfahren, denn ich sei einer der ganz wenigen, die diesen Krieg nie gewollt und nie gebilligt und schon vorher gegen ihn geeifert hätten. Das mache mich immun gegen seine Gefahren. Aber vor einer Revolution solle ich mich in acht nehmen. Die lebe in meinen Wünschen und würde mich im Guten wie im Schlimmen zu finden wissen.« [23]

Im übrigen hatte Meyrink zum gesellschaftlichen Leben in München und zur künstlerischen Welt ein gespaltenes Verhältnis. Er nahm zwar teil daran, doch ließ er sich zu gleicher Zeit sarkastisch darüber aus. Alles in allem blieb er in der Künstleratmosphäre dieser Zeit eine Randfigur, die sich niemals mit bestimmten Strömungen oder Kunstauffassungen identifizierte. Meyrink war nun einmal bis zu einem gewissen Grad ein Schriftsteller wider Willen und kümmerte sich keinen Deut um die Kunst, außer wenn er Kunstmittel einsetzte, um beim Leser etwas in Gang zu bringen. Das bedeutete aber nicht, daß er kein Stilbewußtsein besaß oder daß er sich von dem, was um ihn herum geschah, absonderte. Er folgte dem Leben der Künstler auf einem Nebengleis und spie bei Gelegenheit Gift und Galle gegen seine Künstlerbrüder und -schwestern. Wirklich Wurzeln schlug er niemals in München.

> »München ist eigentlich eine gigantische Sennhütte, nur gut, um von dort Abstecher in die Berge zu machen.«[24], meinte er.

Sobald er sich in Starnberg niedergelassen hatte, zog er sich mehr und mehr aus den Künstlerkreisen zurück.
Bleibende Freundschaft unterhielt er unter anderem mit Kurt Aram, Richard Teschner, Alfred Kubin und Hans Ludwig Held. Mit Richard Teschner schmiedete er Pläne für ein reisendes Marionetten-Theater,[25] Alfred Kubin lieferte Illustrationen für den »Golem«.[26] Es gab noch mehr Projekte, die aber schon im Anfangsstadium steckenblieben, zum Beispiel Exposés für Filme und die Idee, die Erzählung »Der Mann auf der Flasche« für Pantomime und Ballett zu bearbeiten. Von einem russischen Komponisten sollte es in Musik gesetzt werden. Der Auftrag kam vom russischen Ballett in Petersburg, und nach Meyrinks Frau war Meyrink zu diesem Zweck persönlich nach Petersburg gereist.[27] Aus Notizen lassen sich Pläne für, unter anderem, eine Autobiographie in Romanform und einen Roman »Der Schuldlose« erkennen. Fragmente blieben erhalten

von »Weltgeschichte« und »Tonleiter der Willenskraft«, ebenso von dem Roman »Das Haus des Alchemisten«.[28] Von diesem Roman wurden drei Kapitel vollendet, außerdem eine Synopsis. Sie wurden 1973 veröffentlicht in dem von Eduard Frank redigierten Band »Das Haus zur letzten Latern«.[29]

Mysteriös ist ein Zeitungsbericht (nicht datiert, wahrscheinlich von 1932 oder 1933), den ich im Nachlaß von Gustav Meyrink fand. Er lautet:

> »(Ein nachgelassener Roman Meyrinks.) Aus München, 12. d. wird uns gemeldet: Im Nachlasse Gustav Meyrinks fand sich ein seit längerer Zeit fertiggestellter Roman, der den Titel ›Salz‹ führt. Das Werk wird jetzt veröffentlicht werden.«

Eine Nachfrage in den Münchner Bibliotheken war ergebnislos. Auch fällt auf, daß weder Frank noch Lube, die zwei bekanntesten Meyrink-Forscher, dieses Werk erwähnen. Vorläufig bleibt nichts übrig, als diesen Bericht mit erheblichen Zweifeln an seiner Zuverlässigkeit ad acta zu legen, doch sind die Forschungen noch nicht abgeschlossen. Es steht ja auch mit den Originalmanuskripten der Romane Meyrinks nicht zum besten. Tatsächlich fanden sich bis vor kurzem nur zwei Manuskripte in Bibliotheken, nämlich die vom »Grünen Gesicht« und von »Walpurgisnacht«, sowie drei Kapitel des »Engels vom westlichen Fenster« (siehe auch S. 297). Eine Möglichkeit ist, daß das Manuskript von »Salz« von den Nazis, die 1933 an die Macht kamen, konfisziert und verbrannt wurde. Das geschah übrigens mit all seinen Büchern.

Im Zusammenhang damit ist erwähnenswert ein einmaliger Kontakt zwischen Gustav Meyrink und einem Künstler, der bis zu diesem Augenblick so gut wie unbekannt war, später aber zu großem Ruhm gelangte: Oskar Kokoschka. Daß Kokoschka damals noch keinen Namen hatte (wann genau die Begegnung stattfand, ist unbekannt, wahrschein-

Porträt Gustav Meyrinks von Oskar Kokoschka

lich etwa 1910), ergibt sich aus einem Bericht, nach dem Meyrink mit dem Geld von Adolf Loos einen Mantel für ihn gekauft haben soll und sich bemühte, Aufträge für ihn heranzuschaffen. Kokoschka schrieb über diese Begegnung:

»Seltsam, einen reifen Mann sich mit okkulten Themen, indischen Geheimlehren und Selbsthypnose in einer Stadt beschäftigen zu sehen, die nach dem Sieg von 1870 das Walhall der Bierbrauer geworden war.« [30]

Ursula von Mangoldt hat die Entstehungsgeschichte eines Meyrink-Porträts geschildert: Kokoschka hatte es fertig gemalt, doch Meyrink war nicht zufrieden. Er fragte, ob er wirklich eine so lange Nase hätte, worauf Kokoschka ein Stück seiner Nase mit dem Daumen wegwischte. Der Maler wollte 60 Franken für das Bild haben, doch der Schriftsteller gab ihm nur 10 Franken und hing das Gemälde auf die Toilette. Niemand hätte Meyrink darauf erkannt. Nach einigen Jahren schrieb ein Kunsthändler aus Frankfurt, ob Meyrink das Porträt noch besitze und ob er es verkaufen wolle. Offenbar hat er es daraufhin für wenigstens 12000 Mark verkauft.[31] Meyrink in einem Brief an Adolf Loos:

»Leider ist nun aber mein Bild so ausgefallen, daß es auf allen Seiten dem schlimmsten von Allem, nämlich *Interesselosigkeit* begegnet. – Wem immer (von *guten* Künstlern) ich es zeigte, der sagte (und leider ist das auch von anfang *meine* innerste *geheime* Meinung gewesen) daß das Bild einfach in jedem, auch im psychologischen Sinne, eine Null sei.« [32]

Das vermutlich aus dem Jahre 1910 stammende Gemälde wurde 1938 als »entartete Kunst« in Beschlag genommen und gilt seitdem als verschollen.[33]
Reaktionen auf die erste literarische Schockwelle waren der stürmische Empfang und die lobende Kritik, die den satirischen Erzählungen aus dem Simplicissimus zuteil wurden. Einige Reaktionen will ich hier zitieren. So schrieb Erich Mühsam:

> »Meyrinks Geschichten im ›Simplicissimus‹, geheimnisvoll, grotesk, gespenstisch, boshaft, witzig und funkelnd, regten zu jener Zeit die Phantasie der geistig bewegten Jugend mächtig an. Man stürzte sich über jede neue Nummer des Münchner Blattes und, stand ein neuer Meyrink drin, so war für etliche Abende Diskussionsstoff vorhanden.«[34]

Eine Beschreibung von Karl Wolfskehl atmet dieselbe Begeisterung:

> »Vielleicht gedenken auch in unserer Zeit ... doch noch viele der meisterlichen kleinen Skizzen, Geschichten, Berichte, Anekdoten Meyrinks, und wie sie damals davon gepackt wurden, belustigt, verführt, manchmal geradezu entrückt wurden. Jahre durch waren Worte, Wendungen, Vergleiche aus Meyrinks Simplicissimus-Beiträgen geradezu in aller Mund und Gedächtnis. Als geflügelte und gestachelte Sentenzen durchschwirrten sie nicht bloß Schwabing (mit dem Meyrink übrigens bloß topographisch, und auch dies nur eine Zeitlang, zu tun hatte).«[35]

Und zum Schluß Max Brod, bei dessen Debüt als Schriftsteller Meyrink Pate gestanden hatte. Für ihn stellten Meyrinks Simplicissimus-Beiträge

> »eine Zeitlang ... das Nonplusultra aller modernen Dichtung dar. Ihre Farbenpracht, ihre schaurig abenteuerliche Erfindungslust, ihr Angriffsgeist, die Knappheit ihres Stils, die überströmende Originalität der Einfälle, die sich in jedem Satz, in jeder Wortverbindung so dicht geltend machte, ...: Das alles entzückte mich ...«[36]

Ein prominenter Bewunderer Meyrinks war Hermann Hesse. Im Gegensatz zu jenen, die Meyrinks Frühwerk mit Jubel begrüßten, sich aber von den Romanen nach dem »Golem« enttäuscht abwandten, hielt seine Bewunderung auch bei dem späteren Werk an, ohne daß er jedoch mit Kritik sparte.

Der Höhepunkt der ersten Schockwelle und Meyrinks Durchbruch zum überall gefeierten und geschmähten Bestseller-Autor war sein erster Roman »Der Golem«. Meine Absicht ist es in dieser Biographie, zwei Werke Meyrinks aus der Fülle seiner Arbeiten auszuwählen und ausführlich zu behandeln, nämlich »Der Golem« und »Der Engel vom westlichen Fenster«, seinen ersten und seinen letzten Roman. »Der Golem«, weil er sein Romandebüt war, und das bei weitem populärste Buch geworden ist und immer noch ist, auch weil er auf der Verbindungslinie zwischen dem frühen satirischen Werk und den – um sie vorläufig einmal so zu nennen – okkulten Romanen steht. »Der Engel vom westlichen Fenster« deshalb, weil er Meyrinks Werk abschließt und nach den Verkaufsziffern sein am wenigsten gelesenes und ein von den Kritikern wenig geschätztes Buch ist, jedoch nach der Ansicht von anderen, darunter auch dem Verfasser, ein exquisites Meisterwerk und ein in der Romanliteratur einzigartiges Buch darstellt. Obgleich die Wirklichkeit durch Zahlen meist verzerrt wird, springt der Kontrast zwischen den Verkaufszahlen von »Der Golem« (165000 Exemplare zwischen 1915 und 1922) und von »Der Engel« (ungefähr 3500 Exemplare in den dreißiger Jahren) ins Auge.

Noch in Prag scheint Meyrink sich mit dem Plan getragen zu haben, einen Roman zu schreiben. Das war kurz vor dem Prozeß, so daß von diesem Vorhaben nichts verwirklicht wurde. Und nachdem er einmal als literarischer »Lieferant« vom Simplicissimus angeheuert worden war, mußte er für die regelmäßige Einsendung von »Skizzen«, wie er es nannte, sorgen, was ihm längst nicht immer – nur teilweise – glückte. Und danach kamen die Aufträge zur Dickens-Übersetzung von Langen.

Die ersten seriösen Berichte über die Arbeit an einem Roman datieren aus 1907, was sich der Korrespondenz zwischen Meyrink und Alfred Kubin entnehmen läßt.[37] Meyrink machte den Vorschlag, jeder solle den anderen inspirieren, indem er selbst die Kapitel eines Romans schrieb und Kubin sie mit Illustrationen versehen sollte. Aber schon sehr bald endete diese Zusammenarbeit, weil Meyrink, nach den Worten Kubins, in eine »unfruchtbare Periode« geriet, die jahrelang andauerte. Meyrink selbst schrieb an Kubin: »Häufig werfe ich ein Kapitel drei- oder viermal weg.«[38]

Die Folge war, daß Kubin durch seine eigenen Illustrationen dazu inspiriert wurde, selbst ein Buch zu schreiben. Es entstand der Roman »Die andere Seite«, ein nicht alltägliches Werk im Stil der »Schwarzen Romantik«. Das Ende vom Lied war, daß der erste Druck des »Golem« ohne Illustrationen erschien. Die zweite Auflage (1916) enthielt 25 Stiche von Hugo Steiner.

Nach Kelber hat Meyrink sieben Jahre an »Der Golem« gearbeitet, eine schwere Geburt also, was vor allem mit den Schwierigkeiten der Komposition zusammenhing. Er verstrickte sich in die Beziehungen der Romanfiguren untereinander. Mit Hilfe von Freunden und Bekannten gelang es ihm schließlich, mit diesen Problemen fertigzuwerden.[39] Max Krell berichtet, der Sinologe Felix Nöggerath habe den Knoten mit Hilfe einer Art Sternkarte entwirrt.[40] Andere Quellen erwähnen die Unterstützung des Wiener Freundes Fritz Eckstein. Dieser entwickelte ein Schachspiel, auf dem die Figuren aus dem Roman herumgeschoben werden konnten, und kam so zur Darstellung der Strukturen einiger Kapitel.[41] Dieselbe Methode wendete Meyrink bei seinem zweiten Roman »Das grüne Gesicht« an. Was die kabbalistischen Hintergründe bei »Der Golem« betrifft, so machte er von Informationen Max Brods Gebrauch.

Anfänglich sollte der Roman den Titel »Der Ewige Jude« tragen. 1914 erschien in der Zeitschrift »Pan« die Ankündigung, es werde in kurzem ein »Ghetto-Roman« herauskommen, mit dem Titel »Der Stein der Tiefe«. Meyrink ließ wissen, daß er wegen des schlechten Geschmacks der deutschen Leser den Plan habe, das Buch zuerst in England zu publizieren.

> »Es verdrießt mich nämlich, daß, seit Deutschland ›liest‹, Kunstwerke im Winkel sterben, während ein beliebiger Alpendreck mit Ekstase gefressen wird.«[42]

Damit zielte er auf die sogenannte »Heimatkunst«, die er seinerzeit parodiert hatte. Im September 1913 wurde der Roman endlich vollendet und erschien zunächst als Fortsetzungsserie in der Zeitschrift »Die weißen Blätter«. Im Oktober 1915 kam er als Buch heraus, nun doch in Deutschland. Die erste Auflage sollte nach einer Absprache 2000 Exemplare betragen, doch durch ein Versehen liefen 20000 aus der Presse. Aber sie wurden alle in kürzester Zeit verkauft.

Einige Jahre zuvor, 1912, war der Vertrag zwischen Gustav Meyrink und dem Verleger Kurt Wolff abgeschlossen worden. Auch Ernst Rowohlt, der bis 1912 zusammen mit Wolff denselben Verlag führte, hatte mit Meyrink einen Vertrag über den »Golem« unterzeichnet.

> »Ich hörte, daß Gustav Meyrink an einem Roman schrieb, fuhr zu ihm nach Starnberg, wo er damals ein reizendes, am See gelegenes Häuschen hatte. Er arbeitete hoch oben in einem Baum, in den er ein Holzhäuschen eingebaut hatte, und zu dem man auf einer mächtigen Leiter hinaufklettern mußte. Er gab mir etwa die ersten 40 Seiten des ›Golem‹ zu lesen. Ich war so entzückt von diesem Bruchteil eines Manuskriptes, daß ich sofort mit ihm über das Buch abschloß.«[43]

Eine abweichende Lesart gibt Kurt Wolff, der erzählt, Meyrink habe ihm einen schnellen Entschluß auf die ihm eigene typische Art abgezwungen.

> »Ich erinnere mich gut an Meyrinks Besuch: ein aristokratisch ausschauender, ein Bein etwas nachschleppender Herr mit untadeligen Manieren.«

Meyrink hatte das Manuskript noch nicht getippt, sondern erst in einen »Parlographen« gesprochen. Er verlangte, daß der Vertrag unverzüglich abgeschlossen werden sollte, dabei forderte er eine Honorarvorauszahlung von 10000 Mark.

> »Ob ich die Güte haben wolle, die hiermit ergebenst vorgelegten Blätter zu lesen und eine Entscheidung zu treffen. Der ungewöhnliche Vorschlag wurde in konkretester Form in großem Ernst vorgetragen (und ich hatte mir doch unter dem Autor von ›Des deutschen Spießers Wunderhorn‹ einen Humoristen vorgestellt).
> Verblüfft und verlegen las ich die handschriftlichen Folioblätter – und sollte nun nach der Lektüre (...) ›Ja‹ oder ›Nein‹ sagen.«[44]

Der außerordentliche Erfolg von »Der Golem« war unter anderem einer ungewöhnlich intensiven Werbekampagne zu verdanken, die für das Buch vom Herausgeber geführt wurde. Der hierfür verantwortliche Mann war der Lektor des Verlages, der als ein Propaganda-Genie galt. Die Kampagne verursachte damals großes Aufsehen: eine Sturzflut von Anzeigen in den Zeitungen, knallrote, riesige Plakate an den Litfaßsäulen. So etwas war bei Büchern noch niemals geschehen. Der Effekt war ungeheuer: innerhalb von zwei Jahren wurden 145000 Exemplare verkauft, danach, das heißt bis 1922, stieg diese Ziffer auf 165000, und Roda Roda spricht später sogar von einer Gesamtauflage von 220000. In dieser Zeit waren das gigantische Zahlen.

Nichtsdestoweniger wäre es ein Irrtum anzunehmen, Meyrink wäre durch diesen Erfolg ein vermögender Mann geworden. Die fetten Jahre als Bankier waren längst vorbei, seitdem mußte er stets am Rande des Existenzminimums leben. Der sehr hohe Vorschuß, den er auf den »Golem« erhalten hatte, bedeutete, daß er eigentlich schon auf einen Schlag im voraus verbrauchte, was er an Einkünften aus dem Buch haben würde. Mit dem Geld konnte er alte Schulden abzahlen, aber nicht mehr.

Eine andere Ursache für den Erfolg war die preisgünstige Spezialtaschenbuchausgabe, die als Frontliteratur in den Laufgräben des ersten Weltkriegs gelesen wurde. Man kann sich vorstellen, daß in einer Atmosphäre permanenter, unnatürlicher Anspannung und realer Bedrohung von Leib und Leben das Bedürfnis nach dem Übersinnlichen oder Okkulten geweckt wurde. Damals formulierte ein Zeitgenosse:

> »Ihnen allen bedeutet der ›Golem‹ eine Erlösung; es war eine Flucht vom Grauen des Diesseits ins Grauen des Jenseits ...«[45]

Obendrein war die Golem-Legende in diesen Jahren sehr populär und wurde viel gelesen. Aus einer Dissertation aus dem Jahre 1934 geht hervor, daß wenigstens 29 Autoren, allein im deutschen Sprachgebiet, die Legende in Form eines Buches bearbeitet hatten.[46] Meyrinks Version wurde bei weitem die berühmteste. Nicht allein die Auflage von fast einer viertel Million ist beeindruckend, sondern auch die Zahl der Übersetzungen, die ab 1916 erschienen. Vom Russischen bis zum Englischen, vom Japanischen bis zum Portugiesischen, vom Schwedischen bis zum Italienischen und so weiter.

Nicht zum wenigsten trugen der originelle Stil und die Komposition des Romans dazu bei, daß er seinen Weg zu so vielen Lesern fand. Auffallend sind die Überschriften der Kapitel. Stück für Stück sind es einsilbige Worte. Als eine Art Schlüsselworte geben sie dem Buch etwas Abstraktes. Beim Schreiben ging Meyrink sehr stilbewußt zu Werke. Aus Notizen geht hervor, wie seine Auffassungen darüber lauteten:

> »Durch abwechslungsreiche und sich im Effekt steigernde *Handlungen allein* kann ein Roman nicht jene Spannung erhalten, die er meines Erachtens haben muß, wenn er Anspruch erheben will, ein vollkommenes Kunstwerk genannt zu werden; es gehört noch dazu, daß die Schilderung an sich originell, stimmungsvoll, lebendig, optisch wirkend und derart erregend ist, daß der Leser vom ersten bis zum letzten Satz im Banne gehalten wird.
> Ein weiteres Ingredienz eines Kunstwerkes ist – wenigstens bin ich dieser Meinung –, daß der Handlung sowohl wie den handelnden Personen ein kosmischer tieferer Sinn verborgen zugrunde liegt. Natürlich soll dieser Sinn nur für den feinfühligen Leser offenbar werden; *aufdringlich soll die tiefere Bedeutung niemals wirken.*«[47]

Es geht Meyrink also um zweierlei: um Spannung, durch die der Leser in Bann gehalten wird, und um einen »tieferen kosmischen Sinn«. In »Der Golem« wird das Spannungselement durch eine Kriminalstory geliefert. Der tiefere Sinn gewinnt im Verlauf der Geschichte langsam Konturen, als ein immer intensiveres mystisches Erlebnis der Ich-Person, als Folge der Konfrontation mit den Abgründen der menschlichen Natur. Das Spirituelle wird gegen einen Hintergrund von Bedrohung, Angst und Verbrechen abgesetzt, und gerade durch diesen starken Kontrast gewinnt das Geistige an Tiefe und Bedeutsamkeit. Das spirituelle Bewußtsein ist Resultat eines langen Prozesses, durch den der erst noch rauhe, kantige Stein an der harten Realität gerieben und so zu einem polierten Edelstein mit klaren geometrischen Formen geschliffen wird.

Das finstere Irdische wird in dem Roman durch das Ghetto versinnbildlicht. Doch für Meyrink ist das Ghetto nicht nur Symbol, es dient auch als Lokalkolorit. Er wurde dazu inspiriert durch das Prager Judenghetto. In dem Roman wird es besonders suggestiv geschildert, indem Meyrink die Fassaden der alten, niedrigen Häuser mit abscheulichen alten Tieren vergleicht. Meyrink hatte noch das alte Ghetto gekannt, das heißt, vor der Renovierung, die 1917 abgeschlossen wurde. 1883 wurde die Alt-Neusynagoge restauriert, wobei man noch nach Resten des Golems gesucht hatte, doch ohne Erfolg. In dem Kapitel »Nacht« wird ein Café mit Namen »Das Bataillon« beschrieben, das wirklich existiert hat. Gustav Janouch erwähnt es in seinem Buch über Kafka:

> »Denn im Hause gegenüber vor Kafkas Geburtsstätte befand sich damals eine der berüchtigsten Unterweltskneipen der Moldaustadt, das sogenannte Bataillon, wo die Vertreter des ärmsten Lumpenproletariats stets eine vorübergehende Heimstätte fanden.
> Dabei ging es recht lebendig zu: man sang, trank und trieb Tauschhandel. In den achtziger Jahren spielte hier der blinde Zitherspieler Lojsitschek mit der unförmig dicken Harfenistin Mutter Kraus, die dann für lange Jahre die ›Saitenrippen‹ für eine Violine eintauschte.«[48]

In seiner Kafka-Biographie schreibt Wagenbach über das Ghetto:

> »In den engen, verschlungenen Gäßchen herrschte bis 1900 ein gespenstisches, tagfernes Leben, kennzeichnend schon die Häusernamen: ›Zum Mäuseloch‹, ›Zum linken Handschuh‹, ›Zum Tode‹, ›Zur Pfeffernuß‹.«[49]

Man sieht, Meyrink mußte seine Phantasie gar nicht einmal sehr strapazieren, um das Lokalkolorit zu zeichnen.
In den finsteren Bereichen des Romans herrschen Angst,

Illustration zum »Golem« von Helmut Hellmessen

Drohung, Verbrechen, am meisten aber die Angst. Angst ist es vor allem andern, die den Menschen im Würgegriff hält und ihn wie eine Marionette springen und tanzen läßt. Die Ghettofiguren selbst sind so besessen von ihr, daß sie vollkommen betäubt sind. Nur der Ich-Erzähler erfährt die Angst bewußt, bis in seine Tiefen:

> »Und immerwährend dasselbe entsetzliche Lauern in der Luft – pausenlos, lückenlos, wie das Rinnen von Wasser. (...) Es ist das Entsetzen, das sich aus sich selbst gebiert, die lähmende Schrecknis des unfaßbaren Nicht-Etwas, das keine Form hat und unserem Denken die Grenzen zerfrißt.« [50]

Und in dieser Umgebung, in dieser Atmosphäre taucht nun der Golem auf. Über die Legende vom Golem ist in verschiedenen Büchern ausführlich geschrieben worden.[51] Der Inhalt sei hier in Kürze berichtet: Im Frühling des Jahres 1580 formte der Oberrabbiner Löw ben Bezaleel (1513–1609), indem er kabbalistische Magie anwandte, einen Menschen aus dem Flußschlamm der Moldau. Diese Figur nannte er »Golem«, was im Hebräischen bedeutet: »formlose Materie« oder »Ton« oder auch »Lumpen«. Das Geschöpf wurde programmiert, durch die Prager Judenstadt, Josefov oder Josefstadt, zu patrouillieren und sie gegen judenfeindliche Zusammenrottungen zu beschützen. Der Golem sah aus wie ein gewöhnlicher Mensch, konnte aber nicht sprechen. Seine Kenntnisse waren begrenzt auf das, worüber er instruiert worden war. Leben wurde ihm eingeflößt, indem eine Pergamentrolle, auf der der wahre Name Gottes stand, in seinen Mund gesteckt wurde. Nicht nur in Prag wurde ein Golem geschaffen, auch in den jüdischen Bezirken anderer Orte. Ob der Golem in Wirklichkeit existiert hat, lasse ich hier offen. In jedem Fall handelt es sich um eine archetypische Legende, die ihren Ursprung in den talmudischen Überlieferungen von der Schöpfung hat: der formlose Stoff, aus dem der erste Mensch, Adam, geschaffen wurde. Im 16. und 17. Jahrhundert findet sich diese Figur wieder in der alchimistischen Idee des Homunculus, die unter anderem in Goethes Faust ausgearbeitet ist. Gershom Scholem hat über dieses Thema Erhellendes geschrieben.

Welches Verhältnis hatte Meyrink zum Judentum? Aus »Der Golem« und anderen Werken ergibt sich ein lebendiges Interesse besonders für jüdische Mystik und Magie, die Kabbala. Nach seiner Tochter Sybille war

> »die Vorliebe G. M's für das Judentum (...) zweifellos vorhanden und es hat wohl kein zweiter mehr die Höhen und Tiefen dieses Volkes wissender geschildert. Auch der geheimnisvolle Eifer und die seltsamen Lehren der Chassidim, sowie auch die Kabbala mußten ihn, der sein ganzes Leben derartigen Dingen nachging, in besonderer Weise anziehen.« [52]

Die Tiefen finden sich in den von Angst erfüllten Szenen im Ghetto, die Höhen in der Magie der Kabbala, durch die der Golem geschaffen wurde. Mit anderen Worten: Meyrink hatte über das Judentum keine eindeutig negative oder positive Meinung:

> »Jude und Jude, das sind zwei fast entgegengesetzte Begriffe.« [53]

Gegenüber dem niederländischen Dichter Adema van Scheltema äußerte er sich in einem Interview:

> »Die Juden sind gewiß nicht die bevorrechtigten Träger der okkulten Weisheit.«

Sicher erkannte er die tiefe Bedeutsamkeit der chassidischen Bewegung. Er stand auch einige Zeit mit Martin Buber in Briefwechsel. Die Kabbala hielt er nicht für spezifisch jüdisch, ebensowenig vom Ursprung her jüdisch. Nach seiner Meinung stammte sie indirekt aus China, welches Land für ihn der Ursprung jeder okkulten Weisheit war.

Gershom Scholem und Meyrink sind einander begegnet. Scholem war nicht gut auf Meyrinks dichterische Transposition der Golemsage zu sprechen. Im Grunde hielt er Meyrink für einen Scharlatan, der darauf aus war, mit viel Geheimnistuerei naive Gemüter zu überrumpeln. Die Quellen, aus denen Meyrink schöpfte, hatten seiner Meinung nach mit der authentischen Tradition der jüdischen Mystik zu tun. Eine Anekdote über diese Begegnung berichtet, daß Meyrink Scholem fragte, ob er wisse, wo Gott wohne. Scholem wußte es nicht. Woraufhin Meyrink sagte, daß Gott doch an der Basis des Rückenmarks wohne: Durch die Lektüre des Buches von Avalons »The Serpent Power« war er zu der Überzeugung gelangt, daß Gott »Kundalini« war, und »Kundalini« befand sich doch, zusammengeringelt wie eine Schlange, an der Basis des Rückenmarks.[54]

Meyrink verwendete die Gestalt des Golem in zwei Bedeutungen, in kollektivem Sinn als die materialisierte Gruppenseele des Ghettos und in individuellem Sinn als die unbewußte, vegetative Natur der Ich-Persönlichkeit. Jeder

Mensch wird durch die blinde Energie seines individuellen Golems getrieben, so könnte man Meyrinks Ansicht im Hinblick auf den freien Willen umschreiben. In dieser Hinsicht hatte er eine sehr pessimistische und realistische Auffassung. Nichtsdestoweniger gibt es einen Weg, eine Methode, um aus diesem Gefängnis des eigenen Wesens zu entrinnen. Und Meyrinks Motiv, dieses Buch zu schreiben, bestand darin, daß er auf diesen Weg hinweisen wollte. Allein schon das Bewußtsein, daß der Mensch sein eigener

Hillel. Zeichnung zum »Golem« von Fritz Schwimbeck

Gefangener und gleichzeitig Gefängniswärter ist, entschleiert die Perspektive auf einen befreienden Weg.
Die Gefangenen oder Besessenen in diesem Werk werden durch Typen mit karikaturistischen Zügen dargestellt: der gierige Wassertrum, die wollüstige Rosina, die eifersüchtige Loisa und der von Haß verzehrte Charousek.
Der Mensch, der über seine Naturtriebe hinausgestiegen ist, wird durch den Mystiker Hillel repräsentiert. Die Hauptperson, Athanasius Pernath, bewegt sich inmitten dieses Schwarz-Weiß-Gegensatzes. Auf eine ganz merkwürdige Weise wird in ihm der Prozeß der Erleuchtung in Gang gesetzt. Als er nämlich den Hut eines Unbekannten aufsetzt (er verwechselt diesen Hut mit dem seinigen), gerät er in einen Katarakt von Ereignissen, die sich in einer traumartigen Sphäre abspielen. Der Leser folgt dem Helden bei seinem symbolischen Niedertauchen in eine Kammer ohne sichtbaren Eingang, das Reich des Unbewußten.
Lambert Binder hat auf die Bedeutung des Initials »J« hingewiesen, welcher Buchstabe auf zweierlei Weise auslegbar ist, nämlich als Abkürzung von Ibbus, das heißt »die Befruchtung der Seele«, oder als der erste Buchstabe von Initium oder auch Initiation: »Einweihung«.[55] Die Einweihung ist zunächst noch ein unbewußter Prozeß, eine Einströmung von Kraft, wofür der Hut gleichsam den elektrischen Leiter abgibt. Die Folge ist, daß in der Hauptperson das Bewußtsein sich von seinem eigenen und dem kollektiven Golem trennt. Sie muß jetzt dem Golem als ihrem Doppelgänger ins Antlitz blicken und ihn dadurch überwinden. Erst dann verfügt sie, die in der Zwischenzeit Pernath geworden ist, das heißt, nachdem der Wechsel der Person zur Tatsache geworden ist, über den freien Willen, kann sie wirklich bewußt und vernünftig handeln.

Das Buch endet mit der Vision des Hermaphroditen, worin das männliche und weibliche Prinzip vereinigt und ineinander aufgelöst sind. Hier taucht schon die doppelte Thematik aller Romane Meyrinks auf: ein alchimistischer Prozeß, ein Persönlichkeits-Wechsel, und die Hochzeit mit der geliebten Frau, das heißt, auf höherer Ebene, die alchimische Hochzeit zwischen der wiedergeborenen Seele und dem Geist. Tatsächlich gibt es in Meyrinks Romanen keine Entwicklung, was diese Thematik anbelangt. Höchstens der Roman »Walpurgisnacht« fällt etwas aus dem Schema, da darin das Kollektive und der Kampf zwischen den Dämonen, wobei Gruppen von Menschen das Streitobjekt sind, den individuellen Prozeß verdunkeln. Abgesehen davon läßt sich sagen, daß alle seine Bücher alchimistische Romane sind, nicht in historischem, sondern in zeitlosem Sinn. Historische Schilderungen gibt es im »Engel vom westlichen Fenster«, aber nur zur Illustration des Weges der wahren Alchimie, der durch Meyrinks Helden bewandelt wird.

»Der Golem« steht im Schnittpunkt zwischen dem frühen satirischen Werk und den Romanen. Das Motiv des Hasses tritt in diesem Buch noch stark in den Vordergrund, doch hat es sich von persönlichen Antipathien gelöst. Der Haß wird als Trieb aufgefaßt, der – paradox genug – ein sehr menschlicher Zug ist, dessen Ursprungs und Gesetzmäßigkeit der von ihm Getriebene sich aber nicht bewußt ist.

In »Das grüne Gesicht«, seinem zweiten Roman, bewegte sich Meyrink schon ganz auf esoterischem Boden, einem Boden, auf dem ihm viele Bewunderer der ersten Stunde nicht folgen mochten. Im allgemeinen wurde aber »Der Golem« noch günstig beurteilt. Kafka, zum Beispiel, äußerte sich lobend über die Schilderung der Atmosphäre des Prager Ghettos, doch im übrigen hielt er nichts von dem Buch.[56]

Zum Abschluß will ich auf einen sehr merkwürdigen Brief aufmerksam machen, der direkt mit dem Hauptthema, der Verwechslung der Hüte, zu tun hat. Es handelt sich dabei um einen Brief von Meyrink, datiert vom 25. Juli 1932, an seinen Freund und Verleger Oldrich Neubert in Smichov-Prag. Meyrink schrieb ihm anläßlich einer Reihe seltsamer Geschehnisse, die ihn nach dem Tod seines Sohnes Harro betrafen. Im letzten Kapitel werde ich näher darauf eingehen, doch wegen der Beziehung zum »Golem« soll dieses Zitat hier schon eingerückt werden. Nachdem Meyrink geschildert hat, wie er nach dem Tod Harros versuchte, mit ihm in Verbindung zu treten, schreibt er:

> »Am nächsten Morgen wußte ich plötzlich, ich müsse seinen Hut aufsetzen, so wie im ›Golem‹ der Pernath den anderen Hut aufsetzt. Ich tat es mit der Vorstellung: jetzt bin ich gewissermaßen mein Sohn und er ist ich.«

Ein ähnliches Erlebnis beschreibt er in einem Ereignis, das im »Grünen Gesicht« vorkommt, und er knüpft die Frage daran: »Wie konnte ich, als ich diese beiden Romane schrieb, wissen, daß es so etwas gab?«

Meyrink war eine paradoxe Gestalt. Wie auch anders? Dieser Hyperindividualist, dieser »Außenseiter«, »Antibürger« und wie man ihn noch nannte, ist eigentlich sein ganzes Leben über und auch jetzt das Ziel schärfster Angriffe und unversöhnlicher Meinungen gewesen. Max Brod sagte es so:

»Es war etwas an ihm, das einen zwang, entweder ihm absoluten Glauben zu schenken – oder sich überhaupt nie wieder um ihn zu kümmern, aus seinem Kreis ausgestoßen zu sein.«

Ursache dafür ist zweifellos, daß er sich unablässig mit esoterischen Themen beschäftigt und darüber geäußert hat. In Prag war das allein schon Stein des Anstoßes. Anläßlich seiner Romane entstanden dort zwei Lager. In dem einen befanden sich die Skeptiker, die laut lachend die Schultern über seine »Utopien« und »Phantasien« zuckten, in dem anderen die frommen Bewunderer, die Adepten. Dasselbe Bild zeigt sich bei den Erzählungen aus dem Simplicissimus. Die begeisterten Liebhaber sind schon genannt worden, aber die Gegner waren unterdessen nicht untätig. Sie müssen unter den Vertretern der nationalistischen Presse gesucht werden. Es ist genugsam bekannt, daß Meyrink ganz bestimmt kein feuriger Patriot war. Besonders von den Preußen hielt er nichts, was er immerhin mit vielen Menschen in Bayern gemeinsam hatte. Er war Antimilitarist von Kopf bis Fuß (es muß hinzugefügt werden, daß er beim Ausbruch des Ersten Weltkrieges nicht zum Militär eingezogen wurde, weil er schon 1890 als »unzurechnungsfähig« eingestuft worden war. Julius Böhler, der Enkel Meyrinks vermutet, daß er damals simuliert hat, um freigestellt zu werden).

Im dritten Kriegsjahr (1917) wurde es klar, daß Deutschland den Krieg verlieren würde. Die Nationalisten geiferten damals wütend gegen all diejenigen, die während oder schon vor dem Krieg »antideutsche« Gesinnung gezeigt hatten. Das waren vor allem Künstler, und einer der größten Bösewichte unter ihnen war Gustav Meyrink. Und wie das immer bei solchen Haßtiraden der Fall ist – die Anlässe waren schnell gefunden. Es handelte sich um die Erzählung »Der Saturnring«, der 1907 im Simplicissimus und später in dem Band »Des deutschen Spießers Wunderhorn« erschienen war (schon dieser Titel war Salz in die Wunde gestreut). Übrigens war dieses Buch 1916 in Österreich verboten worden.[57] 1918 wurden in Wien 200 Exemplare von Meyrinks gesammelten Werken konfisziert.[58] Damals war in Deutschland die Polemik gegen ihn schon in vollem Gang.

Der Initiator war Albert Zimmermann. Er schrieb eine Abhandlung über Meyrink in dem Blatt »Bühne und Welt« (später »Deutsches Volkstum«)[59]. Ein Pamphlet besser gesagt, worin er offen gegen den Schriftsteller vom Leder zog und ihn mit Heine verglich, der, laut Zimmermann, auch viele Menschen ins Verderben geführt hatte. Zimmermann warf dem »Modedichter Meyrink« »brutale Verspottung der ehrwürdigen nationalen Werte« und »Verbrechen gegen die deutsche Literatur« vor. Zum Beweis dafür zitierte er unter anderem die Erzählung »Schöpsoglobin«, »Die schwarze Kugel« und »Der Saturnring«. Die inkriminierte Passage aus der letzten Erzählung ist eine Szene, in der ein Astrologe für ein Experiment einen Menschen töten muß, einen Menschen, der vollkommen unnütz ist. Erst versucht er ihn, selbstverständlich, unter Advokaten, Ärzten und Militärs zu finden.

> »Dann kam die Zeit, wo ich endlich darauf stieß. Nicht auf ein einzelnes Geschöpf – nein, auf eine ganze Schicht. (...)
> Die Pastoren›weibse‹!

Das war es!
Eine, – ein pinselblondes ›deutsches‹ Biest, (...) hatte ich schon unter dem Messer, da sah ich, daß sie –– gesegneten Leibes war, und Mosis uraltes Gesetz gebot mir Halt. Eine zweite fing ich ein, eine zehnte und hundertste, und immer waren sie –– gesegneten Leibes! Da legte ich mich auf die Lauer Tag und Nacht (...), und so gelang es mir endlich, im richtigen Augenblick eine direkt aus dem Wochenbett herauszufangen.«

»Meyrink beschmutzt sein eigenes Nest«, so reagierte man wütend.

»Meyrink denkt nicht nur international, sondern *antinational*... fast jede seiner zahlreichen Novellen hat den Neben- oder Hauptzweck, die Monarchie, die Offiziere, Vertreter des deutschen Volkes im Auslande, kurz irgend etwas Deutsches lächerlich zu machen.« Zimmermann führt weiter aus, in Meyrinks Erzählungen kämen nur halb-tierische Figuren vor, reif für den Untergang, was er auf sich bezieht. Treten aber menschlichere Personen auf, so seien es nur Schatten, Wesen ohne Fleisch und Blut, »die stark an Spinoza denken lassen und – natürlich – Juden sind«.

Das große Wort war heraus. Warum war Meyrink ein Anti-Deutscher? Weil er Jude war. Und damit beging Zimmermann eine Dummheit. »Meyrink heißt eigentlich Meyer und kommt aus Wien.« Mit diesem Satz wollte Zimmermann suggerieren, Meyrink sei jüdischer Herkunft gewesen. Der Name Meyer ist zwar ein typisch jüdischer Name, doch gibt es Ausnahmen. Die Behauptung, Meyrink sei der

Sohn eines jüdischen Schauspielers, ist deshalb keineswegs zwingend. Man kann das noch mit einer Verwechslung mit der jüdischen Schauspielerin Clara Meyer entschuldigen, aber das Übrige war reine antisemitische Hetze. In einem zweiten Artikel ging Zimmermann noch einen Schritt weiter.

> »Meyrinks Art ist spezifisch jüdisch. Jüdisch ist auch zumeist die Leitung der großen deutschen Presse, jüdisch sind die Kritiker, viele literarische Zeitschriften.«[60]

Dies schrieb er, um dadurch die Tatsache zu erklären, daß Meyrink gerade durch diese Organe in Schutz genommen wurde.
Zimmermanns Bezeichnung begann rasch ein Eigenleben zu gewinnen, denn einige Jahre später wurde Meyrink in einem Standardwerk über deutsche Dichtung in die Reihe jüdischer Schriftsteller eingeordnet.[61] In diesem Zusammenhang ist »jüdisch« gewiß mehr als nur die Bezeichnung einer Rasse, wie Qasim zurecht bemerkt. Es bezieht sich auf eine Geisteshaltung. Bartels, ein deutschnationaler Germanist, schrieb damals:

> »Meyrink hat geleugnet Jude zu sein, der literarischen Physiognomie und auch der Tendenz nach ist er es aber zweifellos.«[62]

Mit anderen Worten: selbst wenn bewiesen wäre, daß Meyrink kein Jude war (was tatsächlich später auch geschehen ist), so ändert das nichts an der Tatsache, daß sein Stil typisch jüdisch ist! Eine Erklärung für dieses unlogische Verfahren gibt Plöhn:

»Das épater le bourgeois hat bei uns Deutschen zumal der letzten hundert Jahre immer den Erfolg gehabt, daß man dem Kritiker jüdische Herkunft unterstellte.«[63]

Die Angriffe Zimmermanns und der Seinen drangen bis in die Lokalzeitungen vor, etwa in die »Starnberger Zeitung«, die in einem Artikel »den teuflischen Spott über deutsche Frauen« brandmarkte.

»Es gibt wenig in der offiziellen deutschen Literatur, was dieser Gemeinheit und diesem sittlichen Niedergang gleichkommt.« Und: »Meyrinks ›Golem‹ spielt im Prager Ghetto; er selbst ist Jude. Was würde man sagen, wenn beispielsweise ein Katholik solchen Unflat über die protestantische Pastorenfrau ausgießen würde?«[64]

Das »gesunde Volksempfinden« reagierte, indem es Steine gegen Meyrinks Haus warf, und in einigen Cafés weigerte man sich, ihn und seine Familie zu bedienen.[65]
Als Antwort darauf nahmen einige Freunde und Bekannte, auch viele Schriftsteller, Partei für Meyrink. Unter ihnen der kaiserliche Botschafter Graf Bernsdorff, ein von der Front zurückgekehrter Offizier, ja sogar eine »Pastorenweibse«. Sie bezeichneten Meyrink in einer Reaktion auf das Pamphlet als »einen Menschen von höchst sauberer, vornehmer Gesinnung«.[66]
Als in Gegenreaktion darauf die Fichte-Gesellschaft sich einmischte, entstand, wie jemand es ausdrückte, ein »Krieg um Meyrink«.[67] Meyrink selbst wehrte sich nicht direkt gegen die Anwürfe. Zwar erwähnte er den Vorfall in einem Brief an Müller:

»Sehr gefreut hat mich, was Sie in Ihrer Novelle über die Hetze schrieben, die inzwischen ganz groteske Formen angenommen hat. Zuerst war's eine Art Antisemitenhetze, jetzt, wo die Herren sehen, daß ich gar kein Jude bin, wissen sie nicht recht, was sie sagen sollen. – Der Haupthetzer ist ein Esel namens Albert Zimmermann in Hamburg.«[67a]

Doch sollte dieser Tumult schließlich in einen Prozeß münden, der Irrtum mußte öffentlich als solcher gekennzeichnet werden. Überdies wollte Meyrink durch die Angabe seiner Auflageziffern beweisen, daß die falschen Anschuldigungen ihn beim Verkauf seiner nach dem »Golem« erschienenen Romane benachteiligt hatten. Es kam zu sich lange hinziehenden gerichtlichen Auseinandersetzungen, die erst 1931 ihren Abschluß fanden und zwar mit der Feststellung Meyrinks nichtjüdischer Herkunft. Aber die eigentlichen Inquisitoren erschienen erst nach seinem Tod auf der Bühne. 1933 wurden seine Bücher verboten und verbrannt, nicht als jüdische Literatur, sondern wegen »weltanschaulicher Schädlichkeit«, ein typischer Naziterminus. Es gibt auch Hinweise auf Meyrinks Tochter Sybille, die zum Beweis für ihre eindeutig arische Abstammung anführte, daß sie mit dem »Sturmbannführer der SS und Richter der SS«, Heinrich Knote, verheiratet sei.[68]

Der Erste Weltkrieg war für Meyrink eine bedeutsame Zeit. Er konnte seinen Durchbruch als Romanautor feiern, wurde aber durch seine Feinde buchstäblich gesteinigt. Dabei war er äußerst produktiv. Nach dem mühsamen Start mit »Der Golem« folgten die beiden nächsten Romane in kurzer Zeit aufeinander: »Das grüne Gesicht« (1916) und

»Walpurgisnacht« (1917). Überdies erschien 1916 der Erzählungsband »Fledermäuse«.
Der Schock des Krieges, der überall Erschütterung auslöste, bewog ihn, nach den unsichtbaren Ursachen und Gesetzmäßigkeiten der Geschichte im allgemeinen und für den Ausbruch des Ersten Weltkrieges im besonderen zu suchen. Hier muß die Frage aufgeworfen werden, welche Beziehung er zur Politik überhaupt hatte. Um gleich das Ergebnis vorwegzunehmen: die Antwort, die er selbst in der »Selbstbeschreibung des Autors Gustav Meyrink« auf die Frage seiner politischen Richtung gab, lautete kurz und bündig: »keine«.[69] In derselben Abhandlung gab er auch eine Stellungnahme zu Karl Marx ab: »Der größte Büffel, der je gelebt hat.«
Daraus könnte man schließen, er sei ein unpolitischer Mensch gewesen und habe darüber hinaus wenig differenzierte Überzeugungen gehabt. Letzteres traf sicher in gewissem Grade zu, jedenfalls äußerte er sich gelegentlich recht schroff über Autoren-Kollegen:

> »Der Wedekind ist ein Hornochse – aber es kommt ihm alles von oben.«

Jedoch ein unpolitischer Mensch war er gewiß nicht. Antipolitisch ja. Niemals ließ er sich auf politische Bewegungen oder Parteien ein, auch befürwortete er keine politischen Revolutionen.
1914 unterzeichnete Meyrink mit ein Rundschreiben deutscher Schriftsteller, einen »Aufruf zur Würde«. Das war eine Reaktion auf den sogenannten »Lügenfeldzug« der feindlichen Presse, die die deutsche Armee als eine »Bande von Barbaren und Hunnen«[70] bezeichnet hatte. Auf den

ersten Blick mutet Meyrinks Mitwirkung doppelsinnig an, angesichts seiner antinationalistischen Haltung. Offensichtlich spielen weitere Motive eine Rolle, die mehr im Hintergrund blieben.

Die Kontakte, die Meyrink in den Kriegsjahren zum Berliner Außenministerium hatte, stehen hiermit wahrscheinlich im Zusammenhang. Aus der Korrespondenz Meyrinks geht hervor, daß der Plan bestand, ihn mit einem Filmauftrag nach Belgien zu schicken. Buskirk ist der Ansicht, es sei um einen Gegenzug gegen die Propaganda des englischen Zeitungszaren Northcliffe gegangen, eines sehr einflußreichen Mannes, der damals Propagandaminister war.[71] Auch wurde die Vermutung geäußert, Meyrink habe einen Posten im »bürgerlichen Lager« bekommen sollen, was wohl mit einer geplanten Untersuchung der Rolle der Freimaurer beim Ausbruch des Weltkrieges zu tun hatte. Ein Brief des Ministeriums vom 22. April 1917 bezieht sich auf ein »Buch, das vielleicht für Ihren Roman oder für Sie selbst interessant ist«.

Nach Ansicht des Absenders bewies dieses Werk, daß die deutschen Freimaurer sich mit vagen Utopien beschäftigten und nicht die geringste Menschen- oder Weltkenntnis oder politischen Instinkt besaßen, während »die romanischen und angelsächsischen mit kühler Berechnung politische Arbeit verrichteten«.

Ursula von Mangoldt berichtet, daß Meyrink im Zusammenhang mit diesem Auftrag, vorausgesetzt es gab ihn wirklich, einige Kisten mit Materialien zugesandt bekam. Da er all diese Unterlagen nicht sofort bearbeiten konnte, ließ er die Kisten vorläufig in einem unbenutzten Raum stehen. Als er nach dem Weltkrieg an die Arbeit gehen wollte, war das Material verschwunden. Meyrink war davon überzeugt, daß

geheime Kräfte im Dienst der Freimaurer am Werk gewesen waren.[72]
Soviel über sein äußeres Verhältnis zum Krieg. Mehr über diese soeben angedeuteten Hintergründe, die ihn zu einer kurzfristigen Zusammenarbeit mit einem Institut »des Staates, der kein Freund der Menschen ist«, bewogen, kann man in der Erzählung »Das Grillenspiel«[73] lesen. Ein westeuropäischer Wissenschaftler begegnet auf seiner Forschungsreise in Tibet einem Dugpa-Mönch, von dem es heißt, daß er eigentlich kein Mensch mehr ist und über die Wahnvorstellungen von Raum und Zeit hinaus ist. Es gibt zwei Wege, so behaupten die Tibeter, um über das normale Bewußtsein hinauszusteigen: der des Lichtes – die Einswerdung mit dem Buddha, und der gegensätzliche Weg, der »Pfad der linken Hand«, ein Weg voll grauenhafter Erfahrungen. Der Reiseführer, der dem Gelehrten den Weg zeigt, weigert sich anfänglich, ihn zu dem Dugpa zu bringen. Dieser würde niemals seine Zauberkünste spielen lassen, so behauptet der Führer, weil er die Verantwortung für die Verursachung einer Störung in der Welt von Ursache und Wirkung nicht übernehmen wolle. Denn dadurch würde er selbst gezwungen werden, sich wiederzuverkörpern. Als jedoch der Wissenschaftler, Johannes Skoper mit Namen, andeutet, er selbst wolle diese Verantwortung tragen, kann eine Begegnung stattfinden.
Der Mönch fragt Skoper, ob er ein weißes Tuch bei sich habe. Das zwar nicht, doch zieht er eine alte Landkarte von Europa hervor, auf der er sein Geburtsland einzeichnet. Der Dugpa bringt ein kleines Silberglöckchen zum Vorschein, das ein metallenes Zirpen ertönen läßt. Wie durch diese Klänge herbeigelockt, kommen Grillen aus ihren Löchern hervorgekrochen, Grillen von einer Art, wie

sie Skoper noch nie gesehen hat. Erst laufen die Tierchen ziellos auf der Landkarte umher, doch bald stellen sie sich in Gruppen auf, die, als der Dugpa mittels eines Glasprismas ein Farbbild auf die Karte projiziert, einander anzufallen beginnen.

> »Das Schwirren der tausend und abertausend Flügel gab einen hohen, singenden Ton, der mir durch Mark und Bein ging, ein Schrillen, gemischt aus so höllischem Haß und grauenvoller Todesqual, daß ich es nie werde vergessen können.« Schließlich existiert nur noch eine »weißliche, aneinandergequetschte Masse, die sich der Mitte zudrängte, nur von dem einen Gedanken beseelt: morden, morden, morden.«

Auf eine Frage des Gelehrten, was das bedeuten solle, antwortet der Führer: »Er löst und bindet.«
Der Wissenschaftler muß angesichts der Insekten an Millionen sterbender Soldaten denken:

> »– im Geiste sehe ich, wie aus dem toten Grillenhaufen ein rötlicher Dunst aufsteigt und zu Wolkengebilden wird, die sich, den Himmel verfinsternd wie die Schreckgespenster des Monsuns, nach Westen wälzen. –«

Die Beschreibung des Dugpa ist einer Vision entnommen, über die Meyrink in dem Essay »Meine merkwürdigste Vision«[74] berichtet. Er schreibt dort, daß er im Herbst 1915, als er über die Ursache des Krieges nachdachte, eine Vision hatte von einem Mann,

> »sechs Fuß hoch, auffallend schmal im Wuchs, bartlos, das Gesicht olivgrün schillernd, die Augen schräg und

> unnatürlich weit auseinander. Die Lippen gleich der Gesichtshaut faltenlos wie aus Porzellan, messerscharf, grell rot und stark geschwungen, besonders an den Mundwinkeln, wie unter einem erbarmungslosen erstarrten Lächeln, daß sie aussahen wie aufgemalt. Auf dem Kopf eine sonderbare rote Mütze.«

Die Vision kam also als Antwort auf seine innere Frage, was die tiefere Ursache des Krieges sei:

> »Die asiatischen Okkultisten nehmen nämlich an, es gäbe eine tibetanisch-chinesische Sekte – Dugpas genannt –, die als direktes Werkzeug der zerstörenden ›teuflischen‹ Kräfte im Weltall anzusehen sei.«

Das Seltsamste war, daß Meyrink nach dem Erscheinen des »Grillenspiels« im Simplicissimus einen Brief von einem Maler aus Breslau erhielt, der behauptete, er habe dieselbe Vision gehabt. Der Maler, ein gewisser Höcker, sah dieselbe Gestalt, die jetzt eine Stimmgabel hielt, auf deren Klang eine ungeheure Menge von großen, weißlichen Insekten zum Vorschein kam. Weiter schrieb Höcker, er habe völlig spontan die Nummer des Simplicissimus gekauft, eigentlich halte er nichts von diesem Blatt. Zuerst reagierte Meyrink skeptisch (sicher wieder jemand, der sich interessant machen will und mit seiner Geschichte angibt, nachdem er meine Beschreibung gelesen hat!), doch dann stutzte er über das Wort Stimmgabel. In seiner eigenen Version handelte es sich um ein Prisma. So stand es im Simplicissimus. Doch dann erinnerte er sich, daß er im ursprünglichen Manuskript anstelle von Prisma »Stimmgabel« geschrieben hatte. Mit anderen Worten, der Maler

hatte, bis auf dieses kleine Detail genau, dieselbe Vision wie er gehabt!
Außer daß Meyrink hier einen Beleg für einen direkten Zusammenhang zwischen einer Vision und einer Geschichte liefert, schneidet er auch ein Thema an, das zum mindesten sehr mysteriös ist. Fest steht, daß es sich bei der Erzählung über die Dugpas nicht um eine Ausgeburt von Meyrinks Phantasie handelt. Der Kern dieser Geschichte beruht auf Tatsachen, die er in dichterischer Freiheit in der einen oder anderen Weise noch ausgesponnen hat.
Seine genauen Quellen sind mir unbekannt. Wahrscheinlich liegen sie in der Theosophie. In »Dämonenfang in Tibet« kommt er ebenfalls auf dieses Thema:[75]

> »Ein estnischer Bahnbauingenieur, der zur Zeit des letzten Zaren lange im Osten gelebt und viel mit mongolischen Lamas verkehrt hatte, versicherte mir vor Jahren, in russischen und asiatischen Okkultistenkreisen herrschte kein Zweifel, daß alle die furchtbaren Ereignisse seit 1914 nicht Menschenwerk seien, sondern den Einflüssen gewisser – dem ungeschulten Auge des Durchschnittsmenschen unsichtbarer – dämonischer Wesen zugeschrieben werden müßten.«

Auch in den Romanen, zum Beispiel im »Engel«, erwähnt Meyrink diese Dugpas oder »Rotkappenmönche«, die er in Verbindung mit einer bestimmten Form sexueller Magie bringt. Ein solcher Orden tritt auch am Ende des »Weißen Dominikaners« auf. Er bezweckt dort zwar das Gute, das Paradies auf Erden, doch fordert er auch blinden Gehorsam und sklavische Nachfolge. Es sind also zwei Gruppen zu unterscheiden: Diejenige, die das Böse will und daraus auch kein Hehl macht, und diejenige, die dieses Ziel verschleiert, indem sie so tut, als ob sie dem Guten nachstrebte. Natürlich gibt es dabei viele Nuancen, und sogar die satanischsten Gruppen behaupten, nur persönlichen Machtbedürfnissen Genüge tun zu wollen, ohne direkt zuzugeben, daß sie die Menschheit ins Elend zu stürzen beabsichtigen. Populär ausgedrückt: bei der letzteren Art zeigt der Teufel schnell den Pferdefuß, bei den sogenannten »Guten« ist der Schein und die Raffinesse durch perfekte Imitation wesentlich größer. Mit diesen letzten Strömungen hat Meyrink selbst Verbindung gehabt. Überdies auch mit Bewegungen aus der dritten, am wenigsten bekannten Kategorie, derjenigen nämlich, die dem absolut Guten nachstrebt und deshalb keine Verschleierungen oder Ablenkungsmanöver nötig hat. Ihre Lebenshaltung ist der Beweis ihres Strebens.

Über diese Zusammenhänge schreibt z.B. auch Jan van Rijckenborgh in einem Buch über Tibet.[76] Hier gibt der Autor einige Hintergrundinformationen über bestimmte magische Praktiken, die noch heute dort ausgeübt werden. Tibet nimmt eine strategisch zentrale Position auf der Erde ein, zwischen dem 27. und 29. Breitengrad, von wo aus es die ganze Welt kontrollieren kann (zwischen dem 20. und 50. Breitengrad wohnt die Mehrheit der Weltbevölkerung). Die Beeinflussung durch priesterliche Bruderschaften läuft von dort über Kraftlinien von Osten nach Westen, und die Methode, die man anwendet, ist diejenige des Aussendens (Tag und Nacht) von großen Bündeln Gedankenströmen. Die Magier auf dem »Dach der Welt« machen für diesen Transfer Gebrauch vom sogenannten widerspiegelnden Äther, dem feinsten der vier Äther. Diese

Benennung bezieht sich auf die Eigenschaft dieses Äthers, Gedanken festhalten und widerspiegeln zu können. Es werden also in den Klöstern und Tempeln dieser Bruderschaft (Lamas) bestimmte Ideen in den vierten Äther eingeätzt und ausgesandt. Vor allem die Pinealisdrüse ist empfänglich für den widerspiegelnden Äther, und über dieses Organ strömen die Gedanken in den Empfänger ein, der nun seinerseits mit Gedanken reagiert, welche als Strom wieder zu dem Sender zurückkehren. Dieser kann so das Ergebnis seiner Arbeit kontrollieren. Der folgende Schritt ist die Manipulation des dritten Äthers, des Lichtäthers. Durch die Aktivierung des Lichtäthers wird der Gedanke, der ins Bewußtsein eingetreten ist, ins Blut imprägniert und erzeugt dadurch Wärme. Der Ausdruck »sich für etwas erwärmen« kann also ganz buchstäblich aufgefaßt werden. Schritt für Schritt wird auf diese Weise der Empfänger in die Einflußsphäre des Senders hineingezogen. Die Folge ist, daß der betreffende Mensch zu einem reinen Tiermenschen degradiert wird, abgerichtet wie ein Polizeihund.

Ursprünglich hatten diese magischen Praktiken das Ziel, diese Natur instandzuhalten und zu kultivieren. Im Lauf der Jahrhunderte haben sich die Umstände jedoch verändert. Die Kultur unserer Zeitepoche ist in ihre Endphase eingetreten. Als Folge davon wird der Griff auf die Menschheit aufgebrochen, die Aktionen werden verzweifelter, Impulse der Angst, Verwirrung, des Chaos und des Krieges werden jetzt auf die Massen losgelassen. Dazu kommt, daß diese Bruderschaft der Lamas immer mehr Konkurrenz bekommt von einer anderen, ebenfalls mit magischen Mitteln arbeitenden Bruderschaft, die als Reaktion auf die Aktivitäten in Tibet auf absoluten Frieden aus ist und ihn hier auf

Erden zu befestigen sucht. Die Kraftströme dieser Gruppe wirken von Norden nach Süden.

Im Westen tritt als Bruderschaft, als naturmagisches Machtzentrum, der Katholizismus auf, im Osten ist es, wie erwähnt, die Bruderschaft des Lamaismus. Der Lamaismus arbeitet mit der Methode der Konzentration, während der Katholizismus die Methode der Penetration (Durchdringung) anwendet. Übrigens läßt der Verfasser dieses kleinen Buches erkennen, daß er keinen Angriff auf die Gläubigen und die gewöhnlichen religiösen Menschen, die einer dieser Gruppen angehören, beabsichtige. Sie seien unwissend und guten Glaubens. Nur eine kleine Elite an der Spitze kennt und strebt diesem Ziel nach: absolute Macht über alle Menschenseelen.

Schließlich nennt van Rijckenborgh noch eine dritte Gruppe, die Lohans, ebenfalls aus Tibet. Dabei handelt es sich um eine johanneische Bruderschaft, deren Grundprinzipien es sind, erstens, keine Rache zu nehmen, zweitens, sich niemals in irgendeinen Streit einzulassen, und drittens, erst dann mit ihrer Arbeit zum Wohle der Menschheit aufzuhören, wenn der letzte Mensch, der gerettet werden kann, in Sicherheit ist. Auch diese Gruppe wendet Magie an, die Magie der Mantren, die von den Lamas imitiert wird. Die Magie der dritten Gruppe jedoch läßt jeden Menschen frei und tritt erst in Wirksamkeit, wenn jemand mit freiem Urteilsvermögen und aus eigenem Willensentschluß sich dieser Bruderschaft anschließt.

Es ist somit klar, daß durch verschiedene Gruppen Methoden angewendet werden, um den Gang der Dinge auf Erden nach ihrem Willen zu lenken. Und was Meyrink visionär geschaut hat, stimmt mit der Wirklichkeit überein:

es bestehen Gruppen, die durch magische Mittel Unheil über Welt und Menschheit bringen. Das mag einigermaßen sensationell klingen, was noch dadurch verstärkt werden könnte, daß man denkt, diese Gruppen kämen von außerhalb dieser Erde. Doch geht es hier nicht um Science-fiction, sondern diese Bruderschaften sind der Welt völlig immanent. Sie sind tatsächlich ihr Produkt. Ihr Ursprung ist in den Wirkungen von Idealen zu suchen, wie sie innerhalb großer Gruppen von Menschen gehegt werden. Mit Idealen ist es wie mit Gebeten. Meyrink verglich Gebete mit Pfeilen, die in Richtung auf Gott abgeschossen werden, jedenfalls ist das die Absicht. Aber die meisten Pfeile werden unterwegs von Wesen abgefangen, die ihren eigenen Zielen nachstreben, Zielen, die im Gegensatz zu denjenigen Gottes stehen. Wie kommt es, daß diese Pfeile abgebogen oder abgefangen werden? Die Ursache ist die Tatsache, daß der Pfeil falsch auf die Sehne gelegt wurde, wodurch er die verkehrte Richtung nahm. Der Pfeil liegt nur dann richtig auf der Sehne, wenn ihn keine eigenen Projektionen oder selbstsüchtigen Wünsche des Schützen behindern. Geleitet durch magnetische Gesetze, kommt der Pfeil nur bei Gott an, wenn der Inhalt des Gebetes mit den ewigen göttlichen Werten korrespondiert und wenn es nach dem Gesetz, Gleiches zieht Gleiches an, dieselbe Schwingungszahl hat wie das Wesen Gottes.

Ein Gedanke ist Feuer, Elektrizität. Er schafft eine Lebensform, einen Abgott. Die Gedanken und Vorstellungen, noch verstärkt durch Gefühle und Wünsche, von großen Gruppen Menschen mit gemeinsamen Idealen und Ritualen, jahrhundertelang instandgehalten und gehegt und gepflegt, erschaffen ein Pantheon von Abgöttern. Und es sind

diese Phantome, die, obgleich sie ein gespensterartiges Dasein führen, doch gewaltige Macht besitzen und die falsch gerichteten Pfeile auffangen und zum Sender zurückwerfen. Denn jedes Gebet wird beantwortet.
In seinem Roman »Walpurgisnacht« nennt Meyrink die Macht, die durch diese Abgötter aufgebaut wird, »Aweyscha«. Es ist eine Macht, die aus Idealen und Gebeten geboren ist, aus den Wunschträumen der Menschen. Doch bedarf es nur eines winzigen Körnchens Egoismus in einem solchen Ideal, um zu bewirken, daß diese Macht sich gegen die Menschen kehrt. Das Schicksal des 99% Guten ist immer das 99% Böse: Ein kosmisches Gesetz, das durch das Yin-Yang-Symbol dargestellt wird. Diese Macht treibt den Menschen zu immer neuer Aktivität und zu neuen Idealen. So werden die Spiralen des Kreislaufs nach unten erzeugt. In der »Walpurgisnacht« heißt es:

»Alles, was die Menschen gegen ihren Wunsch tun, kommt aus dem Aweysha her – ob so oder so. – Wenn die Menschen eines Tages übereinander herfallen wie die Tiger, meinst du, sie täten es, wenn nicht irgendwer Aweysha mit ihnen gemacht hätte?«
»Sie tun es, denke ich, weil sie – nun, weil sie eben begeistert sind für – für irgend etwas; für eine – Idee vielleicht.«
»Nun, das ist doch Aweysha.«
»Also ist Begeisterung und Aweysha dasselbe?«
»Nein; zuerst kommt Aweysha. Daraus entsteht dann Begeisterung. – Man merkt es meist nicht, wenn jemand Aweysha mit einem macht. Aber die Begeisterung, die fühlt man, und daher glaubt man, daß sie in einem von selbst entstanden ist. – Weißt du, es gibt verschiedene

> Arten Aweysha. – Manche Menschen können Aweysha bei anderen machen, bloß indem sie eine Rede halten. – Aber es ist doch immer nur Aweysha, bloß ein mehr natürliches. –– Mit jemand, der sich nur auf sich selbst verläßt, kann kein Mensch auf der Welt Aweysha machen.«[77]

Meyrink stellt nun eine Verbindung her zwischen dieser Anwendung von »Aweyscha« und politischer Manipulation und Machtmißbrauch. Damit will er sagen, daß im Betrieb der Politik mehr irrationale Kräfte wirken, als man ahnt. Die rationale Zielsetzung dient nur als Flagge, um die Schlammladung zu decken. Oder besser: Hinter jeder Politik steckt einzig und allein das Streben nach Macht. Zu Meyrinks Zeit war eine der bedeutendsten neuen politischen Mächte der Kommunismus, mit dem er wenig anfangen konnte. In einem Notizbuch schrieb er:

> »Die Tendenz des Romans muss ein Wutschrei gegen den socialistischen (demokratischen) Ameisenstaat sein.«[78]

Eine gewisse Verwandtschaft fühlte er wohl zu den Anarchisten, insofern auch sie nur auf sich selbst vertrauten und keine Bewegung ins Leben riefen. So hielt er Verbindung mit Erich Mühsam. In »Walpurgisnacht« treten nacheinander die Figuren von Kropotkin, Bakunin und Tolstoi auf, wobei letzterer eigentlich nicht in diese Reihe gehört. Gustav Meyrinks eigene Ideale in bezug auf gemeinschaftliche und soziale Formen des Zusammenlebens waren rein metaphysischer Art. In »Das grüne Gesicht« wird ein Staat der Zukunft beschrieben, »in dem die Bürger nicht durch

Grenzen und gemeinsame Sprache zusammengehalten werden, sondern durch die Denkungsart, und leben können wie *sie* wollen«.[79]
Der kommunistischen Internationale stellt er in »Walpurgisnacht« »die blaue Internationale« gegenüber, eine Bruderschaft von Menschen, die ohne Aweyscha errichtet wird. Diese Bruderschaft wird aus denjenigen Menschen aufgebaut, die sich allein auf sich selbst verlassen und durch die Qualität ihrer Gedanken und in unpersönlicher Kraft verbunden sind. Worum es Meyrink vor allem ging, war, auf die unbewußten oder bewußten Einflüsse auf das innere Leben hinzuweisen, sei es, daß sie aus guten oder aus schlechten Motiven stammten. Ein Beispiel für unbewußte Einflüsse gab Meyrink, indem er die Auswirkung von Kräften schilderte, die durch das massenhafte Blutvergießen während des Krieges freikamen:

> »Wer feinfühlig ist und geistig noch entwicklungsfähig war, der konnte in der Zeit des großen Krieges deutlich spüren, wie neue gewaltige Kräfte in ihn einströmten. Sie kamen von den vielen sterbenden Soldaten. So, wie die Knospen eines Baumes heftig anfangen zu sprossen, wenn der Gärtner die Zweige einer Pflanze beschneidet. – Die Welt der Lebewesen ist ein großer Baum; die meisten haben nur das Ichbewußtsein als einzelnes Blatt, aber einige wenige dringen vor ins Reich des großen Baumbewußtseins und diese sind's, die dann nicht mehr sterben, die anderen fallen ab, früher oder später, wie welkes Laub. So sind wir, die in der Zeit des großen Krieges neue Kräfte anzogen, die Erben des Lebens jener toten Krieger geworden.«[80]

Zu Zeiten großer Umwälzungen oder Kriege ist die unbewußte Beeinflussung größer als sonst, was einerseits eine astrale Verschmutzung zur Folge hat, aber mehr noch eine astrale Reinigung, insbesondere in den Gebieten an jener Seite der Dinge. Im Jenseits wird die Verwirrung auf die Spitze getrieben. Aber das hat wieder eine neue Folge, nämlich die Geburtenwelle nach einem Krieg.

Über die bewußte, d. h. absichtliche Beeinflussung (in der Regel auf dem Niveau des Unterbewußten der Opfer) gäbe es viel zu sagen, doch ist hier nicht der Ort dafür. Nach dem Krieg hat sich Meyrink einige Male darüber geäußert. Gegenüber Adema van Scheltema formulierte er in einem Interview folgende Gedanken:

> »Wir kamen dann auf den Krieg zu sprechen«, so Adema van Scheltema. »Ich wunderte mich sehr, aus dem Mund dieses entschiedenen Anti-Militaristen und Anti-Nationalisten zu hören, daß das Instrument, das diese Katastrophe verursacht habe, nicht in Deutschland, sondern in den Ländern der Entente zu suchen sei. Ich äußerte einen phantastischen Einfall: sollte es möglich sein, daß Menschen, die über okkulte Fähigkeiten verfügten, diese zum Nutzen ihres Volkes anwendeten? Meyrink lächelte und sagte, es seien ihm tatsächlich zwei Beispiele bekannt, wo Menschen so zu handeln versucht hätten. Beide Male sei ihnen aber durch eine höhere Macht bedeutet worden, ihre Absichten aufzugeben – das deutsche Volk sei für diese Hilfe noch nicht reif, es müsse erst noch durch mehr Elend und Erniedrigung hindurchgehen.«

In diesem Interview wird auf dieses Problem nicht weiter eingegangen, auch Namen werden nicht genannt. Wollte Meyrink sich interessant machen? Oder ist es ein sprechendes Beispiel für einen Ausspruch Emil Bocks über ihn: »Meyrink weiß viel, er weiß auch mehr als er sagt.«
Im Zusammenhang mit dem Krieg lüftet Meyrink übrigens ein Zipfelchen des Schleiers, der über seinen Visionen liegt:

> »Von den 18 Ereignissen, die er durch eine Eingebung bei Beginn des Krieges vorhersah, sind 16 mit größter Genauigkeit eingetroffen. Bei zweien davon, in der ›Walpurgisnacht‹ angedeutet, ist das noch nicht der Fall: dem Brand von London und dem Aufstand in Indien.«[81]

In einem 1932 erschienenen Zeitungsartikel »Vor kommendem Brand«[82] kommt der Aufstand in Indien zur Sprache und zwar anläßlich des Absturzes eines englischen Flugzeuges. Diese Katastrophe wurde von Okkultisten den magischen Praktiken des »Tantrik-Yogis von Kalkutta« zugeschrieben. Als Meyrink von diesem Yogi hörte, fielen ihm drei eigene Voraussagen wieder ein: Aufstand in Indien, Brand in London und der Untergang des britischen Weltreichs.

> – »Das könnten unterbewußte fromme Wünsche sein des indischen unterdrückten Volkes, seltsam ist nur, daß ich schon im Jahre 1914 dasselbe auf merkwürdige Weise erhielt. Ich habe im Jahre 1916 die Sätze in einem Buch niedergelegt, um für spätere Zeiten einen bleibenden Beweis zu haben. Der erste Punkt ist ein-

getreten. Die Zukunft wird lehren, ob auch das andere eintrifft. Es ist eine heikle Sache ums Prophezeien!«

Man pflegt wohl zu sagen: die Dinge werfen ihren Schatten voraus. Die Vorahnung großer Ereignisse ist etwas, was bei vielen Menschen vorkommt. Dabei scheint es so zu sein, daß die Zeit zusammenschrumpft, und unser normales Zeitbewußtsein, das die Zeit als kontinuierlichen Strom erfährt, verändert sich in Erfahrungen von Punkten in der Zeit, oder besser: die Zeit wird räumlich. Etwas von dieser Art gilt auch für Voraussagen oder für die Fähigkeit, im Gedächtnis der Natur, der Akasha-Chronik, zu lesen.
Die Voraussage Meyrinks vom Brand Londons ist nicht eingetroffen, der Aufstand des indischen Volkes war der Vorbote des Zusammenbruchs des englischen Imperiums. Er wurde mit dem Ende des Zweiten Weltkrieges besiegelt. Interessant in diesem Zusammenhang ist Meyrinks Beweisführung, daß die Deutschen ihren Instinkt verloren hätten. Unter Instinkt versteht er sicher etwas anderes, als was man sonst darunter versteht. Er zielt auf einen geistigen Instinkt, der verlorengegangen und an dessen Stelle Skepsis getreten ist, die sich auf den falschen Gegenstand richtet, Skepsis nämlich gegenüber der eigenen Fähigkeit, Dinge innerlich wahrzunehmen und Schein von Wirklichkeit zu unterscheiden. Damit ist auch das Sinnesorgan, das vor Gefahren warnt, latent geworden.

»Mag heute ein Kerl kommen, der ›gezeichnet‹ ist von Gott, vom Teufel und von der Natur und dem der Halunke auf einen Kilometer weit anzusehen ist, der Deutsche wird ihm auf den plumpsten Schwindel hereinfallen.« [83]

Auf jeden Fall hatte Meyrink selbst diesen Instinkt, wie aus dieser Prophezeiung hervorgeht, nicht verloren. Damit wird auch klar, daß er, obwohl er ein sogenannter notorischer Außenseiter war, den Finger am Puls der Zeit hielt, und nicht allein in bezug auf Deutschland. Als Okkultist und Mystiker war er alles andere als weltfremd. Es war nur so, daß er alles, was sich unter den Menschen ereignete, nach anderen Maßstäben als den gewohnten beurteilte. Daß ihn dabei Visionen prophetischen Charakters überkamen, erfuhr er sowohl als Gnade als auch als Qual. Annie Francé-Harrar hat uns einen Beweis seines prophetischen Blicks aufbewahrt, der in dieser Hinsicht sehr bezeichnend ist:

»›Es ist der Anfang einer anderen Weltperiode!‹ sagte er mir einmal. ›Kein guter Anfang. Aber wer kann es ändern?... Ich sterb' rechtzeitig. Und ich weiß, daß das eine Gnade ist.‹ Gustav Meyrink ging 1932. Er hatte recht.«[84]

Wer die Geschichte kennt, und nicht allein die Geschichte seiner Bücher nach 1932, wird dies bejahen.

4.
Unter Hochstaplern und Eingeweihten (1892–1918)

In der Monographie über Gustav Meyrink von Mohammad Qasim gibt es ein biographisches Kapitel unter dem Titel »Die Lebensdaten eines Außenseiters«.[1] Hiermit gibt Qasim eine treffende Charakterisierung Meyrinks in all seinen Lebensphasen. Er war Bankier, tat jedoch alles, was ein Bankier normalerweise nicht tut. Er war der Antibürger, der die gesamte Stadtbevölkerung gegen sich in Harnisch brachte. Er war Schriftsteller, der über die Kunst hinaus wollte. Er wohnte in Starnberg im »Haus zur letzten Latern«, am Ende des Weges. Hermann Sinsheimer hat Meyrinks Position mit den Worten bestätigt:

> »Immer hat dieser bedeutendste Satiriker des kaiserlichen Deutschland mit dem Rücken zur Welt und zu seinem Ruhm gelebt. Er war ›der‹ Privatmann... Seine Ratschläge und Urteile kamen von weither, man wußte nicht woher, und setzten sich wie hohe Trichter auf den zu engen Flaschenhals der Wirklichkeit.«[2]

Sein Verhältnis zum Okkultismus war dasselbe wie dasjenige zur Kunst oder zum Geld oder zum Rudersport. Doch ist die Zahl der Kontakte, die er mit okkulten oder esoterischen Bewegungen hatte, groß. Vor allem in den Jahren, in denen er auf Entdeckungen ausging, schloß er sich der einen oder anderen Gruppe an, mit einem hastigen, blinden Fanatismus, der ihm zu dieser Zeit noch eigen war.

Durch Erfahrungen klüger geworden, nahm er später kritisch und nicht selten spöttisch Abstand.
Eine der frühesten Verbindungen zwischen Meyrink und den vielen Logen dieser Zeit war sein Anschluß an eine mystische Gruppierung, die man auch wohl eine Rosenkreuzer-Sekte genannt hat. Mit dieser Bezeichnung schmücken sich viele, ob zu Recht oder zu Unrecht (meistens letzteres), häufig mit der Absicht, sich mit einem geheimnisvollen Nimbus zu umgeben. Die genannte Sekte war durch Alois Mailänder gegründet worden, einen Mann ohne wissenschaftliche Ausbildung, von sehr einfacher Herkunft, von Beruf Webergeselle. Bei der Gründung seiner Schule 1890 in der Nähe von Darmstadt legte er sich den mystischen Namen Johannes zu.[3] Übrigens hatte Mailänder seine eigene Einweihung von einem Schreiner namens Prestel erhalten. Das muß 1877 gewesen sein, als er 33 Jahre alt war. Dieses Alter galt als Beweis für die Echtheit seiner Einweihung, war doch auch Jesus, der Christus, 33 Jahre alt geworden und hatte in diesem Alter seine Auferstehung gefeiert. Die Schule von Johannes Mailänder errang eine gewisse Berühmtheit. Außer Meyrink sollen auch Karl Weinfurter, Dr. Franz Hartmann und H.P.B. Blavatsky Mitglieder gewesen sein. Dem Vernehmen nach hatte auch Rudolf Steiner von ihm gehört, kannte ihn aber nicht persönlich.[4]
Der Beginn von Meyrinks Schulung fiel auf den 23. Oktober 1892. Damals empfing er als Ordensnamen den Namen Ruben-Juda. Die Kontakte spielten sich zunächst hauptsächlich über einen Briefwechsel mit Gabrielle, der Frau Mailänders, ab, später direkt mit Johannes. An die vierzig Briefe, die die Periode 1893–1903 ausfüllen, sind erhalten geblieben. Emil Bock meint dazu:

> »Schreiben können diese Menschen aber alle nicht recht, Alois Mailänder selbst kann fast überhaupt nicht schreiben. Die Antwortbriefe muß also irgendeiner von dem Kreise schreiben, sich haltend an das, was Mailänder nicht diktiert, aber in großen Zügen angegeben hat.«

Im allgemeinen sind die Briefe voller Gemeinplätze und wohlgemeinter, aber vager Ratschläge. Sie atmen ganz pietistische Atmosphäre. Meyrink gehörte dreizehn Jahre dieser Gruppe an und führte während dieser Zeit die vorgeschriebenen Übungen eifrig aus. Sie bestanden aus bestimmten Mantrams, meist christlichen Inhalts, die flüsternd ausgesprochen werden mußten. Ein Beispiel steht in einem Brief von Johannes aus dem Jahre 1902. Darin stellt er die Aufgabe: »Ich suche mein Ich in mir«.[5] Es scheint, daß Meyrink anfänglich brav alle Anweisungen dieses hessischen Rosenkreuzer-Ordens, wie er ihn später nannte, befolgte, bis schließlich die Beziehungen allmählich abkühlten. Einige Briefe nach 1900 zeigen dies. Johannes fand es schon seit geraumer Zeit einen Jammer, daß »Meyrink nicht an Christus glaubte«. In demselben Brief verwahrt er sich gegen mögliche Beschuldigungen seitens seines Adressaten:

> »Was den andern Teil Deines Briefes betrifft, wo Du vom ›Spiritismus‹ und von ›christlicher Frömmelei‹ sprichst und ob wohl die Übungen vom Geist seien (...): Ich habe mich weder mit Spiritismus noch Frömmelei oder Magie beschäftigt; da hat mir der liebe Gott einen viel zu klaren Verstand gegeben, als daß ich mich mit solchen ›untern‹ Geschichten abgegeben hätte.«[5]

Die Korrespondenz dauerte noch ein Jahr, danach wurde sie definitiv abgebrochen. Im Rückblick scheint Meyrink ein ziemlich ungünstiges Urteil über Mailänder und seine Schule gewonnen zu haben. In »Verwandlung des Blutes« äußert er sich einigermaßen negativ:

»Im Jahre 1900 hatte mich gewissermaßen zur Feier der Jahrhundertwende eine Rückenmarkserkrankung scheußlichster Art befallen. Ich glaube noch heute, daß ich sie den mir im Innersten so gegen den Strich gehenden Übungen des ›J…‹ zuzuschreiben hatte. Die Ärzte, darunter Krafft-Ebing, Professor Arnold Pick, kurz die namhaftesten Gelehrten derartiger Leiden, hatten Erbsche Spinalparalyse der Rückenmarkshäute im Lendengebiet festgestellt. Drei Jahre später waren die Symptome zwar ein wenig zurückgegangen, aber immerhin war ich beim Gehen derart behindert, daß ich mich nur mühsam mit Hilfe zweier Stöcke fortbewegen konnte.«[6]

Offensichtlich hat sich Meyrink darüber auch Mailänder gegenüber beklagt, denn Johannes antwortet in einem seiner Briefe:

»Was die Schmerzen im Hals (brennend und trocken) betrifft, so bedeutet es im geistigen:
›Du wirst reife Früchte schneiden‹ (oder: ›Geister gewinnen von außen‹).«

Ob Meyrink etwas von dieser Antwort gehabt hat?[7]
Unterdessen, ja noch während seiner Schulung bei Mailänder, nahm Meyrink seine Zuflucht zu den gegensätzlichsten Gruppierungen. In »Die Tretmühle« schreibt er darüber:

»Als ich noch ein junger Mensch war und mit Feuereifer alles ausgrub, was nur halbwegs nach Geheimnissen der Magie und des Yoga aussah, geriet ich in derlei Brüderschaften zu Dutzenden und mußte Eide ablegen, daß einem die Haut hätte schaudern können, Eide der Verschwiegenheit über Dinge, die mir damals schon von selbst und aus mir selbst heraus zur geläufigen Erkenntnis geworden waren. Schließlich weigerte ich mich einfach, noch weiter in ›fürchterliche‹ Geheimnisse eingeweiht zu werden, in dem unangenehmen Gefühl, am Ende gar noch geheim halten zu müssen, daß zweimalzwei Vier ist. –«[8]

In den Meyrinkiana sind Urkunden und dergleichen von okkulten Gruppen erhalten geblieben, mit denen Meyrink zu tun hatte. Es besteht eine ganze Liste von solchen Logen, mit den phantastischsten Namen. Man könnte sagen, Meyrink selbst hätte sie sich nicht besser ausdenken können.
1893: Kontakte mit englischen Freimaurern unter dem Namen »Ancient Primitive Rite of Masonry«. Über diese Leute kam Meyrink an ein Romanmanuskript des Autors Randolph, das er später noch übersetzen sollte (Dhoula Bel).
1893: aus diesem Jahre datiert ein Brief von W. Wynn Westcott, »Supreme Magus of the Societas Rosicruciana«.
1893: eine Urkunde, die »Mandale of the Lord of the Perfect Circle«, enthält folgenden Text: »It is ordered that Brother Gustav Meyer of Prague be constituted one of the seven Arch Censors (...) and in virtue of this Mandale Gustav Meyer receives the Spiritual and Mystic name Kama.«
1895: Kontakt mit »The Royal Oriental Order of Apex and of the Sat Bhai«.

1895: in dem Brief eines Ordensbruders namens Charubel steht, daß Meyrinks neuer Name »Theravel« lautet. »This name, when translated in English, would be expressed thus: I go, I seek, I find. This is therefore the motto of your future life.«[9]
1897: am 14. Tag des Monats Thiermeh wurde Gustav Meyrink unter dem Namen Dagobert als Minerval in den Orden der Illuminaten aufgenommen.
Ein undatierter Brief berichtet über die Tatsache, daß Meyrink in die »Bruderschaft der alten Riten vom heiligen Gral im großen Orient von Patmos« aufgenommen wurde.
Wie man sieht, stammen alle diese Kontakte aus der Prager Zeit. Die meisten waren nur von kurzer Dauer und oberflächlich. Daß zu den zwei Kategorien der Korrespondenz, die Meyrink aufhob, auch diese Art Briefe gehörte, sagt schon an und für sich alles über diese Beziehungen. Aus späteren Zeiten sind Kontakte mit der »Altgnostischen Kirche von Eleusis« (1923) und der »Aquarian Foundation« sowie der »Weißen Loge« (1926) belegt.[10]
Nach Miers soll Meyrink auch mit der »Goldenen Dämmerung«, besser bekannt unter dem Namen »Golden Dawn«,[11] zu tun gehabt haben. Miers schreibt, Dr. Henry Birren habe erklärt, er habe zusammen mit Gustav Meyrink (vergeblich) versucht, hinter die wahre Identität der Anna Sprengel zu kommen, einer Frau aus Nürnberg, die sich als hohe Eingeweihte des Rosenkreuzes ausgab und die notwendigen Anweisungen zur Gründung des »Golden Dawn« gegeben hatte. Möglicherweise ist der »Golden Dawn« dasselbe wie die »Societas Rosicruciana«, von welcher Gesellschaft Westcott der »Supreme Magus« war.

Jedenfalls nennt ihn Miers, nach McGregor Mathers und W. B. Yeats, als Mitglied des »Golden Dawn«.
Ganz offen hat sich Meyrink über seine Beziehung zu diesen Bruderschaften ausgesprochen:

»Wie steht es nun mit solchen Orden? Existieren sie wirklich, sind sie eine Fälschung oder eine Fiktion?
Ich kann hier einigermaßen aus eigener Erfahrung sprechen. Ja, es gibt solche Orden; aber wer glaubt, daß ihre Mitglieder etwas ganz Besonderes könnten oder wüßten, der irrt sich gewaltig.
Fast nur Spreu ist da zu finden; alte, geheimnisvolle – gewiß auch sehr interessante – Originalmanuskripte von wahrhaft Wissenden in den Archiven, aber wer sie sorgfältig studiert, der kommt zur Überzeugung:
Von Menschenmund ist noch keiner ›eingeweiht‹ worden; die wahre Einweihung fließt nur aus unsichtbarer Quelle und ›Rezepte‹, die man verraten oder stehlen könnte, gibt es nicht.« [12] Schärfer formuliert: »Auch hier nichts! Leeres Stroh! Nachplappern ungenauen Wissens! Oberflächlichkeit! Theistischer Fanatismus!« [13]

Eine kritische Haltung kann Meyrink gewiß nicht abgesprochen werden, besonders wenn es um okkult gefärbte Orden geht. Ironie und scharfe Angriffe tauchen immer wieder in seinen Essays über Strömungen innerhalb des Okkultismus auf, z. B. in »Hochstapler der Mystik«. In dieser Abhandlung stellt Meyrink fest, daß der Okkultismus gewiß nicht nur eine Modeströmung ohne mehr ist, es handle sich vielmehr um eine ernstzunehmende Angelegenheit mit einschneidenden Folgen. Mit dem Bibelwort

»Mein Reich ist nicht von dieser Welt« hat der Okkultismus jedoch nichts zu tun, daran hält Meyrink unbedingt fest. Doch ist er der Ansicht, der Okkultismus sei ein mächtiger Strom des feurigen Verlangens von Millionen Menschen, eines Verlangens, ins »Reich der Fülle« einzutreten.[14]

> »Im Mittelalter« so schreibt Meyrink von dieser Sehnsucht, »führte sie in den Verdacht der Hexerei, heute lockt sie, wo sie sich zeigt, die Hochstapler an, die ein Geschäft daraus machen, die von ihr Ergriffenen auszubeuten. Wie Unkraut schießen solche Pseudopropheten aus der Erde aller Länder, und nur zu leicht macht man es ihnen, Menschenfischer – auf ihre Art – zu werden!«

Gustav Meyrink, der Entlarver falscher Medien, geht noch einen Schritt weiter: er stellt die falschen Gurus an den Pranger. Zunächst fragt er sich: »Gibt es nun überhaupt echte Gurus? Mag sein. Ich bin noch keinem begegnet. Nur solchen, die sich dafür ausgeben.«[15] Dann folgen einige Beispiele für solche Hochstapler. Ein sehr einflußreicher Betrüger war nach Meyrink ein Mann,

> »der sich Diordjeff oder so ähnlich nannte. Orientale – selbstverständlich: hoher Eingeweihter: noch selbstverständlicher! Alles wußte er. Insbesondere, was auf der Kehrseite des Mondes, auf der Venus usw. vorgeht. Er las auch Zukunft und ferne Vergangenheit, soweit es nicht nachzuprüfen war, aus der Akashachronik (eine Art Nachschlagebuch im Weltäther). Nur was im Nebenzimmer vor sich ging, das sagte er nicht, denn er war Mitglied der großen weißen Loge der Adepten und als solches eidlich verpflichtet, keine Wunder zu tun, damit der

Kosmos nicht in Unordnung gebracht würde. Gestattet war ihm lediglich, von seinen Bewunderern deren gesamtes Hab und Gut zu verlangen, denn bekanntlich geht eher ein Kamel durch ein Nadelöhr, als daß ein Reicher ins Himmelreich kommt. – Das Unbegreifliche geschah: englische Gelehrte (!), Advokaten (!), Ärzte usw. machten sich arm wie Kirchenmäuse und ihn – reich, denn er war, wie er sagte, gesalbt (die anderen waren bloß angeschmiert) und daher gefeit gegen die Gefahren des Reichtums; und überdies lebt ja auch der Mensch nicht von »Brot« allein! Unter seinen Schülern befand sich ein junges englisches Ehepaar aus Adelskreisen. Sie hatten dem ›Führer‹ ihren ganzen Besitz in Höhe von 60000 Pfund ausgehändigt.«

Auch soll nach Meyrink dieser Guru seine Jünger Sklavenarbeit haben verrichten lassen.[16]
Die Schilderung zweier Begegnungen mit Betrügern, die Meyrink daraufhin gibt, hat sicher nur anekdotischen Wert. Der erste gibt sich als eine Wiederverkörperung von Johannes dem Evangelisten aus, der zweite wird beschrieben als ein Mann mit loderndem schwarzen Vollbart als Krawatte auf der nackten Brust, Gummischuhen an den Füßen und über dem behaarten Leib einen vermotteten Bärenpelz.

»Neben dieser Erscheinung, halb so hoch, stand ein kleines blondes nordisches Opferlämmchen, aus dreiekkig unschuldigen Augen staunend und von Loden umflossen. – ›Aha: Wotan der Wanderer‹ – kam mir zu Sinn. ›Darf ich bitten?‹ sagte ich bescheiden und lud die beiden mit einer graziösen Handbewegung ein, sich ins Innere des Hauses zu bemühen. Dort saßen wir eine

Weile einander stumm gegenüber. Das Opferlamm kauerte auf der Kante eines Hockers. Ich getraute mich nicht, meinen Gast zum Ablegen aufzufordern aus Angst, er könnte meiner Aufforderung Folge leisten. Mit einemmal hob der Prophet – es war schon wieder einer, wie ich gleich befürchtet hatte – die zottige Faust, schlug auf den Tisch und sagte dumpf: ›Uech bün!‹ Lebhaft unterbrach ich: ›Ich auch!‹ Wotan aber ließ mich nicht zu Wort kommen, hieb von neuem in die Luft und rief noch dumpfer: ›Uech bün der Weg, die Wahrheit und das Leben.‹ – Ich versank in Nachdenken und fragte alsdann beklommen: ›Mm, hat das nicht schon einmal ein – anderer vor Ihnen gesagt?‹ – Das Opferlamm machte ein erwartungsvolles Näschen. Endlich kam es gemessen und weihevoll hinter dem Raubtiergebiß des Pelzmantels hervor: ›Uech bün Jesus Christus!‹ – ›Ei!‹ war das einzige, was ich zu erwidern vermochte, aber so anspruchslos der Ausruf auch war, er schien den Propheten seltsamerweise zu verwirren, wenigstens legte sich seine Stirn in Gramesfalten, soweit sich dies angesichts ihrer Niedrigkeit ermöglichen ließ. Ermutigt fuhr ich fort: ›Wenn Sie das wirklich sind, mein Herr, dann wird es Ihnen fraglos ein leichtes sein, auf dem Wasser zu gehen?!‹ – ich deutete auf den See hinaus, der spiegelglatt auf ein Wunder zu harren schien. – ›Hier ist Wasser! Bitte zu wandeln! Lassen Sie sich um Himmelswillen nicht abhalten!‹ – Tief versonnen spähte der Prophet ins Weite. Dann sagte er, ein Kindergesicht mimend, wider Erwarten ehrlich und offen: ›Das ist ja eben das Sonderbare, daß ich bis heute dergleichen noch nicht fertigbringe!‹ – Wir tranken sodann friedlich Kaffee und rauchten Zigaretten. – Der Prophet hat später in den Zeitungen viel von sich reden gemacht. Ehemals war er Weinreisender. Heute kandidiert er für den Reichstag. Wie ich vermute, nährt er sich inzwischen von Lammfleisch.«[17]

Ernster zu nehmen sind versteckte Anspielungen auf Mailänder, als Meyrink einen Hochstapler beschreibt, der, um

> »dem braven Schüler entgegenzukommen, der Lehre, die er verzapft, ein christliches Mäntelchen umhängt, wenn er es für einträglich hält, und spielt sich auf einen biblischen Propheten, oder er macht in Rosenkreuzerei...«[18]

Auch beschäftigt sich Meyrink mit den mittelalterlichen Mystikern und Heiligen, die bestimmte Visionen hatten, häufig als Folge von Selbstkasteiung, wobei sie glaubten, direkte göttliche Offenbarungen zu empfangen.

> »Die unerfreuliche Folge ist dann: Anbetung der gehabten Erscheinung anstatt der Erkenntnis, daß es sich nur um objektiv gewordene Abspaltungen der eigenen Seele – des *eigenen Ichs* – handelt.«

Anders ausgedrückt: Die Menschen wollen betrogen sein. Die Leichtgläubigen und die Hochstapler leben voneinander. Meyrink zieht den Schluß:

> »eine Erfüllung winkt ihnen niemals – nur bittere Enttäuschung –, solange sie Hilfe und Rat bei anderen suchen als bei sich selbst und der eigenen Seele! (...) Belehrt muß er werden durch geistige ›Osmose‹ – durch das, was ihm einfällt: aus dem allerinnersten eigenen Ich

herüberfällt in den körperlich-seelischen Menschen. Und darum möchte ich denen, die da suchen aus Sehnsucht, zurufen: *hüte dich vor den sogenannten ›Führern‹!*«[19]

Zu ihnen gehört für Meyrink auch ein Mensch wie Leadbeater, der Präsident der theosophischen Gesellschaft, die er der Kriegshetze gegen Deutschland bezichtigt. Er habe in Australien eine Riesenarena für 10000 Zuhörer bauen lassen:

> »(Entree für seine Vorträge: 1 Schilling pro Kopflosigkeit?!) Die Hauptfigur seines Marionettentheaters ist gegenwärtig ein junger Inder namens Krishnamurti, der der Messias für unser Jahrhundert sein soll. Vorläufig scheint er sich noch im Lurchstadium zu befinden: wenigstens ist sein Buch ›Zu Füßen des Meisters‹ so ziemlich das dadaistischste, das die Theosophische Gesellschaft bisher dem Druck überliefert hat.«[20]

Damit sind wir bei der Beziehung, die Gustav Meyrink zu einer ernstzunehmenden Bewegung dieser Zeit hatte, der Theosophie. Es war eine kurze, intensive Verbindung. Die frühesten Kontakte datieren aus dem Jahre 1888. 1891 wurde in Prag eine theosophische Loge gegründet, »Zum blauen Stern«, deren Mitglied Meyrink wurde. Das war im Todesjahr der Frau Blavatsky.[21] Leadbeater war für Meyrink ein Schwindler, und über Frau Blavatsky hat er sich reichlich doppelsinnig und zweideutig geäußert. So schreibt er in »Hochstapler der Mystik«, daß Frau Blavatsky sich niemals als Guru ausgegeben habe, ganz im Gegenteil. Doch in »Fakirpfade« schlägt er einen anderen Ton an, während er über die theosophische Modeströmung in Deuschland herzieht:

> »Ein Kubikkilometer faules Manna in Form theosophischer Literatur ist vom Himmel gefallen. – Und alles steht in diesen ›mystischen‹ modernen Büchern: – wo die verschwundenen Weltteile Lemuria und Atlantis liegen, aus wieviel Seelenprinzipien der Menschen besteht (wenn er sich's gefallen läßt)« [22]

Dies ist zwar noch auf die Theosophie im allgemeinen gemünzt, doch dann holt er gegen die Gründerin selbst aus:

> »Vor einigen Dezennien wurde die Bewegung des ›Spiritismus‹ lebendig und gewann eine Ausdehnung, die noch heute niemand ahnt, und kurz darauf konnte es durch die herostratische Tat einer Russin namens H. P. Blavatsky geschehen, daß aus dem geistigen Spülwasser – angesammelt während Jahrhunderten – in den Ländern der Bleichgesichter die Schmutzwasserhose des heutigen theosophischen Okkultismus sich emporquirlen konnte.« [23]

Eine persönliche Begegnung hatte Meyrink mit dem damaligen Sekretär der Vereinigung, G. R. S. Mead, in Wien, ebenso mit einer unbekannten, hochgestellten und mysteriösen Figur, die mit den Initialen X. Y. angedeutet wird. Mit Mead korrespondierte Meyrink noch lange Zeit.[24] In einem seiner Briefe an Meyrink nennt Mead den Schreiber »a man not of words but of action«. Wahrscheinlich 1892 trat Meyrink in die innere Schule ein, die damals von Annie

Besant geleitet wurde. Auf jeden Fall stammt seine Bitte um das »Book of rules« dieser Schule aus diesem Jahr. Doch gehörte Meyrink nur drei Monate zu dieser Gruppe. In »Die Verwandlung des Blutes« gibt er einige seiner Erinnerungen an die Kontakte mit der theosophischen Gesellschaft wieder:

»Ich trat in die Theosophische Gesellschaft ein, gründete in Prag eine Loge und ging umher wie ein brüllender Löwe, Anhänger für die Gesellschaft zu gewinnen; hielt in engerem Kreis Vorlesungen aus englischen Siftings und Pamphlets. Der einzig bleibende Erfolg meiner Mühen war, daß ich mir schließlich eine solche Übung im Übersetzen quasi aus dem Stegreif aneignete, daß ich heute aus einem englischen Buch vorlesen kann, als sei es ein deutsches. Annie Besant belohnte mich für meinen Eifer, indem sie mich in einen gewissen inneren Kreis der T. S., dessen Zentrum in Adyar in Indien ist, aufnahm. Ich erhielt von ihr nach und nach Lehrbriefe, den Yoga betreffend. Von diesem Augenblick an bis zu meinem etwa drei Monate spätern Austritt, führte ich das Leben eines beinahe Wahnsinnigen. Lebte nur von Vegetabilien, schlief kaum mehr, ›genoß‹ zweimal täglich, je einen in Suppe aufgelösten Eßlöffel voll Gummi arabicum (dies wurde mir behufs Erweckung astralen Hellsehens von einem französischen okkultistischen Orden wärmstens empfohlen), machte Nacht für Nacht acht Stunden lang Asanaübungen (asiatische Sitzstellungen mit unterschlagenen Beinen), dabei den Atem anhaltend, bis ich Todesrütteln empfand.«[25]

Hier zeigt sich wieder das seltsame Gemisch von Temperament und Naivität, das ihn kennzeichnete. Was seine Naivität angeht, so ist die Bemerkung am Platze, daß ja alles, womit er auf esoterischem Gebiet in Berührung kam, damals völlig neu war. Das heißt, neu war nur, daß es jetzt öffentlich bekannt wurde. Es war wie mit dem Spiritismus, der im 19. Jahrhundert seinen Aufstieg nahm. Im Grunde gab es nichts Neues unter der Sonne, nur die jeweilige Form war angepaßt an das sich entwickelnde Bewußtsein speziell des westlichen Menschen. Dasselbe gilt für die Esoterik, die von der Theosophie gebracht wurde. Die zwei bedeutsamsten neuen Elemente dabei waren der öffentliche Charakter dieses Impulses und als Folge davon der relativ große Bekanntheitsgrad, den die Esoterik im allgemeinen erreichte.

Angesichts dieses großen Stroms verborgenen Wissens – »entschleierte Isis« – blieb Meyrink der interessierte Beobachter. Man hat den Eindruck, daß er sich bei der ersten Berührung jeweils mitten hineinstürzte, voller Energie und Feuer, dann aber der Sache schnell auf den Grund kam. Immer kommen dabei zwei Eigenschaften zur Geltung: Einerseits ein starkes kritisches Vermögen, das zu scharfen Einsichten führte (ganz besonders in dieser Periode!), und die Tatsache, daß er sich stets gründlich informierte – also ein kritisches Talent, das immer wieder durchschlug. Auf der anderen Seite das Bedürfnis nach Freiheit und die Abneigung, sich in Gruppenprozesse oder mehr oder minder sektiererische Gemeinschaften einzufügen. Meyrinks Kritik schließt meistens auch die Gruppe, die Gesellschaft, den Orden ein. So kann man sich fragen, ob unter anderen Voraussetzungen nicht eine gegenseitige Befruchtung zwischen Gustav

Meyrink und der Blavatsky oder Rudolf Steiner hätte stattfinden können.
Rudolf Steiner nämlich ist Meyrink einmal persönlich begegnet. Der Bericht darüber stammt von Wilhelm Kelber, der es seinerseits von Mena Meyrink erfahren hatte.[26] Das einzige aber, was dabei feststeht, ist, daß die Begegnung in Starnberg im »Haus zur letzten Latern« stattfand. Aber wann es war und worüber gesprochen wurde, auch wie die Zusammenkunft zustande kam, das alles bleibt hinter einem Schleier des Geheimnisses verborgen. Das erklärt auch den Umstand, daß ein Meyrink-Kenner diesen Bericht als Gerücht abtut. Kelber besuchte die Witwe ja lange nach dem Tod ihres Mannes, als sie schon schwerhörig war und nicht mehr für die Zuverlässigkeit ihres Gedächtnisses einstehen konnte. Auf der anderen Seite ist nicht anzunehmen, daß sie sich so etwas ausgedacht oder daß sie Steiner in ihrer Erinnerung mit jemand anderem verwechselt haben sollte. In Anbetracht des Kalibers von Steiner ist das so gut wie ausgeschlossen.
Klar ist jedenfalls eines: die Begegnung hat wenig oder nichts erbracht. Etwas Konkretes läßt sich nicht feststellen. Die zwei beobachteten einander, sie arbeiteten auf demselben Gebiet, und Meyrink hatte viele Male Gelegenheit, Steiner zu treffen, denn dieser hielt regelmäßig Vorträge in München. Außerdem hatte Meyrink das Blatt Luzifer-Gnosis, das von Steiner herausgegeben wurde, in seiner Bibliothek.[27] Hinweise auf die Anwesenheit Meyrinks bei Steiners Vorträgen sind die bereits erwähnten Pläne, eine Parodie auf einen Vortrag Steiners zu schreiben, und Auszüge aus dem Johannes-Evangelium im Nachlaß von Meyrink, die nicht von seiner Hand stammen. (Rudolf Steiner hatte in München einen Vortragszyklus über das Evangelium gehal-

ten).[28] Wenn man die Äußerungen Meyrinks über Steiner und die Steiners über Meyrink miteinander vergleicht, so wird deutlich, daß man von einem Einbahnverkehr sprechen kann, in dem Sinne, daß Steiner sich günstig über Meyrink ausließ, während umgekehrt Meyrink seinen Spott mit Steiner trieb.

Zwei Beispiele dafür: in den Randbemerkungen zum Entwurf für den Roman »Das grüne Gesicht« heißt es:

> »Hesekiel (Romanfigur) wird Medium, od. schwindelhafter Ausbeuter. (...) Wird berühmt als Wahrsager u. Schwindelmedium, oder als Heiler (Vorbild: *Steiner*).«[29]

Und ein Zitat aus »Meine Qualen und Wonnen im Jenseits«:

> »Es war die genaue Widerspiegelung eines Vorgangs auf Erden, nur womöglich noch erhebender: Dr. Schmuser, der unverbesserliche Gewohnheitsprophet und Gründer der theosophisch-anthroposophisch-rosicruci-pneumatotherapeutischen Gesellschaft wandelte in den Wolken, mit der einen Hand einen Bürstenabzug der ihm vom Werkmeister des Weltalls anvertrauten Akashachronik korrigierend, mit der andern die Götter rastlos grüßend, und hinter ihm als Ehrengarde: zwölf ausgewählt vermögende alte Damen. Ich begriff: er führte wieder einmal seine Getreuen an; vermutlich geleitete er sie ins Nirwana, das er bekanntlich von München endgültig nach Basel verlegt hat. –«[30]

Es wird berichtet, daß Steiner diesen Spott durchaus zu würdigen verstand, er bezeichnete ihn als echten Humor.

Als einer seiner Schüler mit einem kritischen Artikel über Meyrink von einem gewissen M. ankam und dazu bemerkte: »Hier ist es diesem Meyrink einmal ordentlich gesagt worden«, soll Steiner geantwortet haben:

> »Nun ja, aber Gustav Meyrink weiß allerdings schon viel mehr als dieser Herr M.«[31]

Carl Unger erzählt, daß nach dem Erscheinen der »Fledermäuse« Steiner ihn fragte, ob er das Buch gelesen habe. Unger äußerte sein Urteil darüber und sagte, seiner Meinung nach bezögen die Erzählungen ihre Inhalte aus alter okkulter Literatur, östlicher vor allem, aber auch rosenkreuzerischen Ursprungs. Daraufhin sagte Steiner: »Nein, da liegt schon eigenes Erleben zugrunde.«[32]
Ausführlicher und tiefgehender hat Rudolf Steiner Meyrink in einem seiner Vorträge behandelt:

> »Da haben Sie heute einen Schriftsteller, der in weiten Kreisen wirken kann, auf der einen Seite, weil er wirklich den Leuten interessant sein kann, weil sich ihm bis zu ganz außerordentlichen Weiten gewisse Zugänge zur geistigen Welt öffnen. Es strömt vieles in ihn ein, es wird in ihm nur alles verzerrt, karikiert, aber dadurch vielleicht gerade interessant für sehr viele Leute der Gegenwart. Und dadurch hat er die Möglichkeit, auf diese Leute zu wirken, denn er schildert geradezu futuristisch, nicht als Maler, sondern als Schriftsteller. Wenn Sie den ›Golem‹ von Gustav Meyrink lesen, so haben Sie darin etwas, von dem man nur sagen kann: Gewaltsam bricht herein ein Strom geistigen Lebens, aber verzerrt, karikiert, in Formen, wo es mehr scha-

den als nützen kann für denjenigen, der nicht fest steht. Aber es kommt als Zeitphänomen hinzu. Es bricht herein ein Strom von geistiger Welt, der fortlebt in der kleinen, ausgezeichneten Erzählung ›Der Kardinal Napellus‹. Gerade in diesem ›Kardinal Napellus‹ finden Sie gewisse Erkenntnisse, die der Mann hat von dem eigentlichen Spielen der Akasha-Chronik und so weiter, in einer wunderbaren Weise. Das ist sogar ohne all die wüste, wilde Futuristik geschildert, die in dem ›Golem‹ zutage tritt.«[33]

In der genannten Geschichte geht es um eine Sekte sich selbst kasteiender Mönche, die eine Giftpflanze, die »blaue Mönchskappe« (Aconitum Napellus), anbaut und sie mit dem Blut der eigenen Wunden begießt.[34] Jedem Mönch gehört eine Pflanze, die, wie in einer Taufe, seinen eigenen Namen erhält. Der Ich-Erzähler in der Geschichte spricht in einem langen Monolog:

> »Die meinige hieß Hieronymus und hat mein *Blut* getrunken, indes ich selbst verschmachtete in jahrelangem vergeblichem Flehen um das Wunder, daß der ›Unsichtbare Gärtner‹ die Wurzeln meines Lebens auch nur mit einem Tropfen *Wasser* begösse.
> Der symbolische Sinn dieser seltsamen Zeremonie der Bluttaufe ist, daß der Mensch seine Seele magisch einpflanzen soll in den Garten des Paradieses und ihr Wachstum düngen mit dem Blut seiner Wünsche. [...]
> Wenn die Blumen im Herbst verdorrten, sammelten wir ihre giftigen Samenkeime, die kleinen menschlichen Herzen gleichen und nach der geheimen Überlieferung der Blauen Brüder das ›Senfkorn‹ des Glaubens vorstel-

len, von dem geschrieben steht, daß Berge versetzen könne, wer es hat –, und aßen davon.
So, wie ihr furchtbares Gift das Herz verändert und den Menschen in den Zustand zwischen Leben und Sterben bringt, so sollte die Essenz des Glaubens unser Blut verwandeln –, zur wunderwirkenden Kraft werden in den Stunden zwischen nagender Todespein und ekstatischer Verzückung.«

In dieser Erzählung taucht wieder das Thema der, wie Meyrink es nannte, »geistigen Osmose« auf, ein Thema mit gnostischem Hintergrund. Nicht von ungefähr läßt Meyrink in der Geschichte »gnostische Mönche« auftreten. Hier wird allerdings das gnostische Thema, die gnostische Methode, imitiert und verdorben. Das Blutsopfer wird durch Fanatiker buchstäblich aufgefaßt, wodurch eine Giftpflanze in ihnen zu wachsen beginnt. An verschiedenen Stellen der Erzählung werden hermetisch-christliche Motive aufgegriffen, wie das Saatkorn, das dem Herzen gleicht, die Essenz des Glaubens, die das Blut umsetzt, das Senfkorn, das gegessen werden muß, und so weiter. Da die Mönche aber die tiefer liegenden Gesetze nicht begreifen, wird der ursprüngliche Impuls umgebogen und kehrt die Wirkung sich gegen sie. Am Ende der Erzählung holt der Fluch die Hauptperson ein und sie wird wahnsinnig.
Im Grunde sind dies Themen, die auch von Rudolf Steiner behandelt wurden, man denke zum Beispiel an die Abhandlung »Blut ist ein ganz besonderer Saft«. Nichtsdestoweniger wollte oder konnte Meyrink das nicht erkennen, wobei man im Auge behalten muß, daß die schärfsten Bemerkungen über Steiner, die dicht an eine Beleidigung grenzen, in der Periode geschrieben wurden, als Meyrink

die Feder noch als Waffe gebrauchte. Später erfuhren die satirischen Angriffe eine Abmilderung.
Gustav Meyrink verfügte also über einen direkten Zugang zur geistigen Welt, das wird durch Steiner bestätigt. Er konnte aus einem Reservoir schöpfen, das übrigens von vielen sensitiven Künstlern angezapft wird. So drängt sich die Frage auf: Inwieweit war er bewußt eine Schleuse zwischen diesem geistigen Reservoir und der Literatur? Diese Frage kann erst vollständig beantwortet werden, wenn das ganze Leben Meyrinks wie ein Panorama vor uns liegt, so daß sie erst am Ende dieses Buches an die Reihe kommen wird. Doch können wir sie im Augenblick nicht ganz umgehen, da sie im Zusammenhang mit seinem Verhältnis zu Steiner steht. Konnte Meyrink die Qualität Steiners, ich meine die spirituelle bonafide Qualität, nicht erkennen oder wollte er es nicht? Stand ihm vielleicht ein starker Ehrgeiz im Weg? Ich muß die Antwort hier zur Hälfte offenlassen. Es hat jedenfalls den Anschein, daß Mangel an Einsicht bei Meyrink sicher nicht der ausschlaggebende Faktor für seine Beurteilung gewesen ist. Letzten Endes schließe ich mich der Bemerkung Lubes an, daß Meyrinks Fehlinterpretation von Steiners Absichten auf einem tragischen Mißverständnis beruhte.
Eine persönliche Bekanntschaft unterhielt Meyrink mit Bô-Yin-Râ, Pseudonym für Joseph Anton Schneiderfranken. Die erste Begegnung fand im Februar 1917 statt. Die beiden waren einige Zeit miteinander befreundet und haben einander wechselseitig beeinflußt. Man nahm an, die Freundschaft mit Bô-Yin-Râ habe Meyrink stark geprägt, und ging dabei aus von einer Äußerung Bô-Yin-Râs, daß Meyrink von ihm die Erlaubnis bekommen habe, die okkulten Inhalte seiner Bücher künstlerisch auszuwerten. Doch das ist noch

sehr die Frage, nicht nur in Anbetracht des Urteils einer Persönlichkeit wie Rudolf Steiner. Man muß die Äußerung von Schneiderfranken auch unter der Voraussetzung beurteilen, daß sie erfolgte, als die Bekanntschaft mit Meyrink bereits abgekühlt war.

Bevor es soweit war, schrieben sie übereinander Artikel mit enthusiastischem Lob und warmen Empfehlungen. Meyrink verfaßte in diesem Sinne ein Vorwort für ein Buch von Bô-Yin-Râ, »Das Buch des lebendigen Gottes«, auf die Bitte des Verfassers hin und weil – in seinen Worten – »ich selbst ein Menschenleben lang ›gesucht‹ habe.«[35]

Inmitten all der Beweihräucherung fällt ein Satz unmittelbar ins Auge, nämlich wo Meyrink sagt, er hätte dieses Vorwort nicht geschrieben,

> »wenn ich nicht – noch ehe ich mit dem Autor bekannt wurde – selbst und allein bestätigt gefunden hätte, was in seinem Buche steht«.

Offenbar schrieb er es also mit der Absicht, die Vermutungen einer einseitigen Beeinflussung von vornherein zu widerlegen.

Bô-Yin-Râ seinerseits singt das Lob Gustav Meyrinks in seinem Artikel »Dichter des Golems«:

> »Es gibt wohl keinen Okkultisten im deutschen Sprachgebiet und weit darüber hinaus, der nicht mit besonderer Verehrung den Namen Gustav Meyrink nennt. Unter denen, die sich heute in der okkultistischen Bewegung als Führer gebärden, dürfte schwerlich auch nur einer zu finden sein, der imstande gewesen wäre, diese, alles Bekannte weitaus überragenden, das letzte und die tief-

sten Kräfte des Menschen aufwühlenden Übungen zu Ende zu führen, denen Gustav Meyrink seine beispiellose Einsicht in die Regionen des Übersinnlichen dankt. [...] Ihnen kann Meyrink ein sicherer Wegweiser sein, und Tausenden von ihnen ist er bereits heute Führer aus dem Labyrinth des Unglaubens, des Irrglaubens und des Aberglaubens geworden.«

Und so geht es weiter:

»Ein *Aristokrat des Geistes* und der *Abstammung, Arier* reinsten Blutes, aber ferne aller Rassenverachtung, weshalb ihn, den tiefen Kenner *jüdischer Mystik*, einst scheeler Neid der Erfolglosen *antisemitischer* Hetze auszuliefern versuchte, damit auch das Satyrspiel nicht fehle in diesem geheimnisreichen Dichterleben!« –[36]

Die Entfremdung, die sich später zwischen ihnen entwikkelte, ging auf unterschiedliche Einsichten in geistige Sachverhalte zurück. Jedenfalls läßt sich das einer Bemerkung Bô-Yin-Râs entnehmen. Sie stammt aus dem Jahre 1933, also kurz nach Meyrinks Tod. Wir müssen sie hier zitieren, ohne ihr eine Antwort Meyrinks zur Seite stellen zu können. Das muß betont werden, denn man darf annehmen, daß Meyrink zweifellos die Ausführungen seines Okkultisten-Kollegen widerlegt hätte. Bô-Yin-Râ schreibt in diesem Artikel:

»In späteren Jahren hat sich übrigens Meyrink mir gegenüber mehrfach sehr entschieden dahin ausgesprochen, daß er ›nicht im Traum‹ daran denke, die in seinen okkulten Romanen behandelten Lehren und Erlebnisse

selbst als richtig, oder als erlebensmöglich anzusehen, obwohl er für alles in seiner Bibliothek literarische Belege, zum Teil sehr seltener Art, besitze. ›Als Romanschriftsteller‹ behalte er sich jedoch vor, *das* Material zu verarbeiten, das ihn ›besonders reize‹, wobei er jede *eigene* Verantwortung für die aus literarischen Quellen entnommenen und von ihm künstlerisch dargestellten Lehren *ablehne*. Seiner Auffassung nach, sei es jedoch ›*einfach künstlerische Forderung*‹, daß der Autor eines Romans oder einer Erzählung den Eindruck erwecken müsse, als sei er selber überzeugt von den Dingen, die sein Stoffgebiet ausmachen. [...]
Daß die Beziehungen zwischen Meyrink und mir, wie bekannt, allmählich in eine gewisse Entfremdung übergingen, war gleichsam automatisch eintretende Folge der übergroßen Verschiedenheit in der beiderseitigen Auffassung geistiger Dinge, die ihm nur Gegenstand künstlerischer Bearbeitung blieben, während ich ihnen nie anders als unter höchster Ehrfurcht nahen kann, da sie mir ja *erfahrungsgewiß* sind.«[37]

Was soll man nun davon halten? Das sind doch sehr merkwürdige, zweideutige Bemerkungen, in Widerspruch mit vielen anders lautenden Berichten, die immer auf ein und denselben Sachverhalt hinauslaufen: Meyrink schrieb nicht der Kunst wegen. Es ging ihm vielmehr immer darum, wie er an einen Freund schrieb, »die heilige Sache« zu verbreiten. Die Kunst diente ihm nur als Plattform für diesen Zweck. Und was die eigenen Erlebnisse betrifft: Meyrink hatte genug Erfahrungen, die beweisen, daß er direkten Zugang zur geistigen Welt hatte, und die er in Erzählungen und Essays niederschrieb.

Die Schilderung, die Max Brod von Gustav Meyrink gibt, als er noch Meyer hieß und Bankier in Prag war, ist eine der treffendsten, die mir begegnet ist. Sie kann sowohl buchstäblich als auch figürlich aufgefaßt werden. Buchstäblich, so sagte Brod, ging Meyrink auf dem Rand des Trottoirs gegen den Strom und beobachtete die Passanten. So war es tatsächlich, darin lag Meyrinks Kraft und seine Schwäche: Vom Abseits aus, im Abstand, gegen den Strom beobachten. Es ist dieselbe Haltung, die auch in seinen Beziehungen zu okkulten Orden und Lehrern immer wiederkehrte und die ihm ein so klares Unterscheidungsvermögen vermittelte. Doch, so fährt Max Brod in seiner Schilderung fort, in einem gegebenen Augenblick wurde er müde, dann schlug er die Augen nieder und wandte sich ab.[38]

In solchen Augenblicken konnte er seine Position nicht länger behaupten. Die Schwäche, die immer auf der Lauer lag, kam dann zur Geltung, das heißt, eine starke persönliche Färbung in Form eines Vorurteils trübte seinen Blick. Eine Position als Außenseiter, wie sie Meyrink einnahm, verlangte vor allem Freiheit von Vorurteilen, da immer die Gefahr besteht, daß die stolze Empfindung der Selbständigkeit sich auflöst und einem Gefühl von Einsamkeit und Verbitterung Platz macht – mit der schließlichen Folge, daß der Außenseiter sich als der Einzige, der immer recht hat, gegen den Rest der Menschheit stellt.

An Meyrink haben wir gesehen, wie gern er anderen die Masken vom Gesicht riß. Die falschen Medien, er wußte sie zu entlarven, die falschen Gurus, er kannte sie beim Namen oder glaubte jedenfalls, sie zu kennen. Er kannte auch die Namen von Eingeweihten, denen er andererseits das Prädikat »echt« zuerkannte. Eine, zweifellos unvollständige, Aufzählung gibt er in der Erzählung »Der heimliche Kaiser«:

»– Die Gestalten der Adepten, von denen die Rede ging, daß sie den Tod des irdischen Leibes überwanden, reichten einander die Hände zur Kette: Hu-tsu, der Mandschure, Elias, Henoch, Mani, Apollonius, Johannes der Evangelist, Chaitanya, Bab, Nostradamus, Mejnour, Christian Rosenkreutz, Nicolas Flamel, Gulap Singh, Hilarion, Koot-Humi – und der große Theosoph Dr. Rudolf Schwätzer. –«[39]

Meyrink fügte also dieser Reihe zwar den Eingeweihten, der sein Zeitgenosse war, hinzu, doch nur mit halbem Herzen. Im allgemeinen hatte er ein problematisches Verhältnis zu geistigen Lehrern. Seine persönlichen Eigenschaften ließen es nicht zu, daß er sich als Jünger von wem auch immer betrachtete. Nichtsdestoweniger blieben Kontakte bestehen, zum Beispiel mit einem in Mayavati, im Himalaya, lebenden Swami, einem Schüler Ramakrishnas, der ihn schriftlich in den Techniken des Bhakti-Yoga unterwies. Man sagt auch, er habe mit dem Maharishi von Tiruvanamalai in telepathischem Kontakt gestanden.[40]
Soeben ist das Wort Yoga gefallen. In dieses Thema hat sich Meyrink jahrelang vertieft und ebenso viele Jahre hat er sich in Yoga geübt. In »Der Lotse« beschreibt er, wie er nach langen Umwegen und Spurensuchen »es« in den Methoden des Yoga gefunden zu haben glaubte:

»Aber endlich glaubte ich dann gefunden zu haben, was ich so lange gesucht hatte: eine Vereinigung von Menschen (Europäern und Orientalen) in Zentral-Indien, die behaupteten, das wahre Geheimnis des Yoga zu besitzen, jenes uralten asiatischen Systems, das wohl den einzigen Weg angibt und weist zu jenen Stufen, die weit über alles Schwächliche, Unvollkommene, machtlose Menschentum hinausführen ...«[41]

Er spielt hier auf die theosophische Bewegung an, worin er, wie wir gesehen haben, eine frühzeitig wieder abgebrochene Blitzkarriere machte, die ihn bis in die innere Schule führte. Auf diese Art und Weise erhielt er Kenntnis von den Geheimnissen des Yoga. Meyrink mochte dann immerhin behaupten, daß er niemals einen echten Guru getroffen habe und daß man auf geistigem Gebiet nichts aus Büchern oder anderen Lehren lernen könne. Tatsache ist jedoch, daß auch er ohne bestimmte Richtlinien, ohne Hinweise, ohne einen Führer nicht weiterkam, ohne den sich nun einmal jeder sofort verirren würde. Insofern ist er ein Beispiel dafür, daß einem Menschen die spirituelle Essenz nur durch geistige Osmose, wie er es nennt, übertragen werden kann. Die Offenheit des eigenen Systems und das Vakuum im eigenen Leben, die dafür sorgen, daß etwas aus einer anderen, übersinnlichen Natur einströmen kann, muß zwar jeder ganz in eigener Kraft entwickeln. Doch sinnvolle Anweisungen von jemandem, der den Entwicklungsweg schon bis zum Ende zurückgelegt hat, kann niemand entbehren. Die Kraft der Überzeugung, mit der Meyrink in all seinen Büchern auftritt, ist der vollständige Beweis, daß er ganz aus eigener Erfahrung über den Prozeß der geistigen Osmose sprechen konnte. Berücksichtigt man den geradezu paulinischen Eifer, mit dem er viele Methoden prüfte, so wundert es einen nicht, daß er mit okkulten oder esoterischen Lehrern und Orden der unterschiedlichsten Couleur in Berührung kam. Im vorigen Kapitel ist in Kürze angedeutet worden, welche drei große Strömungen es auf diesem Gebiet gibt. Zwei, die in der uns bekannten Naturordnung wirksam sind, die eine dem Bösen, die andere dem Guten nachstrebend, und eine dritte, die von einer unbekannten Naturordnung aus arbeitet, die senkrecht auf der unseren steht und von der alle großen Weltlehrer gezeugt haben: das Nirwana des Buddha, das »Königreich nicht von dieser Welt« des Christus. Zweifellos stand Meyrink mit allen drei großen Strömungen in Verbindung. Das war die Folge der Tatsache, daß ein Sucher durch sein Verlangen nach geistiger Nahrung bis an die Grenze dieser Naturordnung kommt, die die Domäne der zwei einander widerstreitenden ersten Gruppen ist. Über diese Grenze reicht dann die dritte, unbekannte Bruderschaft ihm die Hand und gibt ihm unpersönliche Hilfe. Für denjenigen, der die Grenze erreicht, wird die Magie des Wortes wirksam: »Dem, der klopft, wird aufgetan werden.«

Beispiele für die verschiedenen großen Strömungen kann ich hier, mit Ausnahme der ersten, der das Böse wollenden, nicht geben. Ohne vollkommene Kenntnis, das heißt Kenntnis aus erster Hand, kann man sich hierüber nicht äußern. Man wird in Spekulationen verfallen, oder wenigstens bei der Beurteilung durch Voreingenommenheiten und den eigenen Geschmack irritiert werden. Was die das Böse wollenden bzw. das Böse verursachenden Gruppen betrifft, so kann man bei Eduard Frank eine Bemerkung über Versuche Meyrinks finden, gewisse Hinweise aus der Lehre von Kerning und Sebottendorf praktisch anzuwenden. Meyrink selbst berichtete, daß er daran beinahe zugrunde gegangen wäre.[42] Viel mehr hat er darüber nicht gesagt. Indirekt hat er seine Erfahrungen in dem Roman »Der Engel vom westlichen Fenster« wiedergegeben, vor allen Dingen in den Szenen, worin John Dee auf Grund

okkulter Praktiken von dem Phantom des Engels überschattet wird. Der Name Sebottendorf taucht auch auf im Zusammenhang mit der Thule-Gesellschaft, von der behauptet wird, sie habe einen Nährboden für den Nationalsozialismus abgegeben.
Am Ende des erwähnten Romans steht eine sehr bedeutsame Szene, die eine Schlüsselposition in Meyrinks Werk einnimmt. Auf ihren Inhalt werde ich später noch zurückkommen. Hier sei nur kurz erwähnt: die Hauptperson wird in dieser Szene in eine Bruderschaftskette aufgenommen und bekommt eine Aufgabe als Helfer der Menschheit zugeteilt. Diese Bruderschaftskette ist identisch mit der dritten Strömung, die von der Natur der unsterblichen Seelen aus operiert. Wenn man diese Passage in dem Buch liest und dabei berücksichtigt, daß Meyrink in seinen Büchern viele autobiographische Elemente verarbeitet hat, dann stellt sich die Frage: spricht hier Meyrink aus eigener Erfahrung? Ist er auf die eine oder andere Weise, die nicht genau derjenigen in dem Roman entsprechen muß, mit dieser Bruderschaft in Berührung gekommen? Wer Meyrink kennt, wird nicht überrascht sein, daß darüber keine äußeren Beweise erhalten geblieben sind. Lautet nicht das paulinische Wort: »Prüfet alles und das Gute behaltet?« Das läuft in Meyrinks Fall darauf hinaus, daß er allen »Abfall«, den er unterwegs aufsammelte, zurückließ und alles Wertvolle behielt, was vielleicht ein Beweis für die Tatsache ist, daß nur das Unechte eine Spur im Stoff hinterläßt, während das Gute nur geistig wirkt. Ich möchte den Dingen nicht vorgreifen, doch sei hier kurz angedeutet, daß ich aufgrund der aus den letzten Jahren seines Lebens bekannten Umstände der Meinung bin, daß Gustav Meyrink in

der berühmten Szene am Ende des »Engels« eine dichterische Transposition einer eigenen Erfahrung vorgenommen hat.

Vielleicht überflüssigerweise gebe ich noch ein anderes Beispiel der Verarbeitung einer eigenen Erfahrung, um meine soeben geäußerte Vermutung zu stützen. In dem unvollendeten Roman »Das Haus des Alchemisten« kommt eine Sekte persischer Derwische vor, die Jeziden, die nicht Gott als den Schöpfer dieser Welt anbeten, sondern den gefallenen Engel Melek T'aüss, von dem es jedoch heißt, daß er sich einmal wieder mit Gott vereinigen werde. Wenn, so wird dort erzählt, ein Jezide sich das Bildnis des Melek vorstellt, dann sieht er in seiner Vision, wie sich die Lippen dieses Bildnisses bewegen. Das Mitglied der Sekte liest Worte von den Lippen ab und empfängt so die Lehren oder Offenbarungen. Meiner Ansicht nach ist dies ein deutlicher Hinweis auf die Praxis der sogenannten Flüstermantrams von Mailänder.[43]

In Meyrinks produktiven Kriegsjahren erschienen zwei Romane »Das grüne Gesicht« und »Walpurgisnacht«. Eine Anekdote über die Entstehung des »Grünen Gesichts« hat Ursula von Mangoldt überliefert.[44]

Nach ihrem Bericht hatte Meyrink einst die Vision eines kleinen, häßlichen Juden mit roten Haaren und gedrehten Löckchen. Es erschienen noch mehr von diesen Kreaturen, die keinen sehr hübschen Anblick boten. »Du mußt mir etwas schenken«, sagte eines der Geschöpfe zu Meyrink. Er gab ihm seine Brieftasche. »Du mußt mir noch mehr geben«, worauf Meyrink es mit seiner Uhr und seinem Ring probierte. »Das ist noch immer nicht genug«, ließ der Jude nicht locker. Meyrink:

»Mich überkam ein Gefühl von so grenzenlosem Mitleid und einer so echten Liebe zu diesem häßlichen Kerl, daß ich an mein Herz griff, um es ihm zu geben. Da hörte ich eine Stimme: ›Sein Name wird eingeschrieben in das Buch des Lebens.‹« Und er sieht ein Buch, nach jüdischer Art von rechts nach links geschrieben, und sein Name steht leuchtend darin. »Nun mußt du noch etwas tun«, fährt der kleine Jude fort. »Du mußt in deinem Roman etwas über die Juden schreiben.« Und Meyrink schrieb das Kapitel über Eidotter, das ihm Wort für Wort von dem kleinen Kerl eingegeben wurde, und gruppierte um dieses die übrigen Kapitel des »Grünen Gesichts«.

»Das grüne Gesicht« ist der »Yoga-Roman« Meyrinks genannt worden. Andere, kritische Stimmen sprechen von seinem ersten »Traktaten-Roman«. Was das erste betrifft, so unterstelle ich, daß diese Bezeichnung aus dem Bedürfnis stammt, aus der Vielfalt von Bildern, Monologen und esoterischen Betrachtungen sowie seltsamen Figuren und Abenteuern, eine zentrale Thematik zu destillieren. Auch die Klage, die gelegentlich zu hören ist, daß man bei Meyrinks Büchern manchmal vor lauter Bäumen den Wald nicht sieht, dürfte sich hierauf beziehen. Der Versuch, seine Romane auf einen Nenner zu bringen, führt in der Regel noch zu einem anderen Ergebnis, daß es nämlich inhaltlich in seinen Romanen keine Entwicklung gibt. Die großen Motive sind in all seinen Büchern dieselben. Übrigens sind diese Charakterisierungen der Literaturwissenschaftler immer nur halbrichtig. Man kann höchstens annähernd sagen, daß im »Grünen Gesicht« der Akzent auf dem Yoga liegt, im »Golem« auf dem Tarot und der Kabbala, im »Weißen Dominikaner« auf dem Taoismus und christlichen Elementen, im »Engel vom westlichen Fenster« auf den Themen Alchimie und Transfiguration.

Auf die Kritik, die »Das grüne Gesicht« hervorrief, möchte ich etwas näher eingehen, wobei gleichzeitig die Bezeichnung »Traktatenroman« erklärt werden soll. Der Grund, weshalb ich diese Kritik näher beleuchten will, ist, daß sich an diesem Roman eine Scheidung der Geister vollzogen hat. Die Ereignisse spielen sich größtenteils in Amsterdam ab. Die Schilderung der Stadt oder allgemeiner, die Schilderung der Umgebung, ist in Meyrinks Werk immer von größter Bedeutung, und die Ausmalung der Atmosphäre einer Stadt und des sozialen Milieus ist eine der stärksten Seiten seiner Begabung als Schriftsteller. Man kann sagen, er ist ein typischer »Stadtschilderer«, denn Naturschilderungen findet man bei ihm so gut wie nie. Darauf angesprochen sagte er einmal: »Warum soll ich die Natur beschreiben? Wenn ich meine Augen schließe, sehe ich Bilder einer viel glänzenderen Natur.«

In Amsterdam ist es die Judenstadt und das Hafenquartier, die im »Grünen Gesicht« den Hintergrund für die abenteuerlichen und seltsamen Erlebnisse des Fortunat Hauberrisser bilden. Die Atmosphäre der Stadt ist so treffend und überzeugend beschrieben, daß man angenommen hat, Meyrink müsse selbst dort gewesen sein. Doch die Schilderung eines Gartens hinter der Kirche stimmt nicht mit der Wirklichkeit überein, das heißt, diesen Garten gibt es gar nicht. Meyrink wählte Amsterdam, weil er für seinen Roman eine Stadt im neutralen Ausland (während des ersten Weltkriegs) und mit malerischem Lokalkolorit brauchte, wie es Prag für den »Golem« geboten hatte. Persönlich war er tatsächlich niemals dort. Für die Details bediente er sich eines Baedekers.[45]

Das grüne Gesicht erscheint in dem Roman in einer Vision von einem Menschen- oder einem Schlangenkopf. Dieses Gesicht stellt den »Chidher« dar. Es handelt sich um eine legendäre Figur islamischen Ursprungs. Sie wird im Koran besungen und in Verbindung mit Moses gebracht. Außerdem wird sie auch mit dem Propheten Elias identifiziert oder mit Johannes dem Evangelisten sowie mit der Gestalt des »ewig wandernden« oder des »wandernden Juden«. Sogar mit Alexander dem Großen ist sie gelegentlich gleichgesetzt worden. Es wird vom »Chidher« gesagt, er sei im südwestlichen Teil der Erde zum Brunnen des Lebens vorgedrungen und habe daraus getrunken, wodurch er das ewige Leben erlangt habe. Daher der Name »Chidher«: der »grüne«, der »ewig junge«. Als Prophet des Islam könne er nicht sterben, so heißt es, bis zu dem Augenblick, da das Blasen der Trompete das Jüngste Gericht ankündigt. Er ist ständig unterwegs und ist der Schutzpatron der Seeleute. Der Chidher weiht die Menschen in die höchsten Mysterien ein und bekleidet als solcher in der Hierarchie der Sufis einen der höchsten Ränge. Dieselbe Rolle spielt Johannes der Täufer in der Tradition der Gnostiker.[46]
»Meyrink macht es seinen Lesern nicht einfach«, wurde anläßlich dieses Romans einmal gesagt. Er kompiliert Elemente, zum Beispiel aus dem Schlangenkult der Zulus, christliche Motive, aber auch kabbalistische und ägyptische Themen, und führt seine Leser durch labyrinthische ominöse Geschehnisse bis zu apokalyptischen Schilderungen, in denen Amsterdam durch einen Orkan vom Boden vertilgt wird.
Ein wichtiges Motiv in diesem Buch ist das des Gebetes. Nach Meyrinks Auffassung kann ein Mensch auf zwei Arten beten. Meistens ist das Gebet nicht mehr als ein frommer

Wunsch, ein Pfeil, der aus Eigeninteresse abgeschossen wird. Ein solches Gebet bringt große Gefahren mit sich. Es setzt bestimmte Kräfte in Bewegung, die die Persönlichkeit als Antwort auf den selbstsüchtigen Ruf überschatten können, der in dem Gebet enthalten ist. In diesem Sinn wird tatsächlich jedes Gebet »erhört«. Im »Grünen Gesicht« geschieht das mit Klinkherbogk, der das Gebet als magischen Anruf gebraucht, um den König der Mohren, den Bringer der Myrrhe, um Hilfe zu bitten und seine Gaben zu empfangen. Anstelle des Königs erscheint dann aber der mordende Zulu Usibepu.
Die Richtung, in die das Gebet nach Meyrink gehen muß, ist die des eigenen »allerinnersten« Kerns. Voraussetzung dafür ist zunächst die Erkenntnis dieses Geistkerns. Meyrink sagt von dieser Erkenntnis, daß sie eines der schwersten Opfer ist, die ein Mensch bringen kann. Ein solches Gebet hat nicht die geringste Ähnlichkeit mit dem gewöhnlichen. Es ruft keine Projektionen auf und ist gekennzeichnet durch vollkommen selbstlose Motive. Im »Engel vom westlichen Fenster« kommt er noch einmal auf dieses Thema zurück:

»›Ein Gebet ist ein Pfeil in Gottes Ohr! Wenn der Pfeil trifft, ist das Gebet erhört. Jedes Gebet wird erhört – muß werden erhört, denn das Gebet ist unwiderstehlich ... wenn es trifft!‹
›Und wenn es nicht trifft?‹
›Dann fällt das Gebet wie ä verlorener Pfeil wieder herunter, trifft manchmal noch was Falsches, fällt auf die Erde wie Onans Kraft – oder ... es wird abgefangen vom ›Andern‹ und seinen Dienern. Die erhören dann das Gebet auf ... ihre Weise!‹

›Von welchem ›Andern‹?‹ frage ich mit Angst im Herzen. ›Von welchem ›Andern‹!‹ äfft der Rabbi. ›Von dem, der immer zwischen Oben und Unten wacht. Vom Engel Metatron, dem Herrn der tausend Gesichter...‹«

Regelmäßig kommen im »Grünen Gesicht« autobiographische Passagen vor in Form von Betrachtungen über spiritu-

Eva auf der Brücke. Zeichnung für »Das Grüne Gesicht« von Fritz Schwimbeck

elle Gegenstände oder konkreten Hinweisen, die auf eigener Erfahrung beruhen. So schreibt Meyrink zum Beispiel über Erscheinungen, daß man, wenn man wissen möchte, ob man es mit etwas Wesentlichem oder einem Trugbild zu tun hat, darauf achten muß, ob das Bewußtsein während der Erscheinung halb schläft und ob die Gegenstände in der Umgebung zu verschwimmen beginnen. Ist das der Fall, dann kann man davon ausgehen, daß man ein Trugbild vor sich hat, das heißt eine Projektion einer Kraft aus dem eigenen Unterbewußtsein.[47]

Die zwei Hauptthemen von Meyrinks Œuvre finden sich auch im »Grünen Gesicht«: erstens »das Wachsein«, oder wie es im allerletzten Satz formuliert wird:

»er war hüben und drüben ein lebendiger Mensch –«

und zweitens: die Vereinigung des männlichen und weiblichen Prinzips in der »heiligen Hochzeit«. Am Ende des Buches geschieht es, daß Hauberrisser, der den Januskopf erworben hat, mit dem er gleichzeitig im Hier und Dort, in der Vergangenheit und der Zukunft, in der Natur und Übernatur sehen kann, sich mit Eva vereinigt. Herz und Haupt stehen wieder in der Einheit.

Wie in jedem Werk arbeitet Meyrink auch in diesem Roman mit Kontrasten. So symbolisiert die Farbe grün nicht nur die Hoffnung, die Auferstehung und die ewige Jugend, sie ist auch die Farbe des Bösartigen. Im positiven Sinn taucht die Farbe zum Beispiel in »Grön-Land« auf, im negativen Sinn im »Bartlett Green« (diese Gegenüberstellung stammt aus »dem Engel«). Grün ist die Farbe des Smaragds, des schutzbietenden Steins, der in den Gralsbecher eingefügt ist. Grün sind die Gewänder der Jungfrauen rund um den

Thron der Schwarzen Magd und die Kerzen, die das unterirdische Gewölbe, in dem das Bildnis steht, erleuchten.

»Das grüne Gesicht« erreichte eine beträchtliche Auflagenhöhe, obwohl das Buch kein derartig eklatanter Erfolg war wie »Der Golem«. Die meisten Kritiker und Künstlerkollegen begannen sich anläßlich des zweiten Romans Meyrinks von ihm abzuwenden, so zum Beispiel Kurt Tucholsky. Das satirische Werk hatte er hoch bewertet:

> »Die Prosa war, lange vor Rilkes Zeit, musikalisch, ohne im Gegensatz zu diesem, auch nur einen Augenblick unklar zu sein – die Sprache sang sich ein Lied.« Aber das »Grüne Gesicht« und auch den »Golem« hält er für einen »Abstieg, weil die Erkenntnis des Weisen die Kraft des Schaffenden weit übersteigt. Früher saß Satz an Satz wie gegossen: heute wird in Fettdruck gesperrt. Früher hatten alle Figuren scharfe Ränder: heute schwimmt alles. – (...) Ich zweifle nicht, daß Meyrink zu den einsichtsreichsten Menschen gehört, die unter uns leben. Er weiß ungeheuer viel – nicht Positiva, sondern eben das, was man nicht lernen kann –, er hat tief hinunter gesehen, und man muß ihn stets hochachten, eben um dieser Erkenntnis willen. – (...)
> Es liegt also nicht etwa vor: Suchen der Gunst des Publikums. Es liegt aber wohl vor: Bewußtes oder unbewußtes Nachlassen der künstlerischen Kraft. Es ist schade, daß ein großer Erkenner uns einen großen Künstler kostet.« [48]

Auch Hermann Hesse findet in seiner Rezension über »Das grüne Gesicht« einige kritische Randbemerkungen:

> »Merkwürdig ist mir bei Meyrink, hier wie im Golem, ein Zwiespalt zwischen seinem Eigentlichsten und dessen Ausdruck, ein grelles Hin und Her zwischen zartestem Tasten auf lebendigen Seelenspuren und groben, oft raffinierten Effekten. Oft singt er, wie die Leute von der Heilsarmee, ein Glaubenslied zum Tamtam und auf schlimme Melodien.«[49]

Am meisten wurden die langen »Traktate« bemängelt, die Monologe oder Dialoge, bei denen einer der Gesprächspartner als Unwissender Fragen stellt und durch die Meyrink seine esoterischen Erkenntnisse ausspricht. Rilke schrieb in einem Brief über Meyrink:

> »Meyrink ist ein Zeichen dafür, wie der neugierig ausbeuterische Zeitgeist penetrant genug geworden ist, um selbst das Imponderable nach Gewicht abzusetzen und zur gangbaren Marktware zu machen.«[50]

Möglicherweise spielt im Hintergrund dieser Kritik der Vorwurf mit, Meyrink spekuliere auf das, was das große Lesepublikum am liebsten als Lesekost vorgesetzt bekommt. Die riesige Anzahl der Auflagen (Tucholsky nennt als Gesamtzahl der Auflagen des »Golem« und des »Grünen Gesichts« zusammen 145–1917) könnten das bestätigen. Dies ist freilich nur ein Umkehrschluß. Überdies ist der Erfolg des »Golem« nicht zum geringsten Teil ja auf die sehr intensive Werbekampagne für dieses Buch zurückzuführen. Während Tucholsky immerhin die Möglichkeit, Meyrink habe nach der Gunst des Publikums geschielt, abweist, tut Julius Bab die Romane, für die er nur ein »mitleidiges Lächeln« übrig hat, als ein verzeihliches

»menschliches Bedürfnis nach Erfolg« ab. Sie seien geschrieben mit der Absicht, Rechenschaft abzulegen. Er bezweifelte Meyrinks Fähigkeit, mit größeren Formen als der der Novelle (die Erzählungen Meyrinks bewunderte er sehr), zu arbeiten.[51] Eine weitere Stimme ist die von Albert Soergel:

> »... von Roman zu Roman sinkt die Fähigkeit, eine groß geschaute Vision durchzuführen. Gelang das noch im ›Golem‹, kam im ›Grünen Gesicht‹ wenigstens stellenweise die Urvision vom Untergang Europas durch Krieg und Greuel heraus, so sanken die anderen Romane herab zu einem dunklen Rede- und Handlungsgewirr. Und vom ›Golem‹ an ward, was früher Neuland war, Sensation.«[52]

Der Tenor bei all diesen Enttäuschungen der Kritiker ist, daß Meyrink das Okkulte tonangebend sein ließ, wodurch die künstlerische Aussagekraft in den Hintergrund trat. »Seine Literatur versiegte«, so schrieb sein Prager Freund Gustaf Kauder,

> »weil er sich zuletzt immer tiefer bis zur Unverständlichkeit in seine okkulte Welt zurückzog.«[53]

Es vollzog sich eine Scheidung der Geister. Viele Kritiker und Schriftstellerkollegen wandten sich von ihm ab, teilweise mit Hilfe uneigentlicher Argumente (zum Beispiel: wahre, große Kunst verkauft sich niemals gut), teilweise, indem sie öffentlich bekannten, sie könnten oder wollten ihm auf seinem okkulten Weg nicht folgen. Auf der anderen Seite wurde Meyrink von Psychologen (Jung) und Okkultisten allen möglichen Schlages entdeckt. Während beim Erscheinen jedes neuen Romans das große Lesepublikum immer mehr abbröckelte, blieb ein kleiner Kreis entschiedener Bewunderer übrig, zum Beispiel Ludwig Held, Albert Talhoff, Herbert Fritsche und Alfred Schmid-Noerr. Bei Fritsche, der sich als Schüler Meyrinks fühlte, habe ich den Eindruck, daß das Pendel von Zeit zu Zeit sogar zu weit nach der anderen Seite ausschlug, wenn er zum Beispiel von »tausenden dürstender Seelen« schrieb, die

> »hoffnungsfroh auf ihn und seine Lehre schauen! Wie ein Prophet der Vorzeit, groß und unanfechtbar, gestaltet Gustav Meyrink sein erlösungsmächtiges Werk.«[54]

Fritsche stellte sogar fest,

> »wie die Gemeinde um Gustav Meyrink von Tag zu Tag wächst (...) und unbeirrt den Weg geht, den der Meister weist.«

Dies ist das andere Extrem. Es ist zu bedauern, daß Fritsche diesen Unsinn nach dem Tode seines Meisters schrieb, so daß dieser keine Gelegenheit hatte, ihn zu korrigieren. Wesentlich vernünftiger scheint mir das Urteil Hesses zu sein, der Meyrink deshalb gut einzuschätzen wußte, weil er sich davor hütete, sein Schüler zu werden. Er blieb der kritische Bewunderer.

> »Im Urteil von Zehntausenden muß heute Gustav Meyrinck seine raschen Erfolge schwer büßen. Erst hat man diesen Mann gegen zwanzig Jahre lang seine witzigbissigen, zum Teil tief geistvollen kleinen Sachen schrei-

ben lassen, ohne ihn irgend zu schätzen. Meyrinck hat in dieser langen Zeit ruhig weitergearbeitet und ist seinem Grundsatz, den Philister zu ärgern, redlich treu geblieben, ohne je eine Konzession ans Publikum zu machen. Als er dann endlich, schon fast fünfzig Jahre alt, mit dem »Golem« einen gewaltigen Erfolg hatte, war das Urteil der Leser und auch eines sehr großen Teils der Kritik ein höchst irrtümliches. Jetzt, wo er hintereinander drei Romane gebracht und einen unerhörten äußern Erfolg damit gefunden hat, geht es nach der alten Regel: jeder auffallende Erfolg wird eines Tages plötzlich verdächtig und es regnet nun auf den Erfolgreichen Steine.

Meinetwegen mag ein Buch wie das »Grüne Gesicht« und die neue »Walpurgisnacht« sich vor einer strengen, rein ästhetischen Wertung als Niete erweisen. Meyrinck hat mit diesen Büchern und dem »Golem« trotzdem tief gewirkt, auch bei solchen, die gleich darauf über ihn schimpften. Es führte zu nichts, solche starken Wirkungen einfach zu leugnen oder zu bedauern. Wirkungen haben stets Ursachen, Meyrincks Wirkungen müssen auch welche haben. Man hat sie, allzu einseitig, in seinem »Okkultismus« gesucht. Tatsächlich sind in seinen Büchern, auch in mehreren Stücken der »Fledermäuse«, wesentliche »Geheimlehren« in überraschend präziser Form zu finden. Das mystische Manuskript im »Grünen Gesicht« und die Rede des Schauspielers in der »Walpurgisnacht«, dem neuesten Werke Meyrincks, sind, gleich den Worten Hillels und des Lustmörders im »Golem«, losgelöst von allen Zusammenhängen der Romane, richtige Fundgruben okkultistisch-gnostischer Erkenntnis; wer eine Ahnung von diesen Gebieten hat, der muß mindestens hohen Respekt haben vor der Kenntnis

der mystischen Literatur und dem Spürsinn für das Wesen des Mystischen, das aus diesen Seiten spricht.
Damit sind aber Meyrincks Wirkungen nicht erklärt. Seine Wirkungen auf die Menge waren die von Sensationen, nicht die von Erkenntnissen. Nur tut man unrecht, wenn man nach der Ernüchterung schließt: es war eine »Sensation«, also steckte nur Sensationsmacherei dahinter. Nämlich die Sensation beruhte nicht auf der Mache. Diese Mache ist bei Meyrinck zum Teil zwar sehr geschickt, ja glänzend, zum Teil aber auch gering, und wenn er nicht bloß auf die Menge, sondern auch auf viele Feinere so stark wirkt, so liegt es an technischen Kunststücken sicherlich nicht.
Es ist weder die »Phantasie« noch die Geschicklichkeit dieses Dichters, die so stark wirkt. Es ist seine Persönlichkeit. Für den, der genauer zusieht, hat die Technik Meyrincks sich seit seinen ersten Sachen vor mehr als zwanzig Jahren in gar nichts geändert. Aber wie aus jenem »heißen Soldaten« und jenen andern lang vom Publikum verschmähten frühen Dichtungen Meyrincks Charakter mit einer zähen, kühnen, wilden Offenheit und durchdringenden Freude an sich selber sprach, so spricht er stark, wild und flammend aus den Romanen der letzten Jahre. Dieser Mensch Meyrinck mag weder ein Engel noch ein Weiser sein, er mag gefährliche, bedenkliche, üble Seiten haben – aber Kerl ist er, er spricht sich und lebt sich geistig aus mit einer Unbekümmertheit und Kraft, ist sich selber treu mit einem Fanatismus, der inmitten unserer Zeit und gar unsrer Literatur notwendig faszinierend wirken mußte. Er erinnert darin stark an Wedekind.
Die Wirkung seiner Bücher (die auch das neuste haben

wird) beruht also nicht auf etwas Totem, auf einer Berechnung, sondern auf etwas höchst Lebendigem, sie ist echt. Nicht bloß die feinen vergeistigten Figuren, nicht bloß die abgeklärten Worte mystischer Erkenntnis sind echt; echt sind auch die Roheiten und Bissigkeiten, der tiefe, böse Hohn, die Freude am Grellen und Knalligen. Die jüngste Malerei und Dichtung geht ja vielfach dieselben Wege. Ihre Werke, und auch die Meyrincks, bedeuten einen Bruch mit Konventionen, was freilich nicht hindert, daß sie dennoch Konventionen unterliegen – die Romantechnik Meyrincks z.B. enthält sehr viel alte Schablone. Aber innerhalb dieser Mittel, die ihm nun einmal dienten, tobt sich da eine Natur mit einer Vehemenz und Rücksichtslosigkeit aus, die wir in der zahmen Literatur unsrer letzten Jahrzehnte vergebens suchten. Man kann das anklagend eine Roheit nennen, kann es entschuldigend als Expressionismus bezeichnen – dahinter steht einer, der uns schon darum etwas Ernstes zu sagen hat, weil er den Mut zu sich selber hat. Und nichts haben wir nötiger als diesen Mut.«[55]

Abschließend zu dieser Übersicht möchte ich Meyrink selbst zitieren, der in einem Brief auf die Kritik wie folgt reagierte:

»Allerdings geht meine Auffassung von Kunst nicht Hand in Hand mit der allgemein als gültig geeichten Auffassung von Kunst. Man sagt, spannende Handlung schließt Kunst aus.«

(Meyrink bezieht sich hier auf Kritiker, die ihm vorgeworfen hatten, er schreibe Kolportage.)

»Warum denn um Gottes willen? Bloß weil die meisten Literaten keine Phantasie haben? ... es ist gut so, wenn nur ein Einziger dadurch zum Leben erweckt wird, hat das Werk seine Schuldigkeit getan.«[56]

»Jedes Jahr am 30. April ist Walpurgisnacht. Der Volksglaube will, daß in dieser Nacht die Spukwesen aus ihren Ketten befreit werden. Es gibt auch kosmische Walpurgisnächte: mit großen Zwischenräumen (in der Zeit) – so ausgedehnt, daß die Menschheit sich niemals daran erinnert – folgen diese Nächte aufeinander. Daher scheint es, als ob es sich jedesmal um ein Ereignis handelt, das noch niemals stattgefunden hat. In diesem Augenblick kündigt sich wieder eine solche kosmische Walpurgisnacht an.«

Dieses Zitat kann man durchaus als Schlüssel für den Roman »Walpurgisnacht« betrachten. Genauso wie sein Vorgänger ist es ein apokalyptisches Buch, offensichtlich direkt beeinflußt von den historischen Ereignissen, die in den Jahren davor und gleichzeitig stattfanden. In erster Linie war das der große Weltbrand, der vor allem in Europa heftig und unbarmherzig wütete. Ein anderes eingreifendes Ereignis war die russische Revolution, die die Machtverhältnisse auf der Erde gründlich verändern sollte. Im vorigen Kapitel habe ich auseinandergesetzt, daß Gustav Meyrink nicht so sehr an den äußeren Tatsachen der Geschichte interessiert war. Er suchte immer vor allem nach den Mächten und Kräften hinter den Kulissen. Dabei waren seine wichtigsten Fragen nicht, welche Menschen oder Gruppen die Dinge manipulierten (die Dugpas oder sich Freimaurer nennende Orden), sondern, wie im Weltgeschehen, im Kollektiv der Menschenseelen der ganze Mechanismus von Ursache und Wirkung arbeitete. In »Walpurgisnacht« führte Meyrink als Antwort auf diese Frage den Begriff »Aweyscha« ein, den man am besten mit »kollektive Besessenheit« übersetzt.

In einigen Punkten weicht der Roman »Walpurgisnacht« von den anderen Büchern Meyrinks ab. Schon erwähnt wurde der historische Parallelismus, der in keinem anderen Werk zu finden ist. Der zweite Punkt ist die Stilveränderung. Es ist, als ob Meyrink mit diesem Buch eine Atempause eingelegt hätte. Die expressionistische Sprache, symbolisch überladen, tritt in den Hintergrund. In dieser Hinsicht ist das Buch, wie Frank anmerkt, ein Ruhepunkt zwischen den beiden Romanen davor und danach. Das heißt nicht, daß nicht auch Übereinstimmungen vorhanden wären. Besondere Mühe scheint Meyrink sich, entsprechend einer der stärksten Seiten seiner Begabung, wieder mit der Beschreibung der »Innenseite« des Milieus gegeben zu haben, bei der Schilderung der phosphoreszierenden Atmosphäre Prags. Wieder Prags! Ferner übertrifft er sich selbst an manchen Stellen in einem Genre, um es einmal so zu nennen, das vollkommen einzigartig ist. Ich wenigstens kenne keinen anderen Schriftsteller, dem das gelungen ist, nämlich in mit Transzendenz geladenen Szenen doch noch Humor durchscheinen zu lassen. Die Katze läßt eben das Mausen nicht. Der Spott, der dem Humor meistens zugesellt ist, ist freilich im Lauf der Jahre milder geworden. Ein hübsches Beispiel, allerdings aus dem »Engel«, ist die Coda, die dem hinreißenden Schluß folgt, worin Meyrink nach den dramatischen Ereignissen noch eine Probe feinster Selbstironie gibt:

»Leider steht zu befürchten, daß der Unglückliche, vertieft in seine allerdings einer ernsthaften Kunstkritik nicht standhaltenden schriftstellerischen Bemühungen, zu spät das ausbrechende Feuer gewahrte . . .«[57]

Wie erwähnt, spielt der Roman wieder in Prag. Dieses Mal aber nicht im Ghetto, sondern in den Palästen und Kirchen der Prager Burg, dem Hradschin. Die Spukgestalten, die Meyrink in seiner kosmischen Walpurgisnacht auftreten läßt, sind diejenigen der Rebellion und Gewalt. Abgesehen davon, daß Meyrink sich von der revolutionären Stimmung in Rußland hatte inspirieren lassen, kann man auch eine Linie zu den Unruhen ziehen, von denen Prag infolge der nationalistischen Bestrebungen der Tschechen heimgesucht wurde. In dem Buch stehen sich zwei Fronten gegenüber: der versteinerte Adel und das revolutionäre Proletariat. In diesem Sinn kann man es einen politischen Roman nennen, wenigstens gibt Meyrink hier politische Anschauungen wieder, was bei ihm ziemlich ungewöhnlich ist. Zwischen den beiden Parteien nimmt er einen neutralen Standpunkt ein. Meyrink, in dessen Adern selbst adliges Blut floß und der seinen Namen änderte, indem er eine auf adelige Abkunft weisende Silbe anhängte, beschreibt den Adel als schwächlich, völlig isoliert, als einen fleischgewordenen Anachronismus. Für den aufständischen Mob kann er insofern Verständnis aufbringen, als er überzeugt ist, daß eine Revolution unvermeidlich ist. Sympathien jedoch bringt er ihm nicht entgegen. Am Vorabend der russischen Revolution läßt er in »Walpurgisnacht« einen Russen als treibende Kraft hinter dem Aufstand auftreten. Es wird in diesem Buch aus den Werken von Kropotkin zitiert, sozialistische Losungen werden deklamiert. Über den Russen läßt er jemanden sagen:

> »Worauf es ihm einzig und allein ankam, war: sich selbst an die Spitze einer Bewegung zu setzen, gleichgültig, welchen Namen sie tragen würde.« [58]

Im Sozialismus sieht Meyrink nicht mehr als einen Machtwechsel. Und in seinem Roman läßt er den Aufstand, in dessen Verlauf das Volk einen armen Geiger auf den Thron setzt, mißglücken. Die Revolte wird durch kaiserliche Soldaten blutig niedergeschlagen.
Inmitten all des Lärms und der Gewalt stellt Meyrink als Hauptfigur einen Mann auf die Bühne, der den Beinamen Pinguin trägt. Meyrink spielt hier mit komischen und mystischen Effekten: Äußerlich gleicht die Hauptperson einem Pinguin, während sie innerlich ein Mensch ist, der bereits den ersten Ansatz von Flügeln besitzt, aber noch nicht fliegen kann. Dieser Thaddäus Flugbeil, der kaiserliche Leibarzt, ist die einzige unter allen Personen, die keine Partei ergreift und die daran zugrunde geht, ebenso wie ihre Geliebte, Liesel. Und damit stoßen wir auf den dritten von den übrigen Büchern abweichenden Punkt: Meyrink läßt in »Walpurgisnacht« den Helden und die Heldin nicht überleben. Liesel wird durch den Pöbel ermordet, und Flugbeil stürzt sich, nach einer mißglückten Flucht aus der Stadt, vor einen heranbrausenden Zug. Doch ist sein Bewußtsein, daß er im Leben viel versäumt habe, bereits geweckt worden, er hat eine freie, stolze Selbständigkeit bereits kennengelernt. Die Apokalypse hat zwei Seiten: das Alte muß untergehen in Nacht und Nebel. Zu gleicher Zeit, ja gerade dadurch, wird der Keim für ein neues Bewußtsein

aus seinem Todesschlaf geweckt. Das Alte stirbt den lebenden Tod, das Neue wird durch den inzidentiellen Tod hin mitgenommen, um in anderen Formen aufzuerstehen.

5.
Schüler der wahren Alchimie (1918–1932)

Eine Autobiographie hat uns Gustav Meyrink nicht hinterlassen. Allerdings hat er eine Abhandlung geschrieben, die als autobiographischer Essay bezeichnet werden kann, die »Verwandlung des Blutes«. In dieser Schrift, die erst nach seinem Tode aufgefunden und vor wenigen Jahren veröffentlicht worden ist, erzählt Meyrink von Erlebnissen mit Lehrern und Orden, die im vorigen Kapitel bereits behandelt worden sind. Auch in dem im engeren Sinne literarischen Werk findet man zahlreiche Anspielungen auf eigene Erfahrungen. Eine andere autobiographische Quelle, die von subtilem Humor geprägt ist, besteht in einem Manuskript, das Meyrink der Zeitschrift »Der Zwiebelfisch« einsandte. Es ist ein kurzer, schlagfertiger Text, der über sehr triviale Sachverhalte ausführlich Auskunft gibt, wie zum Beispiel den Umfang von Meyrinks Bizeps. Aber in bezug auf interessantere Gegenstände läßt er viele Fragen offen. Einige Antworten auf die durch Meyrink an sich selbst gerichteten Fragen können jedoch als Kompaß für dieses Kapitel dienen. Ein Thema, das ich dieser »Selbstbeschreibung des Autors Gustav Meyrink«[1] entnommen habe, ist:

> »Stellung zu Literatur und Dichtkunst: keine. Er gibt an, daß seine eigenen Werke damit nichts zu tun haben.«

(Um jedes Mißverständnis auszuschließen: dies ist ein

wörtliches Zitat. Meyrink hat die Antworten in einem distanzierten Stil niedergeschrieben, in der dritten Person Einzahl.)

> »Er sagt: was er schreibt, sei ›Magie‹ – Suggestion – und nicht an die Regeln und Rezepte von ›Kunstaufbau‹ oder dergleichen gebunden – habe also nur sehr wenig Berührungspunkte mit dem, was die Oberlehrer aller Kategorien unter ›Kunst‹ und Literatur verstünden. Er glaubt auch nicht, daß es möglich sei, über seine Werke ein einheitliches Urteil zu fällen, denn eben, weil sie Magie – Suggestion – seien, müßten sie in jedem einzelnen Leser verschiedene Bilder, Gedanken, Einfälle und Gefühle erwecken. Gerade das sei ihr Zweck, und das Bestreben, ›Kunstregeln‹ und Rezepten gerecht zu werden, liege ihnen fern.«

Es ist aufschlußreich, diese Äußerung Meyrinks über die Möglichkeit eines endgültigen Urteils über sein Werk der Liste von Etiketten gegenüberzustellen, mit denen man sein Œuvre abzustempeln versucht hat. Lube hat sie in einer Reihe geordnet: romantisch, spätromantisch, schwarzromantisch, expressionistisch, magisch-realistisch, magischer Roman, phantastisch-visionäre Kunst – und zum Schluß esoterisch.[2] Mir scheint, besser kann Meyrinks außergewöhnliche Position als Schriftsteller nicht demonstriert werden.

Was soll man unter »Magie-Suggestion« verstehen? Es ist ein in der Welt der Literatur unbekannter Terminus und ein dort kaum oder überhaupt nicht untersuchtes Terrain. Meyrink hat sich späterhin wenig darüber ausgelassen. Man kann nur mit Mühe ein Verständnis dafür gewinnen.

Was sicher damit zusammenhängt, ist das rhetorische Talent Gustav Meyrinks, seine Meisterschaft im gesprochenen Wort. Sie spiegelt sich unmittelbar in seinem Erzählstil wider: Eine Handhabung der Sprache, die dem gesprochenen Wort entlehnt ist, ohne Umwege, direkt auf den Leser zugeschnitten. Er hat die Gabe, den Leser unmittelbar in die Sphäre des Geschehens einzubeziehen. So beginnt »Walpurgisnacht«:

»Ein Hund schlug an.
Einmal. Ein zweites Mal.
Dann lautlose Stille, als ob das Tier in die Nacht hineinhorche, was geschehen werde.«

Oder man nehme die ersten Zeilen des »Engels vom westlichen Fenster«:

»Sonderbares Gefühl: das verschnürte und versiegelte Eigentum eines Toten in der Hand zu halten!«

Nichts von irgendeiner Einleitung, keine Vorbereitung, ganz zu schweigen von künstlerischem Aufbau! Der Terminus »Magie-Suggestion« bezieht sich also auf eine Auffassung von Sprache, die man umsonst in den offiziellen Lehrbüchern suchen wird. Meyrink schrieb über die Sprache:

»Und was das ›Wort‹ anbelangt, so ist es nicht nur ein Verständigungsmittel Schwätzbedürftiger, sondern etwas unendlich viel Größeres und auch – Gefährlicheres! Es kann schaffen und vernichten: oder zumindest die Ursache dazu legen. Weit wirksamer nun als gesprochene Worte sind gedachte Worte, dreimal wirksamer als diese noch sind ›Gebärden‹ – des Gesichts sowohl, wie mit den Fingern gemachte. Nun gibt es aber auch gedachte, das heißt: innerlich vorgestellte oder imaginierte Gebärden, sie bilden geradezu Zaubermittel, denn sie sind Schöpfungs- oder Vernichtungs›worte‹ der Seele.«[3]

Worauf Meyrink hier abzielt, ist der »rituelle« Gebrauch des Wortes. Man kann dabei an ein Mantram denken, ein Machtwort, das, wenn richtig angewendet, enorme Kräfte aufruft. Das braucht sich gar nicht nur auf die Praxis asiatischer Religionsausübung zu beziehen. Wir dürfen ohne weiteres im eigenen Hause bleiben: Das Wort »Amen« ist auch ein Mantram, wenn auch nicht mit aufrufender Kraft, so doch mit der Funktion, einen Anruf zu besiegeln. Es geht also um den Gebrauch der Sprache als schöpferisches Wort, wie es im Prolog des Johannes-Evangeliums aufgefaßt wird. Jemand, der das Werk Meyrinks lediglich aus akademischen Motiven heraus analysieren oder auf einen Nenner bringen wollte, wird am Schluß mit leeren Händen dastehen. Anne Richter gibt eine gute Erklärung dafür, warum das so ist:

»Als in einem bestimmten Augenblick das Ästhetische mit dem Metaphysischen zusammenfiel, ließ er die Literatur hinter sich, um eine innere Welt zu betreten, erreichbar nur für denjenigen, der der Materie entsteigt, eine Welt, die letzten Endes nicht mit Worten zu beschreiben ist.«

Und sie fährt fort:

»Ein einziger Roman Meyrinks enthält Themen für zwanzig Bücher. Doch trotz dieser inhaltlichen Fülle, trotz des Umfangs seiner Bücher, trotz ihrer Hermetik zeugen seine Texte von einer eindrucksvollen dramatischen Kraft. Der magisch-düstere, ja messianische Charakter der Bücher Meyrinks ist eindrucksvoll, sein Stil zieht unwiderstehlich in seinen Bann. Und während Meyrink die höchsten Höhen der Mystik erklomm, verlor er doch niemals den Sinn für Humor.«[4]

Besser kann es wirklich nicht gesagt werden, denke ich. Meyrinks Sprache hat etwas Beschwörendes, man gerät unwiderstehlich unter ihren Einfluß. Meyrink erreicht das unter anderem durch seine Meisterschaft in der Anwendung von Kontrasten. Hermann Beckh sagt:

»Keine eigentliche ›Höhenluft‹, das fühlen wir sogleich, weht in seinen Werken; wie man das in Anbetracht der Themen erwarten sollte. Aber gerade darin liegt die Kraft, im Kontrast, und überdies entspricht es der Wirklichkeit. Meyrink läßt ein Lichtchen schimmern, eben in dem Moment der Aussichtslosigkeit, wo der Ich-Erzähler an einem Abgrund des Zweifels steht. Aber auch umgekehrt, wie wir gesehen haben, verliert er das Vermögen zu relativieren auch an den spirituellen Höhepunkten seiner Bücher niemals. Beispiele für den beschwörenden Charakter der Sprache findet Fritsche im ›Engel‹ – das Lied des Bartlett Green nennt er eine ›echte und starke Beschwörung‹ – und im ›Golem‹, worin der ›sich ganz hingebende Leser in einen Zustand geraten kann, der äußerlich dem Beziehungswahn gleicht, wie man ihn bei paranoiden Menschen findet.‹«[5]

Francis gegenüber hat sich Meyrink über sein Verhältnis zur Literatur geäußert. Er sagte dabei, daß der Großteil seiner Werke keine Komposition nach literarischen Gesichtspunkten aufweise und daß er niemals danach gestrebt habe, sich einen Namen als Literat zu machen.

»Was mich vor allem interessierte, war, Leser zu finden, die für das Visionäre in meinen Erzählungen und Romanen offenstanden.«[6]

Übrigens gilt das nicht, so fügt Meyrink hinzu, für seine kurzen Satiren. Diese waren inspiriert durch seine energische Abkehr vom Militarismus, von der Wichtigtuerei ohne Herz und der sklavischen Unterwerfung unter bürgerliche Gewohnheiten. Über dieses Frühwerk schrieb er einmal:

»Kurz und gut, jedenfalls habe ich mir die Wut von der Seele geschrieben.«

In dem Interview gibt er auch zu, nur noch sehr wenig von der Literatur zu erwarten:

»In literarischer Hinsicht habe ich die letzte Zeit beinahe nichts gearbeitet, weil es keine Menschen gibt, die lesen. Der echte Leser ist eine seltene Erscheinung geworden, ein Wunder. Heutzutage ein Buch erscheinen zu lassen, läßt mich an den Mann denken, der auf einem sinkenden Schiff eine Laterne anzündet, um in dem Chaos noch etwas Wertvolles zu finden.«[6]

Auch an anderen Stellen läßt Meyrink seinem Kultur-Pessimismus freien Lauf. Im Hinblick auf esoterische Themen, für die er Interesse wecken will, meint er:

> »Das kann – im Anfang – leider nur auf dem Umweg geschehen über spannende Romane. (...)
> Ich sage: ›leider‹, denn besser wär's freilich, man könnte gleich mit dem ›Faust‹ beginnen; aber das ist, wie ich bereits ausgeführt habe, unmöglich; die Phantasie allzu vieler ist noch tot für dergleichen, oder sie ist auf Abwege geraten.«[7]

Es spricht große Resignation aus diesen Worten, nicht zum wenigsten im Hinblick auf sein eigenes Werk. Über den »Faust« sagte er einst, es sei notwendig, daß man ihn mit Hunger nach übersinnlicher Erkenntnis lese. Es genüge nicht, nur die Sprache schön zu finden und die weisen Verse als handliche Wegweiser zu benützen. Und so kommen wir schließlich zu Meyrinks Kunstauffassung: Kunst muß die Wirklichkeit transzendieren. In seinen eigenen Worten:

> »Nur das hat dichterischen Kunstwert, was *weg*führt von der Erde! Alles andere ist, als besinge einer einen Düngerhaufen und nicht die Rosen, die ihm entsprießen.«[8]

Im selben Sinn hat er sich noch einmal geäußert:

> »Ein Ingredienz eines Kunstwerkes ist – wenigstens bin ich dieser Meinung –, daß der Handlung sowohl, wie den handelnden Personen ein kosmischer tieferer Sinn verborgen zu Grunde liegt. Natürlich soll dieser

> Sinn nur für den feinfühligen Leser offenbar werden; *aufdringlich soll die tiefere Bedeutung niemals wirken.*«[9]

Diese letzte Bemerkung wird von Eduard Frank bestätigt, indem er sagt, daß der Weg zu geistiger Erleuchtung von Meyrink niemals explizit dargestellt wurde. Meyrink lasse uns nur daran teilnehmen, wie er gesucht habe, welche Wege er gegangen sei.

Thomson meint, daß Meyrink die Mitwirkung seiner Leser verlangt, das heißt, sie müssen selber suchen. Daher kommt es, daß Meyrink in seinen Büchern immer wieder auf die Zukunft anspielt.

> »Auf diese Weise will Meyrink die Menschheit auf das kommende neue Reich vorbereiten. Das gibt all seinen Büchern eine aggressive Note. (...) Daß er in jedem seiner Romane mit seiner praktischen Metaphysik alle geltenden Lebens- und Weltanschauungen zu zerstören sucht, zugunsten einer magisch beherrschten und herrschenden Persönlichkeit, reicht aus, um nicht an ihm vorbeizugehen.«[10]

Eine Definition des Begriffs »Magie-Suggestion« kann ich nicht geben. Der Begriff hängt mit der bewußt gehandhabten Absicht zusammen, das Spirituelle im Leser wachzurufen. Daß Meyrink dabei bestimmte Mittel einsetzt, die dem auf den ersten Blick zu widersprechen scheinen (spannende Romane, trockener Humor), gibt er offen zu, wobei er die Erklärung nachliefert, daß eben die meisten Menschen für ein ästhetisch wirklich niveauvolles, anspruchsvolles Buch nicht zu haben sind.

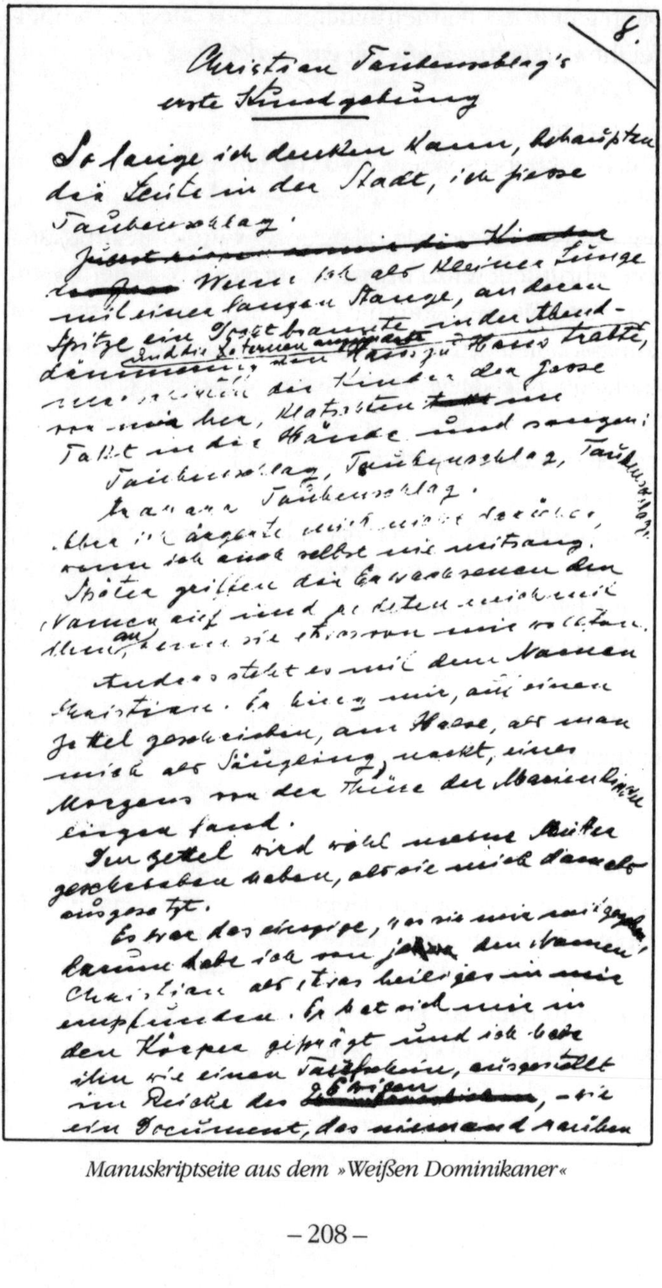

8.

Christian Taubenschlag's
erste Kundgebung

Solange ich denken kann, behaupten
die Leute in der Stadt, ich hieße
Taubenschlag.
Wenn ich als kleiner Junge
mit einer langen Stange, an deren
Spitze ein Docht brannte, in der Abend-
dämmerung, um die Laternen anzuzünden, von Haus zu Haus trabte,
sprangen die Kinder der Gasse
um mich herum, klatschten im
Takt in die Hände und sangen:
Taubenschlag, Taubenschlag, Taubenschlag,
Taubenschlag.
[illegible] Taubenschlag.
Aber ich ärgerte mich nicht darüber,
wenn ich auch selbst nie mitsang.
Später griffen die Erwachsenen den
Namen auf und riefen mich mit
ihm, wenn sie etwas von mir wollten.
Anders steht es mit dem Namen
Christian. Er hing mir, auf einem
Zettel geschrieben, am Halse, als man
mich als Säugling, nackt, eines
Morgens vor der Thüre der Marienkirche
liegen fand.
Den Zettel wird wohl meine Mutter
geschrieben haben, als sie mich damals
ausgesetzt.
Es war das einzige, was sie mir mitgegeben.
Darum habe ich von jeher den Namen
Christian als etwas Heiliges in mir
empfunden. Er hat sich mir in
den Körper geprägt und ich habe
ihn wie einen Taufschein, ausgestellt
im Reiche des Ewigen, — wie
ein Document, das niemand rauben

Manuskriptseite aus dem »Weißen Dominikaner«

Dann gibt es noch einen anderen Aspekt. Meyrink schneidet ihn in dem Interview mit Francis kurz an.

»Jetzt mehr denn je bin ich davon überzeugt, daß nicht ›ich‹ schreibe, sondern etwas in mir.« [11]

Um etwas mehr Licht in diese ungewöhnliche Auffassung von Schriftstellerei zu bringen, schlagen wir in der Einleitung zum »Weißen Dominikaner« nach. Der Untertitel des Romans lautet: »Aus dem Tagebuch eines Unsichtbaren.« [12] Zuerst fragt sich Meyrink:

»›Herr X oder Herr Y hat einen Roman geschrieben‹ – was heißt das?
Nun, sehr einfach: ›Er hat mit Hilfe seiner Phantasie Personen geschildert, die in Wirklichkeit nicht existieren, hat ihnen Erlebnisse angedichtet und sie miteinander verwoben.‹«

Doch für Meyrink liegen die Verhältnisse nicht so einfach. Er fragt weiter:

»›Schaffe‹ ich tatsächlich oder – ist meine Einbildungskraft am Ende nur eine Art magischer Empfangsapparat? Etwa das, was auf dem Gebiete der drahtlosen Telegraphie eine Antenne genannt wird?«

Er kommt dann auf die Hauptperson des Romans, einen gewissen Christopher Taubenschlag, zu sprechen und sagt:

»Ob er jemals gelebt hat, gelang mir nicht ausfindig zu machen; meiner Phantasie ist er sicherlich nicht entsprungen, das glaube ich fest; ich sage das rund heraus, auf die Gefahr hin, daß man mich für jemand halten wird, der sich interessant machen will.«

Er schildert weiter, wie das Buch zustande kam:

»Ich hatte den Roman in allen Umrissen fertig im Kopfe und begann ihn niederzuschreiben, da bemerkte ich – später erst, beim Durchlesen der Niederschrift! –, daß sich der Name ›Taubenschlag‹, ohne daß es mir sogleich bewußt geworden wäre, eingeschlichen hatte.
Doch nicht genug damit: Sätze, die ich mir vorgenommen hatte, zu Papier zu bringen, änderten sich unter der Feder und drückten etwas ganz anderes aus, als ich sagen wollte; es entspann sich ein Kampf zwischen mir und dem unsichtbaren ›Christopher Taubenschlag‹, in dem dieser schließlich die Oberhand behielt. (...)
Es blieb mir schließlich nichts anderes übrig, als dem Einfluß, der sich Christopher Taubenschlag nennt, seinen Willen zu lassen, ihm, sozusagen, meine Hand zur Niederschrift zu leihen und alles das aus dem Buche zu streichen, was meinen eigenen Einfällen entstammte.«

Die Art und Weise, wie diese »direkte Inspiration« arbeitet, wird also einigermaßen deutlich. Aber, so lautet die folgende Frage:

»Warum hat er mich denn benutzt, um seine Lebensgeschichte und den Gang seiner geistigen Entwicklung zu schildern? Aus Eitelkeit? – Oder damit ein ›Roman‹ zustande kommt?
Möge jeder sich selbst die Antwort geben. Meine eigene Ansicht will ich für mich behalten.«

Allerdings hat sich Gustav Meyrink einige Gedanken darüber gemacht, wer nun dieser Christopher Taubenschlag sein könnte. Er denkt an so etwas wie ein Ich, das sich offenbar von ihm abgespalten hat, eine Phantasiegestalt, die unbewußt in ihm entstanden ist, vergleichbar den Erscheinungen, die manche Menschen haben. Als Antwort auf dieses Problem läßt ihn die Gestalt niederschreiben:

»›Sind Sie, wie alle Menschen, die sich gleich Ihnen einbilden, Einzelwesen zu sein, vielleicht etwas anderes als eine ›Ich-Spaltung‹? – Abspaltung jenes großen Ichs, das man Gott nennt?‹«

Meyrink unterstellt:

»Jeder Mensch ist ein Taubenschlag, aber nicht jeder ist ein Christopher. Die meisten Christen bilden es sich nur ein. Bei einem echten Christen fliegen die weißen Tauben aus und ein.«

Er läßt also die Katze nicht ganz aus dem Sack und bleibt in jedem Fall eine definitive Antwort schuldig:

> »Von da an gab ich die Hoffnung auf, dem Geheimnis auf die Spur zu kommen, und verwarf gleichzeitig jede Spekulation, ich könnte am Ende – die antike Theorie, der Mensch verkörpere sich mehrmals auf Erden, vorausgesetzt – einst jener Christopher Taubenschlag in einem früheren Leben gewesen sein!«

Zum Schluß versucht er doch noch der Gestalt hinter dem Vorhang habhaft zu werden:

> »Am liebsten wäre mir, ich dürfte glauben: jenes Etwas, das mir die Hand führte, ist eine ewige, freie, in sich selbst ruhende und von jeglicher Gestaltung und Form erlöste Kraft.«

Doch dann taucht eine Projektion auf, die dieses Gedankenbild zerstört. Wie in einer Eingebung schließt Meyrink mit den Worten:

> »Er lebt jenseits von Zeit und Raum und tritt das Erbe deines Lebens an, wenn der Tod nach dir die Hand ausstreckt.«

Unwillkürlich wird man an eine Art Mediumschaft, an »automatisches Schreiben« denken. Aber das ist es sicher nicht. Meyrink schrieb sein Buch mit hellem Bewußtsein und aus eigenem freien Willensentschluß. Es hat auch nichts zu tun mit einer bestimmten Art von Inspiration, wie sie gelegentlich bei Menschen vorkommt, die fast von einem Tag auf den anderen bekehrt werden und voller Fanatismus ihre neue Glaubensüberzeugung verbreiten wollen. Die Tonart der Einleitung zeugt von einem Tasten nach der Wahrheit hinter der Inspiration, einer Inspiration, die an diejenige denken läßt, von der Sokrates sprach und die er seinem Dämon zuschrieb.

Für mich steht fest, daß dies alles unlöslich mit »magischer Suggestion« verbunden ist. Ohne diese Quelle der Inspiration läßt sich die »magische Suggestion« nicht erklären. Man muß hier genau darauf achten, was Meyrink über seine Absichten sagt. Wie er seine Leser aufruft, selbst nach dem spirituellen Kern auf die Suche zu gehen, in sich selbst und in der Welt. Dieses Motiv ist das Ergebnis der Bemühung, um es einmal so zu nennen, von Christopher Taubenschlag. Es ist die direkte Folge dieser unmittelbaren, unpersönlichen Inspiration. Unpersönlich: Meyrink meint damit, jetzt überkommt sie mich, aber wer kann ausschließen, daß sie morgen einen anderen Schreiber überkommt?

Um diese Gestalt hinter den Kulissen näher kennenzulernen, müssen wir auf die Figur zurückgreifen, von der Meyrink schon früher sprach und die auf die eine oder andere Weise mit der seltsamen Bahn seines Schicksals zu tun hat: »Der Vermummte.« Damit betreten wir ein Gebiet, das mit irgendwelcher Literatur nichts mehr zu tun hat.

In der Einleitung zum »Weißen Dominikaner« wird die Frage aufgeworfen: Ist der Mensch nun ein einfaches Wesen, das man unter die Kategorie »Naturerscheinung« einordnen muß? Meyrink meint nein.

»Der Mensch ist nicht ein Einzelwesen, er ist ein Doppelwesen, das, um ein Beispiel zu gebrauchen, in einem Wagen sitzt: der eine, der Lenker, mit dem Blick nach vorwärts – in die Zukunft –, der andere, der ›Erdenmensch‹, mit dem Gesicht nach rückwärts – in die Vergangenheit – und aus diesem Grunde nicht imstande, die Zukunft zu wissen. Der Lenker treibt den Wagen, wohin es ihn gutdünkt; der andere ist nur der Passagier. Er wähnt, im Glauben, der Wagen gehöre ihm allein, fahren zu können, wohin es ihm beliebe. Sein Unglück ist, daß er meint, er selbst sei der Kutscher. Den wahren Lenker kennt er nicht, denn er sitzt ja mit dem Rücken gegen ihn gewendet.« [13]

Dasselbe Thema kehrt in den Romanen wieder, wenn nach einem Prozeß positiver, befreiender »Überschattung«, wobei die Hauptperson allmählich in ein anderes Wesen transformiert wird, der Held den doppelgesichtigen Januskopf besitzt und wenn dann »die Leuchter umgestellt« werden, das heißt, das Licht des an die Persönlichkeit gebundenen Bewußtseins dem Licht eines viel umfassenderen, weit tieferen »Ichs« Platz macht. Der wahre Steuermann kann nur dieselbe Gestalt sein wie »Der Vermummte«, dessen Eingreifen es Meyrink zuschreibt, daß zum Beispiel gerade im richtigen Moment ein Laufjunge Reklameprospekte einer okkulten Buchhandlung unter seiner Türe durchschiebt. Wenn man die Arbeitsweise dieses »Vermummten« benennen wollte, so wäre die erste Assoziation »Schicksal« oder »Karma«.
Nun kann man sich fragen: gesetzt, dieser Steuermann greift wirklich ein, wirkt also als »Schicksalsengel«. Inwiefern läßt sich dann von einem blinden Schicksal sprechen? In welchem Ausmaß hat es Meyrinks Leben bestimmt? Oder war Meyrink ein Fatalist, der der Meinung war, sein Leben sei vorprogrammiert gewesen?
Die Antworten auf diese Fragen können uns vielleicht dem

Wesen und den Absichten des »Vermummten« näherbringen. Anhand eines autobiographischen Berichts von Gustav Meyrink mag deutlicher werden, wie er über das Schicksal dachte. Ich zitiere aus »Telefonverbindung mit dem Traumland«:[14]

»Ich stehe nicht an, meine Überzeugung zu bekennen: die Theorie der Vorherbestimmung des Schicksals ist Wahrheit. Daß diese Erkenntnis wenig Freude bereitet, darf kein Grund sein, Vogel Strauß zu spielen. Die Annahme, irgendeine Gottheit triebe ihr Spiel mit uns, Unerforschlichkeit zu ihrer Entschuldigung vorschützend, ist noch viel weniger tröstlich! Glauben wir auch an das Fatum, so ist uns zumindest ein möglicher Ausweg gezeigt, – eine lockere Masche im Netz –, denn Nachdenken bringt uns zu der Frage: Wer verhängt das Fatum? Wer ist im tiefsten Grunde das Fatum?«

Meyrink gibt die Antwort: »Du selbst bist dein Fatum!« Darauf die Frage:

»Ich? Wer bin ich? Antwort: ›Du bist nicht der, der da herumläuft, vom Tagesbewußtsein im Netz der Wirkungen, und nicht der Ursachen, eingefangen! Du bist ein willensunfreier Schatten, der sich zu seinem Unheil einbildet, er sei der geheimnisvolle, der ›Vermummte‹, der den Schatten wirft‹.«

Hier haben wir also wieder das Bild des zweifachen Menschen: der »Tagmensch«, der blinde Passagier, und der »Vermummte«, alias Steuermann. Meyrink erzählt in der Folge ein merkwürdiges Ereignis, das ein Licht auf das

Verhältnis zwischen dem Passagier und dem Steuermann wirft. Im Herbst 1921 kaufte er ein Auto, nicht im allerbesten Zustand, wie sich später herausstellte.

> »Riß- und bruchfrei sei es, so schworen die Verkäufer; riß- und bruchfrei war nicht einmal ihr Gewissen. Sie hatten die Risse mit Graphit überschmiert. (Die des Autos natürlich; für die ihres Gewissens genügte als Kitt das billigere Ehrenwort.)«

Meyrink entschloß sich deshalb, den Wagen vorläufig in eine Garage zu stellen und später eine neue Karosserie anbringen zu lassen. Am Tag, bevor der Wagen gebracht werden sollte, träumte Meyrinks Frau, das Auto habe einen Unfall. Es stürzte in eine Schlucht, wobei Mena und die Kinder schwer verletzt, er selbst getötet wurde.

Was war zu tun? Das Auto wieder verkaufen? Seine Frau hatte eine Woche lang immer denselben Traum, die Warnung war überdeutlich. Da bediente sich Meyrink einer bestimmten Technik. Er nahm die Frage: Was muß ich tun, um dem Schicksal zu entgehen, mit in den Schlaf. Nach einigen vergeblichen Versuchen kam die Antwort in Form eines hellen »Wissens«: Verändere das Bild, das deine Frau geträumt hat!

In dem Traum saß Meyrinks Frau rechts hinten, er selbst rechts vorne, hinter dem Steuer. Es mußte also eine andere Anordnung gewählt werden. Mena sollte links sitzen, neben ihr ihre Tochter, daneben ihr Sohn und er selbst links vorne. Aber wer sollte dann fahren?

Er bat einen Autohändler, Chauffeur zu spielen, und gab dem Mechaniker Auftrag, alles sehr gründlich zu kontrollieren, speziell die rechten Räder (in dem Traum war das

Auto plötzlich nach rechts abgewichen und in den Abgrund gestürzt). Am nächsten Morgen aber geriet Meyrink in große Gewissensnot. Er machte sich klar, daß er den Lenker, der auf seinem Platz sitzen sollte, in große Gefahr brachte. Die Auflösung des Problems brachte der Mann selbst. Er telefonierte ab, er habe Beschwerden durch einen Furunkel am Hals. Meyrink fand doch einen anderen Chauffeur, dem er alles auseinandersetzte und der trotzdem bereit war, zu fahren. Er läßt alles in der Garage nachprüfen, es wird noch ein Fehler an der Hinterachse entdeckt, durch den die Räder plötzlich blockieren könnten. Wenn sie jedoch sehr langsam fahren, besteht wohl keine Gefahr.
Der Chauffeur, der inzwischen angelangt ist, und die übrigen Insassen nehmen Platz, wie es Meyrink angeordnet hat, dann geht es los. In einem bestimmten Augenblick erkennt Mena Meyrink die Umgebung aus ihrem Traum wieder. Meyrink befiehlt dem Chauffeur, nicht schneller als 10 km pro Stunde zu fahren. Plötzlich ein Krach! Der Wagen kippt fast um, der Chauffeur aber ist auf der Hut und bremst geistesgegenwärtig. Es stellt sich heraus, daß die Felge eines der Hinterräder abgesprungen war, was den Bruch einiger Speichen zur Folge hatte.

> »Jedenfalls: *Das Fatum war durchbrochen!* Infolge sonderbarer, beinahe kindisch anmutender Maßnahmen, die ich getroffen hatte.«

Meyrink stellt zwei Möglichkeiten zur Debatte:

> »Es stand eben in den Sternen geschrieben, daß ihr nicht zugrundegehen solltet! so würde ein Fatalist sagen, oder

> ein Astrologe! Nein: ein Beweis, daß der Mensch durch Klugheit Herr seines Schicksals wird! der Freidenker.«

Aber er verwirft diese beiden Extreme, obwohl das Geschehen augenscheinlich beide Versionen rechtfertigt. Denn die Voraussage traf ein, wenn auch ohne die fatalen Folgen, vor denen der Traum gewarnt hatte. Andererseits ließ das Schicksal Meyrink einen gewissen Spielraum, so daß er eingreifen und die Folgen abwenden konnte. Für ihn kam die Rettung

> »aus dem Quell, der im Reiche des Tiefschlafs entspringt; schon, daß ich sein Murmeln zu hören vermochte, genügte, die lockere Masche im Netze des Fatums zu finden.«

Wenn man nun diesen auffallenden Bericht mit der Äußerung, Meyrinks Leben sei ein durch ein bedeutsames Schicksal geprägter Roman gewesen, zusammenhält, dann erkennt man die doppelte Perspektive dieses Schicksals. Man kann sich dann entweder dem Astrologen anschließen, der aus seinen Tabellen beweist, daß zum Beispiel die Vertreibung aus Prag unvermeidlich war; oder man akzeptiert, was der Rationalist behauptet: Unsinn, er hat doch alles selbst veranlaßt oder war das Opfer eines Komplotts. Beginnen wir bei dem Astrologen – das heißt, bei dem verstockten Astrologen, der aus seinen Einsichten ein Dogma oder einen banalen Aberglauben gemacht hat. In einem Artikel hat sich Meyrink rundweg negativ über Astrologie geäußert: »Ein scheußliches Gift ist zum Beispiel die sogenannte Astrologie.«[15] Er ist der Ansicht, daß man sich nicht auf Tabellen berufen sollte, sondern auf ein

eigenes inneres Wissen, das durch Beschäftigung mit Astrologie eher verkümmert. Wobei er anmerkt, er sei nicht der Meinung, die Astrologie beruhe auf einem Aberglauben. Er findet nur, daß sie, ebenso wie Traumdeutung und Handlesekunde, ein Irrlicht ist.
Einen Astrologen, der dem innerlichen Wissen im Weg steht, hält Meyrink für eine Gefahr. In der Erzählung »Der Astrologe« treibt er seinen Spott mit einem bekannten deutschen Astrologen. Am Ende nimmt die Satire eine einigermaßen makabre Wendung, als nämlich Meyrink dem Astrologen zuruft:

> »Du oder deinesgleichen wird der langersehnte Führer für das deutsche Volk werden und es nach glücklicher Beseitigung jeglichen Instinktes wieder empor zum Lichte führen. Das Walter Scott!-Heil!«[16]

Inspiriert durch Meyrinks geniale Art der »Kontrastmalerei« stelle ich nun dem Astrologen den Rationalisten mit seinem sogenannten hellen Verstand gegenüber. Er kann nur hohnlachen über diesen Sterndeuter und wird aufgrund seiner aufgeklärten Weltanschauung alles, was Meyrink zugestoßen ist, so viel wie möglich an feststellbaren, unwiderleglichen Tatsachen festmachen. Und wo er dazu nicht in der Lage ist, nimmt er seine Zuflucht zu dem Begriff »Zufall«. Aber nur zum Teil liegt er damit richtig, denn sein Weltbild ist eindimensional und vollkommen materiell. Er sieht das Äußere für die Wirklichkeit an, er arbeitet nur mit Modellen der Wirklichkeit. Er meint, daß er selber der Steuermann ist. Der Astrologe mißt den Weg aus, den nach seinen Berechnungen der Steuermann fahren wird. Auf diese Weise ist der Passagier gut vorbereitet und glaubt, daß ihm das nur von Vorteil sein kann. Der orthodoxe Gottgläubige meint, daß der Steuermann Gott ist, und da Gottes Wege nun einmal unergründlich sind, kann der Passagier höchstens darum bitten, daß der Steuermann das beste für ihn wolle. (Vielleicht kann er ihm mit frommem Gemurmel und einem guten Ablaß sogar ein Stückchen abzwingen.)

Die Position Gustav Meyrinks aber ist in Kürze: du bist selbst dein eigenes Schicksal. Nicht in dem Sinn freilich, daß du das Geschick vollkommen in der eigenen Hand hast. Die Technik, die Meyrink bei dem Vorfall mit dem verhinderten Unglück anwandte, verschaffte ihm nur eine Chance innerhalb eines kleinen Spielraums. Doch handelte es sich um einen ziemlich außergewöhnlichen Fall. Die meisten Schicksalsschläge kommen ja unangekündigt. Worauf Meyrink meiner Ansicht nach abzielt, ist, daß ein Mensch sein Schicksal, sein Karma auflösen lassen kann, nicht durch eine spezielle Methode, sondern durch eine bewußte, darauf zugeschnittene Lebenshaltung.

Doch glaubte Meyrink auch daran, daß Methoden oder Techniken bestehen müßten, die die Auflösung des Karma beschleunigen können. Aus diesem Grund will ich hier auf seine von ihm jahrelang geübte Praxis der Yogaübungen näher eingehen. Diese Übungen füllen die zweite Phase, den größeren Teil seines Lebens. Die erste war die der Experimente und Untersuchungen. Die zweite ist die der Übungen, unter anderem in Hatha-Yoga und Tantrik-Yoga. Schließlich kann man noch eine dritte Phase unterscheiden, die ungefähr die letzten zwei Jahre seines Lebens umfaßt und worüber wenig bekannt ist. Am Ende dieses Kapitels mehr darüber.

Mit der Lebensführung, in der Yoga zentral stand, beabsichtigte Meyrink, den »Vermummten« kennenzulernen und eins mit ihm zu werden. Über Yoga hat er die eine oder andere theoretische Abhandlung geschrieben. Im Zusammenhang mit diesem Buch mag es genügen, auf die Schriften zu verweisen, worin sie zu finden sind.[17] Interessanter ist es, zu wissen, um welche Art von Übungen es sich dabei handelte, von welchem Standpunkt aus sie vorgenommen wurden und welche Ergebnisse er damit erzielte. Als Quellen dafür sind einige Briefe von seiner Hand erhalten geblieben. So schreibt er in einem Brief an Otto Friedl etwas über Atemübungen:

»Die Atemübungen, die Sie meinen, sind nicht eine Sache für sich: sondern, wenn sie im Sinne des Hathayoga gemacht werden, eine Stümperei, die nur zu Fakirismus führt. Laotse hat gesagt: ›... da sitzen die Weisen auf hohen Bergen und machen Atemkunststücke – ich aber atme *bewußt*!‹ Der Sinn ist der: Das Atmen kann man sowohl unbewußt machen, wie es eben immerwährend von selbst geschieht – also eine Sache des Unterbewußtseins – oder man macht die Übung etwa 4mal des Tages je etwa 10 Minuten das bewußte Atmen, d. h. man atmet bewußt ein, so etwa wie man bewußt den Arm streckt oder beugt, dann atmet man bewußt ebenso aus etc. Der Zweck ist nicht das Atmen mit seiner physischen Wirkung, sondern der Zweck ist: das Ich vom Unterbewußtsein zu lösen. Das Ich soll nämlich frei werden vom Karma, was nichts anderes ist, als daß der gewöhnliche Mensch an den Körper gefesselt ist statt frei zu sein. Es ist das bewußte Atmen eben der erste Schritt dazu!! Es hört sich das sehr einfach an, ist aber sehr subtil und man muß lang darüber nachgrübeln, bis man den Sinn dessen, was ich sagte, begreift!«[18]

In einem Interview mit Francis berichtet Meyrink, er habe die Yoga-Praxis in der Schule von Annie Besant gelernt. Diese Übungen hätten es ihm ermöglicht, »innerlich« zu sehen:

»Augenblicklich aber ist mir meine Beschäftigung mit der indischen Yoga-Lehre wichtiger. Acht Stunden bei Tag und vier in der Nacht widme ich mich meinen Yoga-Übungen. Das sind Gedankenkonzentrationsübungen und Meditationen. Und wenn Sie mich um ihren Zweck fragen, so ist es kurzgefaßt der, aus einem Tiermenschen ein höherstehendes Wesen zu werden. Diese Uebungen entfesseln unseren Geist aus den Banden des Körpers, er kann vom Physischen nicht mehr unterjocht werden.«[19]

Thomson gegenüber äußert er über Yoga:

»Dies ist wohl das einzige Gebiet, von dem ich sagen darf, daß ich es verstehe. Es ist kein Buch darüber erschienen, das ich nicht studiert hätte.« Nach eigener Auskunft machte er seit seinem 23. Lebensjahr Übungen: Von Übungen der christlichen Mystik bis hin zu Übungen der Fakire. Die mystischen Übungen, so erzählt er, führte er 13 Jahre lang durch, in dem Versuch, Stigmata zu bekommen.[20]

In einem anderen Interview mit Francis kommt seine Hellsichtigkeit zur Sprache:

»Hingegen ist mir diese Fähigkeit teils angeboren, teils habe ich sie durch die konsequenten Willensübungen der indischen Yoga weiterentwickelt.«[21]

Resümierend erhält man also ein sehr globales Bild von Meyrinks Praktiken: Erst 13 Jahre lang die Übungen (»Flüster-Mantrams«) aus der Schule von »Johannes«, dann allerlei Übungen aus verschiedenen Yogarichtungen. Auch hat er bestimmte Übungen ausgeführt, die Kerning zugeschrieben wurden. In einem Brief von 1917 schreibt er hierüber:

»– Den Kerning'schen Weg der Buchstabenübungen halte ich für einen Umweg. Ich bin ihn jahrelang gegangen und fast zugrunde daran gegangen. (– ich bekam Rückenmarksschwindsucht, die dann geheilt!!! wurde).«[22]

Bemerkenswert ist, daß er auch in diesem Fall eine direkte Verbindung zwischen dem Ausbruch einer Krankheit und bestimmten Übungen herstellt, wie er es schon bei den christlich-mystischen Übungen tat. Der Verlauf ist immer etwa so: ein temperamentvoller Start, ganz in Übereinstimmung mit seinem Charakter. Das Ende Desillusion und Krankheit, mit der Folge radikaler Ablehnung. Dasselbe geschieht bei den Yoga-Praktiken.
In »Tonleiter der Willenskraft«[23] führt Meyrink einen anderen Begriff ein, der mit dem des »Vermummten« zusammenhängt:

»Solang der Mensch nicht weiß und fühlt, daß seine Antriebe gar nicht aus seinem Ich kommen, ist er der Sklave und die Marionette einer Kraft, die er nicht kennt.

Erst wenn er sich mit dem Vermummten eins weiß, ist er geführt. Frei ist er auch dann nicht. Er wird es erst, wenn er eins geworden ist mit dem Centralich. Ich hat keinen Plural.«

Hier geht Meyrink noch einen Schritt weiter. Eigentlich steht in diesen Sätzen ganz abstrakt und kryptisch das Resümee seines Lebens. Die erste Phase ist die der Marionette, die an den Kraftlinien ihrer Naturtriebe tanzt. Dann greift der »Vermummte« ein, die zweite Phase. Die Suche beginnt, Experimente werden durchgeführt, danach Übungen, um eins mit dem »Vermummten« zu werden, sich bewußt von ihm führen zu lassen. Inzwischen hat das Schicksal begonnen, zu galoppieren, infolge dieser Experimente und Übungen ohne die richtige Vorbereitung.
Doch ist noch keine Freiheit gewonnen. Und Freiheit ist einer der wichtigsten Beweggründe:

»Forschen wir nach der Wurzel, aus der aller Okkultismus sprießt, so kommen wir zu dem Schlusse: Der Trieb des Menschen nach Freiheit ist es, der all das bewirkt.« [24]

Und das andere große Motiv ist, über die menschliche Schwachheit, das menschliche Unvermögen, über Krankheit und Tod hinauszusteigen:

»Schon als Kind hatte ich das Vorgefühl – und mein Vorgefühl ist immer sehr stark gewesen in mancher Hinsicht – und die deutliche Vorstellung von einem ›Nicht-Sterben‹.« [25]

In Meyrinks Leben mußte erst etwas geschehen, wodurch er sich absolut festlief. Der verzweifelte Versuch, forciert und verfrüht durch die Mauer hindurch zu brechen, wurde vereitelt vom »Vermummten«, wie er sagte. Der Mensch muß sich in seinem Leben erst definitiv totgelaufen haben, bevor er auf den esoterischen Pfad getrieben werden kann. Der »Vermummte« trägt Meyrink Bücher zu, bringt ihn mit Orden und Gurus in Berührung, wodurch ein anderer, stets bewußter erlebter Kurs in sein Leben kommt.

> »Erst wenn er sich mit dem Vermummten eins weiß, ist er geführt. Frei ist er auch dann nicht. Er wird es erst, wenn er eins geworden ist mit dem Centralich.«[26]

In einem Brief vom 30. 6. 1917 schreibt er unumwunden:

> »Ich weiß sehr genau, was es heißt: nach Licht schreien, daß man fast dabei verbrennt, – habe mein Leben lang geschrieen, bis ich endlich – gefunden wurde. Deshalb kann ich mit Ihnen fühlen und hoffe Ihnen auch bald – helfen zu können.
> Das Einzige, was das Finden wert ist, ist nur das innerste ›Ich‹, jenes Ich, das wir sind und immer waren, ohne es gewußt zu haben. Dieses Ich ist immer *Subjekt*, ist reiner Geist, frei von Form, Zeit und Raum, in dem es sich nur quasi bruchstückweise legiert hat. Sie sind es, aber erst noch potentiell, noch nicht bewußt. Wenn Sie es bewußt werden, steht Ihnen, solange Sie noch eine tierische Hülle haben, die Magie des Wortes zur Verfügung, – später die Allgewalt über jegliche Materie.
> Vorerst muß der Weg ins Innere gegangen werden, dann – bereits auf Erden – die Betätigung der Wortmagie

(nicht der niederen Astralmagie). Ersteres ist der Weg der Wiedergeburt. – Den Kerning'schen Weg der Buchstabenübungen halte ich für einen Umweg. Ich bin ihn jahrelang gegangen und fast zugrunde daran gegangen. (– ich bekam Rückenmarksschwindsucht, die dann geheilt!!! wurde).
Es gibt einen viel einfacheren Weg: – Das *innerste* Ich ist zart wie ein Schmetterling, – auf das allersubtilste, feinste, zarteste, selbstverständlichste muß man ins Innerste gehen. ›Das mit Gewalt das Himmelreich nehmen‹ ist heute ungeeignet – nur für Fakire. – Jede Zeit hat ihre anderen ›Wege‹. – Der reinste Weg zum Innersten ist zart; – glauben Sie denn, das göttliche Ich ist taub, daß man es à la Kerning stundenlang anbrüllen müsse?
Der beste Schlüssel heißt: *Freude! Freudig*es Vertrauen: ›ich weiß, daß Du, mein ‚Ich', allmächtig bist, wenn ich Dich nicht finde; ich weiß, daß nichts, was ich tue, Sünde in Deinen Augen ist; wirke Du das Zauberwort in mir.‹ So ungefähr.
Ich werde Ihnen in ca. 3 Wochen eine englische Broschüre schicken, in der eine indische ›Ich‹übung steht, die ausgezeichnet ist. – Ich glaube, daß unserer arischen Rasse die Kabala nicht so liegt; sie spricht mir zuviel von ›Gott‹. – *Gott* ist das ›Ich‹. Außer dem ›Ich‹ gibt's keinen Gott. Wohl sagt im *Grunde* die ächte Kabala dasselbe, aber verhüllt.«

Meyrink verweist dann auf die Bücher von Bô-Yin-Râ (den er einen der seltenen authentischen Eingeweihten nennt), und handelt über die »Königliche Kunst«, die darin besteht, daß man quer durch alle Äußerlichkeiten hindurch die inneren Kräfte zur Entfaltung kommen läßt.

»Ich glaube, Sie sind auf dem besten Weg. Auch mir ging's ähnlich: schon hoch oben auf dem ›Berg‹ wußte ich noch immer nicht, daß der Gipfel nahe ist. Mancher geht eben fast den ganzen Weg als Blinder. Man ist äußerlich zu aktiv. Die ›Königliche Kunst‹ besteht darin, durch *freude*volle äußerste Passivität die *innerste*, intensivste Aktivität sich *entfalten zu lassen.* Natürlich, um Gottes willen, nicht etwa das mit Mediumität verwechseln. Äußerlich *höchst* wach bleiben. Nichts von der Außenwelt darf verschwinden. – In *beiden* Welten leben lernen!!«[27]

In einem anderen Brief vom 4. 7. 17 stehen auch einige aufschlußreiche Mitteilungen über diesen Kern, dieses tiefste Ich.

»Anbei die erwähnte Brochüre. Stoßen Sie sich nicht an den *Nebensächlichkeiten* darin. Ich rate Ihnen, sich die darin angegebnen ›Ich‹-übungen abzuschreiben und, wenn Sie sie auch täglich machen, dennoch von Zeit zu Zeit wieder durchzulesen, denn sie entgleiten einem oft auf seltsame Weise.

Das stürmische Befehlen ist sehr gut, aber *meist* nur für solche, die im *Anbeten* (falsche ›Demut‹) eines *äußeren* Gottes (Götzen) befangen waren. Wer, wie Sie, so lange schon sucht, der findet weit leichter das *Innerste* durch subtile Zartheit. – Das *Innerste* ist innerlicher noch als das bildhafte *Innere;* es ist wie ein scheues Waldtier, das entflieht, sowie man nur die Hand regt.

Das *Innerste* ist raum- & zeitlos, *nur* an seiner eintretenden Wirkung allein ist es wahrnehmbar. – Sie müssen von dem Standpunkt ausgehen: Es ist ja schon da, ich

brauche es gar nicht zu *suchen;* wenn ich es *suche,* so heißt das einen Zweifel einschalten an seiner Gegenwart. – An einem *freudigen* Gefühl, das dabei eintritt, müssen Sie die ersten subtilsten Zeichen seiner magischen Wirkung spüren lernen. – Es ist *das* Wort, – Wort nicht als Mitteilung (die zuerst als *Ihr eigener »Ein*«fall sich als Ideenkundgebung zeigt) sondern als magisches Zauberwort. – Später tritt der ›Führer‹ auf, ein Mensch wie Sie und dennoch quasi Sie selbst. ›Sie selbst‹ insofern, als das Bild, das Sie sehen werden, nur eine von ihm magisch erzeugte Vibration *Ihres* Geistleibes ist. *Sein* Wort (Mitteilung) tönt in *dieser* Vibration u. nur scheinbar aus einem Mund. Sie werden es daher in deutscher Sprache hören, so als ob er deutsch spräche. –
Aber nur *Ihr* Innerstes ist die Brücke, durch die er kommt. Wichtig ist: jede Regung des Innersten ohne *Zwang*, feinstest zu sich – an Sie herankommen *lassen* und dankbar auch das scheinbar natürlichste registrieren – *nur dann* kommt rasch mehr und mehr. Und nur nicht das *Innerste* unter das Joch der *eigenen* Wünsche erniedrigen wollen. – Es ist ja dennoch *Ihr* Wille, und nur *Ihr* Wille, der da handelt, aber ein richtigerer Wille. Einen fremden Gott gibt es nicht. Götter sind dem Menschen untertan.
Ganz *von selbst* deckt sich dann das *Innerste* in die Schablone Ihrer Wünsche. Natürlich nur nach dem Rahmen der von Anbeginn in Sie gelegten Entwicklungsmöglichkeiten. Unsere *Sehnsucht* sagt uns, wie weit diese Grenzen gesteckt sind, denn keiner bleibt unbefriedigt.« [27a]

Der ganze Brief atmet innere Sicherheit, gestützt auf Meyrinks eigene Erfahrung. Längst haben wir hier das Gebiet des Okkultismus verlassen, denn aus dem Brief sprechen überdeutlich religiöse Erfahrungen, die den Anweisungen zugrunde liegen. Hierzu paßt gut ein Teil aus einem weiteren Brief an »Herrn Müller«:

»Das mit der Passivität ist so zu verstehen.
Wenn wir mit *äußerer Gewalt* auf das *Innerste* losgehen, so hemmen wir es nur. Wir müssen vielmehr das Innerste von ihm selbst fließen lassen; das nenne ich Passivität. Dämmerzustände dürfen unter *keinen* Umständen dabei eintreten. Das Innerste, nur an seiner *Wirkung* erkennbar, darf den äußeren Menschen nicht verärmern, es soll ihn ja durch sein Hinzutreten bereichern.
Die Sache ist so: Das *Innerste* göttliche (Licht) bringt den *inneren* Menschen zur Wiedergeburt und dadurch in sichtbaren Contact mit der Hierarchie der Adepten. Dieser innere Mensch ist verwandlungsfähig, wie Quecksilber kann er sich mit den Individualitäten des geistigen Reiches legieren. In jedem solchen Fall *werden* Sie vorübergehend dann dieser Adept, wissen und können dann alles, was er kann, *ohne* daß Sie etwa ein Medium wären, denn *alle* Adepten bilden eine Einheit in gewissem Sinn.
Der *äußere* Mensch bildet, nachdem der innere und das *Innerste* gefunden sind, ebenfalls eine dreifache Einheit. ›Passiv sein‹ heißt also: nicht *äußerlich* ›wollen‹, sondern das *Innerste* – indem man sich hinsetzt und fragt keine äußeren Schemata: ›Wer ist es denn, der sieht? Wer ist dieses Ich?‹ – statt des Äußeren: ›wollen lassen‹.«[28]

Um unserer Spur weiter folgen zu können, ist es jetzt notwendig festzustellen, welchen Gottesbegriff Meyrink hatte.

> »Sie haben mich einen Gottsucher genannt. Das stimmt nicht; ich bin kein Gottsucher, ich bin ein Gottverlierer! – Wir wissen nichts von Gott und das Phantom, das wir uns von ihm in unserer Phantasie aufbauen, der Götze, den wir ›Gott‹ nennen – er verstellt uns nur den Weg zu dem einzigen, das wir wirklich finden können: den Weg zu uns selbst.«[29]

Auf den ersten Blick steht in diesem Brief Meyrinks zu lesen, daß er Atheist war. Das muß doch ein Irrtum sein! Die Stellen in seinen Büchern sind Legion, in denen er den Atheismus bzw. den Materialismus, der damit assoziiert ist, abweist. Aber der Gott, den Meyrink verwirft, ist ein Abgott. Näher umschrieben ist es der sogenannte »liebe Gott«. In einem Notizbuch Meyrinks ist zu lesen:

> »Hier erscheint ihm der liebe Gott mit Hausbrot und langem Bart und Heiligenschein. –– In dem sich entwikkelnden Gespräch zeigt sich des lieben Gottes gänzliche harmlose Unwissenheit über die Welt und auf des Stirner's Frage: Wieso kommen Sie eigentlich dazu, der liebe Gott zu sein, antwortet G. verschüchtert: ›Man hat mich eben dazu gemacht‹.«[30]

Die Aussage dieses Zitats schließt sich der Erkenntnis an, daß die Verehrung eines solchen Gottes die Wirkung eines Opiats hat. In diesem Sinne schrieb Nietzsche, daß Gott tot sei. Dieselbe Idee lautet in Meyrinks Worten:

> »Aber der Herr der Welt ist selber nur mehr eine jämmerliche Vogelscheuche, schreckhaft bloß für die Furchtsamen, unerbittlich gegen die Flehenden, mit Tyrannenmacht gekleidet für die, die Sklaven sein wollen und sie mit dem Nimbus der Macht behängen, – ein erbärmliches Zerrbild allen, die frei und stolz sind.«[31]

Qasim nennt den Stoßseufzer des lieben Gottes, daß er »eben dazu gemacht« worden sei, eine Feststellung Meyrinks, die von »provozierender Respektlosigkeit« gegenüber »frommen Lehren« zeuge.[32] Provozierend ist die Feststellung sicher. Doch aus einer anderen Äußerung ergibt sich, daß man Meyrink Mangel an Respekt gewiß nicht vorwerfen kann:

> »So manchen wird scheinen, ich wolle damit eine Lanze gegen Religion und Frömmigkeit brechen; es fällt mir nicht ein! Ohne Religion würden die meisten in einen Abgrund taumeln und zusammenbrechen wie Lahme, denen man die Krücken wegschlägt.«[33]

Es ist gerade ein eiskalter Materialismus, der so etwas bewirken kann, was übrigens einem Mann wie Meyrink nicht das Recht nimmt, den Lahmen auf seine Behinderungen hinzuweisen und ihm den Weg zu zeigen, der ihn von seinen Krücken befreien könnte.

Das Geistige ist für Meyrink etwas, das immer und überall in der Wirklichkeit zu finden ist, jedoch keine Personifizierung in religiösem Sinn zuläßt. Mit anderen Worten: Das Transzendente ist immanent und nicht in irgendeinem »Himmel« zu finden. Meyrink lehnt also die Projektion einer Gottheit außerhalb von uns selbst ab, denn das führt nur zu Götzendienst. Demgegenüber steht nun der Materialismus. Meyrink stellt das mit seiner Vorliebe für starke Kontraste in der rigorosesten Weise fest:

> »Was ist besser«, so fragt er, »die Pest des Materialismus, die über die Menschheit gekommen ist, oder dieser fanatische Glaube, der da urplötzlich aus dem Boden wächst und alles zu verschlingen droht? Man steht da wirklich zwischen Szylla und Charybdis.«[34]

Das ist eine sehr aktuelle Äußerung in einer Zeit, in der von der dritten industriellen Revolution gesprochen wird und gleichzeitig in Nordamerika sowie auch in verschiedenen asiatischen und afrikanischen Ländern reaktionäre, fanatische Formen der Religiosität ihr Haupt erheben.

Meyrink war in der Evangelischen Kirche getauft worden. Nichts weist darauf hin, daß er praktizierender Christ war. 1927 trat er aus. Diese Sachverhalte liefern also keinen Schlüssel für Meyrinks persönlichen Glauben. Viele Unterlagen aber zeigen deutlich, daß Meyrink lange nach einem klareren Gottesbegriff gesucht und sich mit Problemen wie Glaube und Gnade herumgeschlagen hat. In »Der Lotse« beschreibt er, wie er darauf hoffte, daß der Lotse, der ihn über den Styx gebracht hatte (indem er in seinen Selbstmordversuch eingriff), ihm stets helfen würde, und zwar auf besondere Art und immer dann, wenn er im äußeren Leben keine Rettung mehr sah. Aber »je glühender ich hoffte, desto sicherer versagte er«.

Auch den Weg des Yoga, den er lange Zeit ging, kann man einigermaßen in diesem Licht betrachten, denn ursprünglich hatte Yoga die gleiche Bedeutung wie Religion, nämlich »Wiederverbindung«. Aber es ging ihm nicht um einen Yoga,

> »der zu einem unbekannten Gott führt, einem Gott, dessen Unbesorgtheit um das Wohl seiner Geschöpfe ihm den Ruf der ›Unergründlichkeit‹ eingebracht hat. Wäre dieser Gott nur ein bißchen liebevoller zu den Menschen, als es die religiösen Gläubigen zu ihm sind, oh wie gut würde es uns gehen! Es scheint also nicht der wahre Gott zu sein, zu dem wir Menschen beten!? Wer das erkannt hat, ist ein großes Stück weitergekommen zu dem wahren Ziel. Nichts ist so heillos wie ein unrichtiger Gottesbegriff!«

Es ist offensichtlich, daß Meyrink diesem »Gott der Unergründlichkeit« abgeschworen hatte. Der Austritt aus der evangelischen Kirche ist die Bestätigung davon. Um das Bild zu vervollständigen, muß neben die Ansicht, daß es mit den Menschen viel besser stehen müßte, wenn Gott nur ein klein bißchen liebevoller wäre, eine andere Äußerung Meyrinks gestellt werden, in der er sagt, daß die Welt wesentlich besser aussehen würde, wenn es wahre oder wenigstens, wenn es mehr wahre Christen gäbe.[35]
Läßt man einmal offen, was er präzis unter »wahren Christen« versteht, so muß man doch annehmen, daß es bei ihnen, nach seiner spirituellen Auffassung, keinen Platz für einen persönlichen Gott, der nicht innewohnend wäre, gäbe. Meyrink spricht in Begriffen wie das »zentrale Ich«, von einer »inneren Gottheit« – eine Terminologie, die man in den esoterischen Strömungen sowohl östlicher Traditionen als auch des westlichen Christentums wiederfinden kann.

Zieht man die »Selbstbeschreibung« aus dem »Zwiebelfisch« heran, so liest man, was Gustav Meyrink unter Religion angibt:

> »Ursprünglich Protestant, jetzt Buddhist der nördlichen Schule.«[36]

Eine andere Quelle, die in dieselbe Richtung weist und hie und da zitiert wird, findet sich bei Kasimir Edschmid und besagt, daß Meyrink ein Mahayana-Buddhist geworden sein soll bzw. als solcher gestorben ist.[37]
Ich glaube, man muß sehr darauf achtgeben, daß man Meyrink aufgrund dieser summarischen Aussagen nicht ein für allemal abstempelt und ihn in einem bestimmten Fach unterbringt. Etikettierung hat immer etwas Tödliches. Überdies wäre es, auf Meyrink angewendet, eine Methode, die vollkommen diametral zu seiner Lebensweise stünde. Die Tatsachen seines Lebens sprechen in dieser Hinsicht für sich.
Man kann sich dem wirklichen Sachverhalt nur nähern, wenn man die oben gegebene Charakterisierung sehr weit faßt. Auch muß man darauf hinweisen, was zum Beispiel Frank sagte, daß nämlich Meyrink sich direkt kaum jemals über seinen Entwicklungsgang und seine Gottesvorstellung ausließ, nur immer indirekt in seinen Werken. Das beweist, nach Frank, Meyrinks großen Ernst bei diesem Thema. Ich stimme Frank darin zu. Man kommt jedenfalls nicht weiter, wenn man die seltenen Ausnahmen direkter Äußerungen als Meyrinks endgültiges, letztes Wort nimmt. In diesem Sinne hat man es meiner Auffassung nach auch zu verstehen, was Mena Meyrink nach seinem Tod an Eduard Frank schrieb: »Er war auch ein überzeugter Bud-

dhist.«[38] Man kann das ebensogut so lesen: »Er war unter anderem ein überzeugter Buddhist.«
Sobald seine letzte Lebensphase behandelt wird, werde ich darauf noch näher eingehen, weil eine gültige Antwort auf diese schwer zugängliche Seite seines Lebens nur im Zusammenhang mit dieser letzten Lebensphase gegeben werden kann.
Interessant ist ein Bericht über einen Besuch Hermann Beckhs bei Meyrink, den Beckh mit den Worten beschreibt:

> »Um höchste Menschheitsprobleme und Ewigkeitsprobleme hat er gerungen, in tiefe Abgründe der Menschheit und der eigenen Seele, des eigenen Schicksals hat er hineingeschaut.«

Im Grunde sagt Beckh etwa dasselbe über Meyrink wie Steiner. Das läuft darauf hinaus, daß Meyrink aus erster Hand Zugang zu einem Reservoir geistiger Erkenntnis hatte, daraus für seine Arbeit schöpfen konnte und zusehen mußte, wie er mit den Folgen daraus klarkam.

> »Es hat durchaus den Anschein, daß er manches, auch wenn er über das rechte Ich und die Gefahren des ichlosen Okkultismus schrieb, doch noch wie unter einer fremden Eingebung hingeschrieben hat. Im persönlichen Gespräch konnte man öfter den Eindruck haben, daß er zu manchem in seinen eigenen Büchern Ausgesprochenen selber noch gar nicht das richtige Verhältnis finden konnte oder wollte. Das war besonders da, wo es sich – bezeichnend für das ganze Christus-Ich-Problem – um Christus und die Dinge des Chri-

stentums handelte. Man konnte da zuweilen auch wohl etwas Ängstliches in seinen Augen aufblitzen sehen...«[39]

Es gibt Hinweise darauf, daß man hiermit, das heißt, was Beckh das ganze Problem des Christus-Ichs nennt, an eines der zentralen Probleme rührt, die in Meyrinks letzten Lebensjahren eine große Rolle gespielt haben. Da ich hier nicht auf den Durchbruch und das Christusbekenntnis am Ende seines Lebens vorgreifen will, beschränke ich mich zunächst auf seine Schriften. Mehr und mehr sieht man in seinen Büchern Christus-Motive auftauchen. Der Akzent wird verlegt, grob gesagt von östlich gefärbter Mystik und Okkultismus zu westlicher, nicht unbedingt christlicher Esoterik.

Während man in den ersten Romanen und kurzen Erzählungen Themen in der Tradition der Kabbala, des Tarot und Yoga antrifft, lassen sich aus den späteren Werken zahlreiche Beispiele anführen, die in den Bereich des hermetischen Christentums, der Rosenkreuzerei und Alchimie fallen. So beginnt die Erzählung »J. H. Obereits Besuch bei den Zeitegeln« mit der Beschreibung des Grabes seines Großvaters. Unter einer nicht mehr leserlichen Jahreszahl steht in einem Kreuz in goldenen und noch wie neu glänzenden Buchstaben: »Vivo« – »ich lebe«.[40]

Herbert Fritsche nennt die Erzählung des »Uhrmachers« ein Dokument der Scham, an ihm, Gott, gezweifelt zu haben; wobei er vor allem den Satz im Auge hat:

> »Vor einer Weile hast du gezweifelt, ob ich lebe. Glaube mir: ich bin lebendiger als du!«

In dieser Geschichte bringt der Ich-Erzähler seine defekte kostbare Uhr zu einem Uhrmacher. Als die Hauptperson in dem Zimmer des Uhrmachers, des einzigen Menschen, der das Uhrwerk wieder in Gang setzen kann, eine Tafel mit dem Spruch sieht: Summa scientia nihil scire (das höchste Wissen ist, nichts zu wissen), fühlt er sich geborgen. Auch am Ende der Geschichte erscheint der Spruch wieder in der Variante: Nihil scire – omnia posse. Das ist ein alter Spruch der klassischen Rosenkreuzer, der bedeutet: nichts wissen – alles vermögen. Es ist auch das Prinzip des bruderschaftlichen Ordens, der in dem Roman »Der Engel vom westlichen Fenster« auftritt.

In »Die vier Mondbrüder« findet man ebenfalls Hinweise auf Rosenkreuzerschriften, wie den Spruch: »Nach 120 Jahren werde ich auferstehen.« Die Namen verschiedener Personen sind einem Werk über die Bruderschaft des Rosenkreuzes entlehnt. Das Faszinierende bei Meyrink ist vor allem, daß er diese Elemente verbindet mit solchen aus dem tibetischen Buddhismus und dem chinesischen Zen-Buddhismus.[41]

Einer der Höhepunkte dieser Synthese zwischen westlicher und östlicher spiritueller Überlieferung ist der Roman »Der weiße Dominikaner«.

In diesem 1921 erschienenen Buch brachte Gustav Meyrink drei große Themen miteinander in Verbindung, die scheinbar durch unterschiedliche Tradition und Kultur und durch ihre eigene Geschichte kraß voneinander geschieden sind. Der eine Pfeiler, auf dem dieses Werk ruht, ist der ursprüngliche chinesische Taoismus. Dabei steht zentral das Mysterium des »Losmachens von Körper und Schwert«. Für dieses Thema holte sich Meyrink in Artikeln des Sinologen Pfizmaier über den Taoismus Rat.[42]

Das Ziel der ursprünglichen Taoisten war, einen Zustand der Unsterblichkeit zu erreichen, das heißt, Unsterblichkeit nicht des gewöhnlichen menschlichen Körpers oder Systems, sondern eines neuen, subtilen Körpers, der von allem, was die Unsterblichkeit behindern könnte, gereinigt ist. In dieser Tradition hieß das Schi-Kiai, das bedeutet das Losmachen des Körpers. Es ist eine Methode, die starke Anklänge an die Suche nach dem Lebenselixier hat. Sie bestand im Gebrauch eines bestimmten Stoffes (»Zinnober«) mit Eigenschaften, die heute radioaktiv genannt werden würden: ein Stoff, der eine Strahlung aussendet, die transformierend auf die Zellstruktur sowohl des grobstofflichen als auch der feinstofflichen Körper einwirkt und so eine atomare Veränderung hervorruft.
Eine andere Methode beruhte auf einer sehr verfeinerten und komplizierten Atemtechnik (zu vergleichen mit einer fortgeschrittenen Form des Yoga). Langsam aber sicher wird durch diese Methode der Körper abgebrochen, bis tatsächlich nichts mehr übrig ist. Dieses Stadium hieß in der Terminologie der Alchimisten »Chaos«. Von diesem Punkt an beginnt dann ein Prozeß des Wiederaufbaus, der Auferstehung. In christlicher Terminologie: die Auferstehung des verherrlichten Körpers. In der Überlieferung des Taoismus deutet der Umstand, daß in einem Sarg ein Schwert anstelle eines Körpers gefunden wird, auf die Tatsache, daß der Verstorbene den Zustand der Unsterblichkeit erreicht hat. Dies nannte man »Kieu Kiai«, das Losmachen des Schwertes.
In dieses Thema hinein verwoben sind die Erlebnisse der Hauptperson Christopher Taubenschlag, der den anderen Pfeiler, den des hermetischen Christentums, repräsentiert. Christopher bedeutet ja Christusträger. Dieser Christopher

ist von Beruf Laternenanzünder. Er ist der letzte aus dem Geschlecht der »Freiherrn«, die das seltsame Recht besitzen, jeden Tag die Laternen anzuzünden und zu löschen. Er ist auch der Unsichtbare, dessen Tagebuch durch den Autor aufgezeichnet wird. Bevor er aber unsichtbar und bevor sein Grab leer – mit Ausnahme eines Schwertes – gefunden wird, muß er einen langen Weg der Einweihung gehen. Die ersten Schritte auf diesem Pfad vollziehen sich außerhalb des wachen Menschen. Die Seele betritt wie schlafwandelnd das Gebiet des Geistes, der Unsterblichkeit. Um bewußt zu werden, muß sie eine Verbindung mit »Ophelia« erhalten. Doch Christopher kann das erst vollbringen, nachdem Ophelia durch eine Art von Selbstvernichtung auf magisch-rituelle Weise sich selbst aufopfert und verschwinden läßt, wodurch Christopher sie »absorbieren« kann.
Am Ende des Buches kommt Ophelia wieder zurück, aber jetzt auf einer höheren Ebene, und können Christopher und Ophelia eins werden zum Geistseelenmenschen, »losgemacht von Körper und Schwert«.
In einem der Kapitel werden zwei Seiten des Christentums einander gegenübergestellt. Die offizielle Kirche wird repräsentiert durch den Kaplan, das esoterische Christentum durch Freiherr von Jöcher. In einem mitternächtlichen Gespräch kommt das Problem der Zukunft der Kirche und des Christentums zur Sprache, besonders die Ablösung des orthodoxen oder Petrinischen Christentums durch das Johanneische. In der traditionellen Form werden Handlungsmuster und Riten überliefert, während in der zukünftigen Form des Christentums es darum gehen wird, die Handlungsmuster wirklich auszuführen und zwar auf der Basis vollständiger Einsicht. Der Freiherr illustriert das anhand des Gemäldes »Das letzte Abendmahl« von Leo-

nardo da Vinci. Darauf ist Johannes mit der rituellen Gebärde der gefalteten Hände abgebildet, als einziger auf dem Bild. Damit wird ausgedrückt, daß Johannes »ein Magnet« ist, ein Ring der Ewigkeit. Die gefalteten Hände symbolisieren den ewigen, vollkommen autonomen Stoffwechsel. Johannes steht für den autonomen wahren Christen außerhalb der Kirche. Die Kirche als solche hat nur ein zeitliches Ziel. Doch versucht sie krampfhaft, ihren Bestand zu halten. Damit in Zusammenhang steht die Prophezeiung von den 52 Päpsten, die die Kirche haben wird, wovon der letzte »Flos Florum« heißen wird, die Blume der Blumen, und mit Johannes vereinigt werden wird, oder dem »weißen Dominikaner«.[43]

Nach Gérard Heym bezieht sich der Titel »Der weiße Dominikaner« auf einen Orden buddhistischer Mönche, die sogenannten »weißen Mönche«, wahrscheinlich aus Persien oder Nordindien stammend, Repräsentanten des Mahayana-Buddhismus. Diese weißen Mönche lebten abseits von anderen Mönchen, waren nicht zahlreich, aber einigermaßen einflußreich. Nach Heym waren sie außerordentlich gute Kenner der Esoterik. Auch schon im Titel des Buches fügt Meyrink die zwei Elemente zusammen und läßt so auf einzigartige Weise durchblicken, daß unabhängig voneinander, nur geschieden durch Raum und Zeit, immer wieder dieselben universellen Themen in der Welt auftauchen.[44]

Eine Anzahl von Meyrink-Kennern hält den »weißen Dominikaner« für Meyrinks bestes Buch. Raymond Abellio findet, daß der Roman vom ästhetischen Gesichtspunkt aus das geglückteste Werk ist.[45] Gérard Heym nennt ihn den authentischsten Roman, mit dem größten Tiefgang. Hans Arnold Plöhn äußert sich lobend vor allem über das Kapitel

»Ophelia«, das er als das beste bezeichnet, was in dieser Zeit in deutscher Prosa erschienen ist.[46] Meine persönliche Ansicht ist, daß Gustav Meyrink hier in bezug auf die doppelte Thematik und den kristallklaren Stil auf einem nicht wieder erreichten Höhepunkt seines Œuvres angelangt ist. Was dagegen Komposition, Spannungsaufbau und Wahl der Motive betrifft, halte ich den »Engel« für sein bestes Werk.

Aber nicht nur aus diesen Gründen möchte ich mich etwas ausführlicher mit diesem letzten Roman Meyrinks beschäftigen. Das Buch ist der (vollkommene) Schlußstein von Meyrinks schriftstellerischem Werk. Es hat einen Abschluß, der dermaßen hinreißend ist, daß er zunächst nur oberflächliche Spuren im Gedächtnis hinterläßt. Man kann ihn immer wieder nachlesen und jedesmal entdeckt man etwas Neues. Aus einem Dokument in den Meyrinkiana geht hervor, daß auf den »Engel« noch eine kleinere Schrift folgen sollte, die den Arbeitstitel »Der Styx« oder »Die Reise über den Styx« tragen sollte und die, in Meyrinks eigenen Worten, als Schlüssel für sein gesamtes Œuvre hätte dienen können.[47] Aber soweit ist es nicht gekommen. Doch auch ohne das ist der »Engel« ein würdiger Abschluß, worin als Thema dasjenige zentral steht, was eigentlich auch Gegenstand all seiner anderen Bücher ist: die Alchimie. Einen besonderen Status erhält dieses Buch noch durch eine Unklarheit, die sich in die Frage kleidet: war es wirklich sein letztes Buch? Oder war das »Der weiße Dominikaner«? Mit anderen Worten: es herrscht einiger Zweifel und Verwirrung über den wirklichen Autor dieses Buches.
Das erste Mal, daß ich davon hörte, war während meines

Besuches im Meyrink-Archiv in Königswinter, dessen Besitzer erzählte, der »Engel vom westlichen Fenster« sei nicht von Gustav Meyrink geschrieben, sondern von seinem Freund und Nachbarn Alfred Schmid-Noerr. Meine erste Reaktion war, diese erstaunliche Mitteilung in Zweifel zu ziehen. Ich verlangte also einen Beweis für seine kühne Behauptung, und erhielt eine Kopie einer Übereinkunft zwischen Meyrink und seiner Frau auf der einen, Schmid-Noerr auf der anderen Seite ausgehändigt. Es handelte sich dabei um einen ziemlich summarischen Vertrag, des Inhalts, daß die Einkünfte dieses Buches unter den zwei Parteien gleichmäßig geteilt werden sollten. Es steht also nirgends schwarz auf weiß, wer welchen Teil verfaßt hat, wie groß dieser Teil genau war usw. Kurz, die Äußerung auf der Grundlage dieses Dokuments, daß das Buch nicht von Meyrink, sondern von seinem Nachbarn geschrieben worden sei, ist zumindest voreilig.

Wie verhält es sich nun damit? Eduard Frank hat sich gründlich in diese Frage eingearbeitet. Er hat alle, oft gegensätzlichen Berichte, nebeneinander gestellt.[48] Einer der ersten, die er nach den wirklichen Vorgängen fragte, war Alfred Schmid-Noerr selbst. Auf die Frage, wieviel an diesem Gerücht wahr sei, antwortete dieser lächelnd: »Etwa 90%.« Die Parapsychologin Dr. Gerda Walther schrieb in einem Brief an Willy Schrödter, Schmidt-Noerr habe gesagt, der Abschnitt über Kaiser Rudolf II. in Prag gehe auf sein Konto (er war Historiker), es sei aber niemals von dem ganzen Buch die Rede gewesen. Sie betonte, sie kenne die Familie Schmid-Noerr bereits dreißig Jahre und immer sei während dieser Zeit nur von einem Abschnitt gesprochen worden.[49]

Ein anderer Archiveigentümer (des mittlerweile aufgehobenen Meyrink-Archivs in Wien), schrieb an denselben Schrödter, daß Herbert Fritsche sich geirrt habe, als er das Lied des Bartlett Green Meyrink zuschrieb:

»Hat er (= Fritsche) allen Ernstes geglaubt, daß diese Gedichte von Meyrink seien? Das habe ich niemals angenommen. Eines dieser Gedichte ist übrigens in einem Gedichtband von Schmid-Noerr ›Mystischer Chor‹ enthalten.«[50]

In einer Ausgabe des »Engels«, von Joseph Strelka redigiert, steht in der Einleitung: dieser Roman ist umstritten,

»weil man behauptet, das Buch wäre ohne Hilfe von F. A. Schmid-Noerr niemals zustande gekommen«.[51]

Schmid-Noerr reagierte auf diese Worte, indem er an Strelka schrieb:

»Lassen Sie mich aber in aller Kürze die Geschichte der Entstehung des ›Baphomet‹, wie der Titel ursprünglich lauten sollte, schildern: Im Antiquariat Ackermann in München hatte ich eine kleine Broschüre über den historischen John Dee entdeckt. Ich brachte sie meinem damals schon sehr kranken Freunde Meyrink und bot sie ihm als Stoff an. Meyrink las sie, fand sie großartig, bekannte mir aber: ›Ich glaube, ich kann das nicht mehr schreiben; willst du das nicht machen? Herr v. Günther, der Lektor des Grethlein-Verlags hat mich gebeten, ihm einen Roman zu liefern, unbesehen gegen ein Honorar von 15000,– Mark. Da können wir schön Geld verdienen.‹ Es geschah, was Sie inzwischen sicher erraten haben: Meyrink, von uns beiden der erfolgreichere Schriftsteller, gab seinen Namen, ich schrieb den Roman von A–Z und jeder bekam 7500,– Mark. Ich fuhr nach Prag, wo ich unter der Führung des Malers Arnold Gerstel 10 Tage lang intensive Studien betrieb. Meyrink aber, dem ich eines Tages aus meinem Manuskript vorlas, bekannte fast entsetzt: ›Das geht nicht, das ist Dein ganz persönlicher Stil, es glaubt mir ja keiner, daß ich das geschrieben habe.‹ Besonders die Gedichte, die ich eingeflochten hatte, beanstandete er, der nach seinen Worten nie ›Herz auf Schmerz‹ reimen konnte. Der ›Mystische Chor‹, der in Ihrer Auswahl erschien, befindet sich in meinem Gedichtband (Bogen-Verlag München 1961). Schließlich verfaßten wir einen Vertrag, in dem sich Meyrink und seine Frau verpflichtete, mir die Hälfte aller Erträgnisse des Romans zu überlassen und mir jederzeit Einblicke in die diesbezügliche Korrespondenz zu gewähren. Dieser Vertrag ist unterschrieben von Gustav Meyrink, seiner Frau Mena Meyrink und mir. Aufgrund dessen erhielt ich über Herrn Dr. Gustav Böhler für 21 Seiten ›Engel vom westlichen Fenster‹ das Honorar von österreich. Schilling 393,75. Aufzeichnungen und Entwürfe, ein Exposé, Niederschriften aus Prag, das vollständige Manuskript, teils mit der Hand, teils mit der Maschine geschrieben und schließlich der Vertrag mit Meyrinks befinden sich unter meinen Papieren; außerdem noch Entwürfe für eine Lebensbeschreibung Meyrinks. Als seinem damaligen besten Freund hatte er mir seinen Nachlaß vermacht, den ich aber dann seiner Witwe auf ihre Bitte hin herausgab. So zerschlug sich der Plan für eine Lebensbeschreibung. Schließlich mögen Sie noch zur Vervollständigung des Meyrink-Bildes zur

Kenntnis nehmen, daß auch die ›Goldmachergeschichten‹ von mir geschrieben wurden, die Sie (irrtümlich oder nicht – dann jedenfalls ohne Verfassernamen –) in der Bibliographie unter Meyrinks Übersetzungen und Herausgaben aufführen. Sie erschienen zuerst im Berliner Lokalanzeiger und 1925 als Buch in Berlin. Das Geschäft, wie der Vertrag über den ›Engel vom westlichen Fenster‹, brachte uns jedem 2500,– Mark ein.«[52]

Veranlaßt durch diese Berichte haben einige Forscher den »Engel« mit den anderen Romanen Meyrinks verglichen und dabei auf eventuelle Unterschiede im Sprachgebrauch, in der Komposition usw. geachtet. Einige sind der Ansicht, das letzte Buch Meyrinks weiche nach Stil und Umfang vom übrigen Werk ab. So findet zum Beispiel Frank, daß der »Engel« aus dem Rahmen fällt und vor allem durch die Vielfalt magisch-mystischer Themen und in Anbetracht der Klarheit der Schilderungen einen besonderen Platz einnimmt. Im allgemeinen glaubt er auch, daß die Sprache in diesem Buch anders sei. Es kämen Szenen darin vor, die in bezug auf die Atmosphäre anders gefärbt seien. »Hier könnten zwei verschiedene Hände konturiert haben.«
Nichtsdestoweniger kommt er zu dem Schluß, die Stilunterschiede seien zu gering, um wirklich Zweifel an dem wahren Autor zuzulassen. Auch in Anbetracht des okkulten Inhalts muß es sich um Meyrink handeln. Wie Strelka empfiehlt er zum Schluß eine gründliche literaturwissenschaftliche Untersuchung. Ich selbst habe aus Anlaß dieser Frage einigen Kennern des Werkes, vor allem Deutschen, die nicht von Übersetzungen abhängig sind, die Frage vorgelegt: »Ist der Stil des ›Engels‹ anders als der in Meyrinks anderen Büchern?« Man war der Ansicht »nein«,

ja noch mehr, man hielt den »Engel« für durch und durch Meyrinkisch. Überdies schenkte man dem Gerücht wenig Glauben, daß Schmid-Noerr der Verfasser sei. Meines Erachtens sind die Hinweise auf Unterschiede in Stil und Umfang nicht stichhaltig. Das Argument, das Buch befinde sich außerhalb des Rahmens des sonstigen Werkes, finde ich befremdlich. Es gibt zahllose Beispiele für solche Unterschiede im Werk anderer Schriftsteller, und was den Stil betrifft: im Vergleich zu dem vorhergehenden Buch ist die Sprache tatsächlich anders. Der »Weiße Dominikaner« ist in zurückhaltendem Ton geschrieben, fast transparent, während im »Engel« sehr mitreißende Passagen vorkommen und die Wortwahl mehr barock anmutet. Doch verweise ich auf ein Stilbeispiel, das ich bereits gegeben habe, um die seltsame Art, wie Meyrink Spannung aufbaut, zu kennzeichnen: eines seiner typischen Stilmerkmale (die ersten Sätze der »Walpurgisnacht« habe ich dabei mit der Eröffnung des »Engels vom westlichen Fenster« verglichen). Ich will diese Frage jetzt auf sich beruhen lassen. Der Schluß, den ich daraus ziehen kann, ist nur, daß Schmid-Noerr höchstens einen kleinen Teil geschrieben hat, nämlich die historischen Szenen im Prag Rudolfs II.
Die wichtigste Quelle, die Meyrink verwendet hat – ihm von Schmid-Noerr zugetragen –, ist ein kleines Buch von Karl Kiesewetter mit dem Titel »John Dee, ein Spiritist des 16. Jahrhunderts«.[53] Die historische Figur des John Dee ist eine der zwei Hauptpersonen des Buches. Die andere ist Baron Müller oder der Ich-Erzähler. Für die Ich-Figur hat auch ein lebender Mensch Modell gestanden, der Hamburger Hermeticus »AME«, Alfred Müller-Edler, mit dem Meyrink korrespondierte.
Gustav Meyrink schrieb beim Erscheinen des Romans, er

sei von der Lebensgeschichte des John Dee besonders berührt worden.[54] Übrigens war das nicht das erste Mal, daß er über ihn las. Schon 25 Jahre früher hatte er ihn kennengelernt. Er stand sehr unter dem Eindruck eines

> »Schicksals, so abenteuerlich, phantastisch, ergreifend und furchtbar, daß ich kein ähnliches ihm an die Seite zu stellen wüßte«.

Später erschien ihm das Bild des John Dee regelmäßig in seinen Träumen. Als er mit dem Roman begann, wußte er, daß es kein historischer Roman werden würde. Aber was dann? Erst wollte er sogar den Plan wieder aufgeben, bis ihm schließlich die Idee kam, mit dem »toten« John Dee das Schicksal eines »lebenden« Menschen (Baron Müller) zu verbinden, eine Art Doppelroman sollte es werden.

Wer war dieser John Dee? Innerhalb des Rahmens dieses Buches kann ich nicht ausführlich auf diesen Mann und sein faszinierendes Leben eingehen. Ich muß mich auf die wichtigsten Tatsachen seiner Biographie beschränken. John Dee lebte zwischen 1527 und 1608. Er war Philosoph, Gelehrter, Techniker, Antiquar, Lehrer, aber vor allem Magier und Okkultist, zur Zeit der Regierung der Königin Elisabeth. In dem Werk von Peter French[55] wird er ein Philosoph der hermetischen Tradition genannt, der einen besonderen Platz in der englischen Renaissance eingenommen habe. Er stand in einer Reihe mit den Magier-Philosophen vom Schlage eines Ficino, Pico della Mirandola, Heinrich Cornelius Agrippa, Paracelsus, Giordano Bruno und Robert Fludd. Sein Leben war eine Folge derart merkwürdiger und schockierender Ereignisse, daß es den Anschein haben kann, als lösten sich seine Konturen teilweise im Mythos auf, oder, wie Jacques Bergier schreibt:

»Die Phantasien über ihn dürften der Wahrheit näherkommen als die faktischen Feststellungen der meisten seiner Biographen.«[56]

Außer Gustav Meyrink hat auch Jean Ray einen Roman über John Dee geschrieben.

»Während seiner Studienzeit in Cambridge beschäftigte er sich mit der Konstruktion von Robotern, unter anderem eines riesigen Käfers, den er anläßlich einer Theateraufführung losließ, was eine Panik verursachte. Er wurde der Zauberei beschuldigt und aus Cambridge verbannt, woraufhin er 1547 nach Löwen flüchtete. Dort befreundete er sich mit Mercator. Er wurde Astrologe und verdiente sich den Lebensunterhalt mit dem Erstellen von Horoskopen.« (Bergier)

Als John Dee 1563 in Antwerpen ein Manuskript über die Steganographie des Trithemuis entdeckte, arbeitete er es weiter aus und begann auf seiner Grundlage zu experimentieren. Seinen ersten Erfolg erzielte er 1581, als ihm ein nichtmenschliches Wesen, ganz von Licht umflossen, erschien. Dieser Engel, so nannte er das Wesen, gab ihm einen schwarzen Spiegel und ein poliertes Stück Kohle. Dee begann die Gespräche, die er mit ihm führte, aufzuschreiben, eine Anzahl davon sind veröffentlicht. Immer, wenn er Kontakt mit dem Engel aufnehmen wollte, verwendete er den schwarzen Spiegel. Die Sprache, die dieses nichtmenschliche intelligente Wesen sprach, nannte John

Dee »Enochiaans«. Es ist von ihr ein vollständiges Alphabet erhalten geblieben.
Da er nicht gleichzeitig über den Spiegel kommunizieren und schreiben konnte, zog er zwei Hellseher hinzu, die die Gespräche führen sollten, während er selbst die Aufzeichnungen machte. Dadurch erhielt sein Leben eine tragische Wendung. Es stellte sich nämlich heraus, daß einer dieser Hellseher seinen Zielen entgegenarbeitete, und obwohl er sich seiner entledigen konnte, blieb ihm der andere am Hals, Edward Kelly, der sich bald von einem Helfer zum Parasiten mauserte und die Ursache war, daß Dees Leben schließlich vollkommen ruiniert wurde. Unter dem Vorwand, ihn in die Alchimie einzuführen, schleifte ihn Kelly auf einer langen Irrfahrt quer durch ganz Europa mit, die unter anderem nach Prag führte, an den Hof Rudolfs II.
John Dee saß einmal auch kurze Zeit im Gefängnis, ganz wie Meyrink aufgrund falscher Beschuldigungen. In seinem Fall warf man ihm eine Art magischer Verschwörung gegen Maria Stuart vor. Um den Vergleich fortzusetzen: man könnte sagen, daß die Figur des Olič aus Meyrinks Leben dem reaktionären Bischof Edmund Bonner entspricht. Dees Zellengenosse war Bartlett Green, der später verbrannt wurde. Auf Veranlassung Königin Elisabeths wurde John Dee wieder in Freiheit gesetzt. Auch aus anderen Tatsachen geht hervor, daß John Dee unter dem Schutz der Königin stand, was aber die wachsende Opposition gegen ihn nicht niederhalten konnte. Das führte schließlich dazu, daß 1597 der Mob sein Haus plünderte und in Brand steckte, von Unbekannten dazu angestiftet. Viele seltene Bücher und Manuskripte gingen dabei verloren. Dee besaß die zu seiner Zeit größte Bibliothek Englands. Nach dem von ihm angefertigten Katalog enthielt sie

4000 Manuskripte, davon der vierte Teil gedruckte Bücher. Darunter befanden sich Werke von Plato, Aristoteles, Cicero, Albertus Magnus, Thomas von Aquin, Roger Bacon, Marsilio Ficino, das Corpus Hermeticum, Ovids Metamorphosen, Bücher von Homer, Luther, Calvin und viele andere.

1564 erschien sein »Monas Hieroglyphica«, ein sehr merkwürdiges Buch, an dem er sieben Jahre gearbeitet hatte, das er aber in nur zwölf Tagen niederschrieb, nachdem er die Steganographie des Trithemius in die Hand bekommen hatte. Die »Monas« ist eine hermetische Schrift und besteht aus zwei Teilen. Der erste ist eine dem Kaiser Maximilian gewidmete Einleitung, der im Jahr des Erscheinens den Thron bestieg. Der zweite umfaßt vierundzwanzig Lehrsätze. Diese Lehrsätze stellen eine Abhandlung über den symbolischen Wert und die Tragweite eines Symbols dar, das aus den Zeichen des Merkur und Ram aufgebaut ist, wobei John Dee andeutet, daß ein Zusammenhang zwischen den Zeichen der Planeten und den Buchstaben des Alphabets besteht. In dem Werk drückt er sich niemals in Begriffen aus, sondern immer nur symbolisch.

In den Jahren 1583 bis 1589 blieb John Dee auf dem europäischen Kontinent. Auf seinen Reisen kam er auch nach Polen und Böhmen. Möglicherweise hatte er in Prag eine Begegnung mit Rabbi Löw, dem Schöpfer des »Golem«. (Meyrink schildert im »Engel« die Konfrontation der beiden Männer.) In diese Periode fielen John Dees alchimistische Experimente mit Kelly und die Gespräche mit den Engeln Uriel und Gabriel. Im Hintergrund seiner europäischen Rundreise stand eine bestimmte Mission, die er zu vollbringen hatte, eine spirituelle Reformation, die er über Maximilian und später seinen Sohn Rudolf II. sowie Köni-

gin Elisabeth ins Werk zu setzen suchte. Diese Mission wird von Yates als Impuls der »christlichen Kabbala« umschrieben, sie zieht einen Vergleich mit der allgemeinen Reformation, die zu Beginn des 17. Jahrhunderts durch die Manifeste der Rosenkreuzer proklamiert wurde.[57]
Der Impuls wurde aber von Rudolf II. nicht aufgenommen und überdies durch Kelly, der ein Medium entgegenarbeitender Kräfte war, umgebogen. In der Zwischenzeit waren die großen Mächte, unter anderem die katholische Kirche, nicht untätig geblieben und begannen eine Gegenkampagne. Wieder zurück in England, lehnte John Dee es ab, noch etwas zu veröffentlichen, und als Jakob I. Elisabeth nachfolgte, sah sich Dee völliger Schutzlosigkeit ausgesetzt. Zwar wurde ihm noch die Position des Rektors des Christ' College in Manchester angeboten, aber er war mit dieser Aufgabe, die er bis 1605 ausfüllte, nicht glücklich. Er starb in großer Armut 1608 in Mortlake. Nach Frances A. Yates

> »scheiterte die hermetisch-kabbalistische Bewegung als Bewegung einer religiösen Erneuerung, und dieser Mißerfolg führte zur Unterdrückung des neuplatonischen Elements der Renaissance, das sie gefördert hatte. Der Renaissance-Magier wandelte sich zum Dr. Faustus.«[58]

Gustav Meyrink hat die exoterische Biographie Kiesewetters in eine esoterische umgewandelt, aus den historischen Figuren machte er Repräsentanten bestimmter Werte und Kräfte. So spielt Bartlett Green in dem Roman eine wichtige Rolle als Repräsentant der Magie der schwarzen Isais. Königin Elisabeth wird aus einer Schutzpatronin in mehr oder weniger politischem Sinn die Königin aus der Alchimischen Hochzeit, die Repräsentantin der Seelenwelt.

Doch steckt sogar noch mehr in dem Roman. Meyrink hat die karmischen Fäden, die rund um John Dee verliefen, weitergeführt. Da wo Dee versagt hatte, wo er in die Fallen seiner Gegner getappt war, nahm Meyrink die Fäden wieder auf. Der Ich-Erzähler wird sich also seiner karmischen Vergangenheit bewußt, entdeckt den Faden der Ariadne und tastet sich an ihm fort. Man kann aber nicht einfach sagen: aus John Dee wird Baron Müller. Richtiger ist, zu sagen, daß Baron Müller der Nachfolger und letzte irdische Bewohner im Hause, das heißt im Mikrokosmos John Dee-Müller, wird. Und als dieser letzte Bewohner stellt er den Mikrokosmos in seinem ursprünglichen Glanz wieder her. Der »Engel vom westlichen Fenster« ist ein Doppelroman, nicht allein mit einer doppelten Hauptperson, sondern auch doppelt im Sinn eines karmischen Romans und eines Romans mit dem Thema des Zuges über das »astrale Meer« zum anderen Ufer. Die Ausrüstung, mit der dieser Zug durchgeführt werden kann, ist die Alchimie. Nicht im Sinne der Scharlatanerie, mit der John Dee und Kelly sich abgaben, sondern die wahre Alchimie, die das Ziel hat, dem Menschen ein neues, unsterbliches Fahrzeug zu geben, ein System, das den Naturelementen nicht unterworfen, sondern aus neuen Äthern, neuen Bausteinen nicht von dieser Natur, aufgebaut ist. Im biblischen Sinn ist das der Auferstehungsleib. In Indien spricht man von dem Quecksilber-System oder dem »Paradâ«, das ist »einer, der ans andere Ufer geschwommen ist«.
Es ist Gustav Meyrink geglückt, alle tiefen Schichten des karmischen Gesetzes ins Licht zu heben. Wie er es darstellte, ist Karma kein unerbittliches Gesetz. Es ist vielmehr eine Gesetzmäßigkeit, die einen Menschen immer wieder dazu zwingt, Entscheidungen zu treffen, Entscheidungen

aus seinem autonomen Urteilsvermögen heraus, sofern er oder sie dazu imstande ist. John Dee ging die unglückliche Verbindung mit Kelly ein. Meyrink läßt die Frage offen, ob das durch sein Schicksal verursacht wurde oder ob John Dee selbst innerhalb des Spielraums des freien Willens eine neue Ursache schuf. Damit berührt er den Kern dieser Frage: Das Gesetz des Karmas muß erfüllt werden, und zwar durch den freien Willensentschluß. Einen anderen Aspekt des Karmas schildert Meyrink in den Nebenfiguren, die im Roman ebenfalls in anderen Gestalten wiederkehren, mit derselben karmischen Last: Aus Robert Gardner wird Theodor Gärtner, der Gärtner im Rosenhof, der Adept der Christus-Hierarchie. Aus John Dees Jane Fromonds wird Jane Fromm. Während die Hilfe Gärtners sichtbar und deutlich ist, bleibt die Unterstützung Janes unsichtbar. Sie ist reine Strahlung. Dieses Vermögen hat sie erworben, indem sie alles, was sie empfing, wieder preisgab, wodurch sie immer mehr empfing. Sie verkörpert so einen ständigen Wechselstrom im Spannungsfeld zwischen zwei Naturen. Am Ende des Buches geht sie einen anderen, für John Dee-Baron Müller nicht gangbaren Weg, den Weg des Sich-Wegschenkens. Sie zieht »vorwärts« über die Schwelle zur Übernatur, während die Ich-Figur »rückwärts«, mit dem Rücken zur Übernatur, die Schwelle überschreitet.
Ebenfalls durch das Geschick mit John Dee verbunden sind die Gestalten auf der Schattenseite seines Lebens. Bei ihnen ist es schwieriger, den karmischen Faden aufzufinden, da die Ähnlichkeit der Namen hier nicht vorhanden ist. Wahrscheinlich wollte Meyrink zeigen, daß in den Namen der Jane Fromm und Theodor Gärtner ein Moment der Zeitlosigkeit gegeben ist, daß also ihre so bedeutungsvollen Namen nur zum Teil die der inkarnierenden Persönlichkei-

ten sind. Es handelt sich vielmehr um ihre wahren Namen, mit denen ihr wahrer Auftrag, der Auftrag des Mikrokosmos verbunden ist. Doch kann man bei aufmerksamem Lesen doch auch bei den Doppelgängerfiguren die zwei aufeinanderfolgenden Inkarnationen finden: Der Inquisitor Bonner kommt als Fürstin Chotokalungin zurück, Kelly als Lipotin.

Eine Frage, die mich stark beschäftigt hat, ist: inwieweit ist dieser Roman autobiographisch? Mit anderen Worten: besteht vielleicht auch in direktem persönlichen Sinn eine Beziehung zwischen dem Karma von John Dee und von Gustav Meyrink? Vorausgeschickt sei, daß ich mich nicht auf allerlei spekulative Pfade begeben will. Die Gefahr besteht nämlich, daß man, wenn man erst einmal eine Verbindung zwischen beiden Leben entdeckt hat (zum Beispiel die Gefängnisstrafe oder das von Schatten überlagerte Verhältnis zu Prag), allmählich auch anderes auf diese Weise interpretiert, nach dem Schema: der Wunsch, alles auf einen Nenner zu bringen, ist der Vater des Gedankens. Nachforschungen nach Äußerungen Gustav Meyrinks über die Frage früherer Leben im allgemeinen und im besonderen, erbrachten das Folgende.

Über Reinkarnation schrieb er einmal:

> »Wenn sich dann auch ein individuelles Leben auflöst, so taucht es anderswo im Weltall wieder auf, mit anderen Sinnesorganen und einem anderen Denkapparat (...) Wenn wir uns unabhängig machen von unseren Sinnen und unseren Denkmethoden, können wir die Erfahrungen aus früheren Leben wieder aufrufen. Der Weg dazu liegt in der Durchdringung des bewußtlosen Schlafes.«[59]

Im Zusammenhang mit dem »Engel« beantwortet er selbst die Frage, die ich mir gestellt hatte. Nachdem er erklärt hat, er wolle in dem Roman das Schicksal des toten John Dee mit dem des lebenden Baron Müller verbinden, sagt er:

> »Ob ich selber jener Lebende bin? Ich könnte bejahen und könnte auch verneinen. Man sagt, wenn ein Maler jemand porträtiert, malt er immer ohne es zu wollen ein wenig seines eigenen Gesichtes in das Bild hinein. Beim Schriftsteller mag es ähnlich gehen.« [60]

Die Antwort wird also offengelassen. Abschließend will ich noch den Artikel eines Astrologen namens Gregor Schwartz-Bostunitsch anführen. Er ist interessant genug, um nicht übergangen zu werden, eine definitive Antwort gibt er meiner Meinung nach allerdings keineswegs. Nach diesem Astrologen soll Meyrink ihm erzählt haben, er erinnere sich seiner zwei letzten Leben: im letzten Leben sei er eine unbedeutende Persönlichkeit in Heidelberg gewesen, im vorletzten ein Kuli in China.[61]

Das Thema Karma läuft als ein roter Faden durch das Buch, das ist die eine Seite. Das andere Hauptthema ist der Weg, der zur Konfrontation mit dem »Hüter der Schwelle« führt, und indem diese Konfrontation durchgestanden wird, löst sich das Karma auf. Vor dieser Konfrontation geht Meyrink den Spuren John Dees auf vielen Umwegen nach, zum Beispiel bei der Verwechslung des geographischen Grönland (das Elisabeth auf Anregung John Dees als Kontinent für England erobern will) mit dem Reich des neuen Bewußtseins; oder bei der Unterwerfung unter das Phantom, den Engel vom westlichen Fenster, den John Dee und Kelly umsonst um Offenbarungen anflehen, wobei statt dessen

der Engel immer nur Opfer in Form von Lebenskraft verlangt; oder bei dem Versuch, in Prag Gold zu machen.
1584 langte John Dee mit seinem Mephistopheles-Laboranten Kelly dort an. Er kam auf die Aufforderung Kaiser Rudolfs II. hin, der Gelehrte und Künstler um sich versammelte, wie Tycho Brahe, den berühmten Astronomen. Um diese Zeit war Prag ein Brennpunkt der Wissenschaft. Es befand sich dort eine der ältesten Universitäten Europas (1348 von Karl IV. gegründet), und die Stadt soll von Menschen wie Doktor Faust, Paracelsus und Cornelius Agrippa besucht worden sein. Rudolf II. hatte sich den Ruf erworben, ein toleranter Mann zu sein, seine schützende Hand sowohl über Katholiken und Protestanten als auch über Juden zu halten. Er weigerte sich, zwischen Reformation und Gegenreformation eine Entscheidung zu treffen. Für Musiker war er ein wahrer Mäzenas und förderte alchimistische Experimente ebenso wie die Niederschrift von Abhandlungen über okkulte Gegenstände. An seinem Hof drängten sich echte und falsche Eingeweihte, Alchimisten, Künstler, Astronomen, Rosenkreuzer usw. Außer dem schon erwähnten Brahe kam auch Kepler nach Prag, ebenso Giordano Bruno, der sich für kurze Zeit an Rudolfs Hof aufhielt.
Die Schilderungen des Kaisers, seines Hofes und der Prager Burg bilden einen der Höhepunkte des Romans. Ungefähr an dieser Stelle läßt Meyrink das Gestern und Heute allmählich ineinander überfließen. Im ersten Teil des Buches ist die Geschichte des Helden von Tagebuch-Fragmenten des John Dee unterbrochen, sehr freien dichterischen Bearbeitungen des echten Tagebuchs, die durch eine eigene Typographie besonders hervorgehoben sind. In der »ersten Schau« und der »zweiten Schau«, die unge-

fähr die zweite Hälfte des Romans einnehmen, kommen die Schicksalslinien von John Dee und Baron Müller zusammen. Am Schluß vollzieht sich im Rosengarten der Abschluß der Einweihung und wird die wiedergeborene Seele, die letzte des Geschlechtes Hoël Dhat, in die Kette der Bruderschaft aufgenommen. Sie zieht rückwärts über die Schwelle, das heißt, sie wird ein Befreier der Menschheit. Als Motto erklingt: »Der sich Bezwingende löst sich vom Ding. Der nicht mehr Ringende werde zum Ring!«
Auch hier die Verwandtschaft mit einem Rosenkreuzer-Spruch und mit dem taoistischen Wu-Wei!
Natürlich wäre noch viel über dieses Werk Meyrinks – Meyrinks Faust, wie es Eduard Frank nennt – zu sagen. Das würde indessen den Rahmen dieser Biographie sprengen. Außerdem muß das Risiko vermieden werden, daß der Inhalt zu Tode erklärt wird. Valentin Tomberg staunte über den Reichtum konkreter Details bei den unterschiedlichsten spirituellen Themen. Man sollte überdies das Buch für sich selbst sprechen lassen und es als Kraftquelle benutzen, statt als Probierstein für den analytischen Verstand. Außer auf Tomberg hat das Werk großen Eindruck auf Jan van Rijckenborgh gemacht. An diesem Punkt möchte ich anmerken, daß Jan van Rijckenborgh ein großer Bewunderer Gustav Meyrinks war und daß er sich dafür eingesetzt hat, daß die wichtigsten Werke von ihm ins Holländische übersetzt wurden. Er ist der Initiator der zweiten Schockwelle gewesen, des verzögerten, nur auf der »inneren Ebene« wirkenden Impulses, der jetzt allmählich bei all denjenigen zu arbeiten beginnt, die Meyrink nach seinen wirklichen Leistungen zu schätzen wissen. Van Rijckenborgh hat kein Hehl aus seiner Bewunderung gemacht:

»Dies alles liegt der wunderschönen Legende von Hoël Dhat zugrunde, die Gustav Meyrink zu seinem fantastischen Roman ›Der Engel vom Westlichen Fenster‹ benutzte. Es ist die Geschichte, in der keine Ansicht des Weges, den wir alle gehen müssen, vergessen ist. Wenn wir die Legende von Hoël Dhat auf ihren Sinngehalt untersuchen, ergibt sich folgendes:

In der Geschichte geht es um ein Schwert. Das Schwert, das Kreuz, ist das Symbol des Menschen. In den alten Mysterien ist von einem herrlich geschmiedeten und mit prachtvollen Edelsteinen besetzten, unüberwindlichen Schwert die Rede. Es ist der Ewigkeitsmensch, der in nicht-dialektischen Räumen des Alls lebt.

Dieser Mensch wird Hoël Dhat genannt. ›Dhat‹, in späteren Jahren ›Dee‹ geheißen, soll soviel wie ›der Gute‹ bedeuten. ›Hoël‹ weist in seinem ursprünglichen Sinn auf den Ewigkeitszustand Gottes hin. Der Mensch dieses Zustandes, das mit Edelsteinen besetzte Schwert, lebt in einem Paradiese, in einem Garten, inmitten einer Bruderschaft, deren Angehörige ›die Gärtner‹ heißen.

Eines dieser königlichen Wesen ist in den Raum der Zeit versunken. So verliert einer der Nachkommen Hoël Dhats sein königliches Schwert, sein königliches Wesen. Er gerät in die Gefangenschaft Iwans des Schrecklichen. Auch die Königin Elisabeth von England wird seine Herrin. Wieder strahlt ihm Hoffnung. Man verliert völlig die Erinnerung an das Schwert. Viele halten es für einen Dolch, ein Federmesser, einen Brieföffner, für etwas der dialektischen Natur Nützliches. Seine edle Form wird verdorben.

Bis schließlich einer der Nachkommen der Heilsoffenbarung den Weg des Heils geht, das Schwert von seinem

Fluch und vom Blut der niederen Natur reinigt und seinen Vorvätern – zum Garten der Gärtner – zurückbringt. Der Held, der dies unternimmt, ist John Dee, ›Johannes der Gute‹, der Vorläufer Jesu, der Bruder, der zum Grabtempel hindurchbricht, um den ›Anderen‹ zu erlösen. Er ist der gerufene gute Dienstknecht, der sich der rotgoldenen Rose weiht.
Gustav Meyrink ist es gelungen, in feinsinniger Weise die Höhen und Tiefen des Pfades der Befreiung verständlich zu machen.«[62]

»Persönliche Eigenheiten des Autors: er gibt auf Privatbriefe keine Antwort, empfängt keine Besuche, macht auch keine.« (Aus: Selbstbeschreibung des Autors Gustav Meyrink)[63]

Obwohl ein Hang zur Übertreibung Meyrink kennzeichnet, kommt dieses Zitat dem Kern der wirklichen Situation seiner letzten Lebensjahre nahe. In den letzten fünfzehn Jahren führte Gustav Meyrink ein sehr zurückgezogenes Leben. Seine Tage waren der Meditation, in abnehmendem Maße dem Schreiben, dem Segeln und Rudern und seiner Familie gewidmet. Er ergab sich dem Schicksal, daß seine Popularität als Schriftsteller schnell dahinschwand. Das bedeutete auch, daß die Geldsorgen sich wieder einstellten (wenn sie jemals wirklich geschwunden waren). Bis 1928 wohnte er in einem Haus direkt am Starnberger See, von wo er bei klarem Wetter die Alpen sehen konnte. Das Haus war das letzte am Weg, es hieß »Das Haus zur letzten Latern«, ebenso wie im »Golem« eine Mauer am Hradschin »die Mauer zur letzten Laterne« genannt wurde, die Grenze zwischen Natur und Übernatur. Der Name ist ein Symbol, die äußere Bestätigung eines inneren Prozesses, ein Beispiel für die Wirksamkeit des hermetischen Gesetzes: wie innen so außen. Gleichwohl mußte Meyrink 1928 aus Geldmangel das Haus verkaufen und in ein weiter vom See gelegenes Haus umziehen.

Was seine Tätigkeit als Schriftsteller anbelangt: nach der reichen Produktion in den Kriegsjahren hatte Meyrink an

Exlibris von Gustav Meyrink

Übersetzungen und der Herausgabe einer Reihe von Büchern »Romane und Bücher der Magie« in fünf Bänden gearbeitet. Darunter waren Schriften von besonderem Wert, zum Beispiel »Das ägyptische Totenbuch« und die »Abhandlung über den Stein der Weisen« des Thomas von Aquin, aber auch der merkwürdige, halb mißglückte Rosenkreuzerroman »Dhoula Bel« von P. B. Randolph. Außer den Übersetzungen schrieb Meyrink auch Einleitungen zu diesen Büchern[64].

Die Kontakte zur Außenwelt wurden immer spärlicher, doch stellten sich immer noch Besucher ein. Einer der Männer, die ihn in Starnberg besuchten, war eine alte Bekanntschaft aus Prag, Max Brod. Er erzählt:

> »Meyrink sah damals gesund und wettergebräunt aus, viel jünger als in Prag, dessen Bewohner seit je die Kunst verstanden haben, einander das Leben qualvoll schwer zu machen. Stundenlang, so erzählte er, trainiere er jetzt in seinem Ruderboot, der See sei ein ideales Revier für diesen Sport. – Nur eines erinnerte an die altgewohnten Seltsamkeiten: das Studio, das er sich für seine Arbeitsstunden gebaut hatte. Es war von der Villa durch den ganzen Garten getrennt, bestand aus einem einzigen Zimmer, doch dieses war pfahlbautenartig durch Stützpfeiler in die Luft gehoben. Ich weiß nicht mehr, ob man es auf einer Strickleiter oder auf einer engen Wendeltreppe zu erklettern hatte. Meyrink erzählte, daß er da oben nicht nur schreibe, sondern auch Schlangen und Eidechsen von mancherlei Arten füttere sowie die herrlichsten Kakteen züchte.«[65]

Aber in den übrigen Berichten aus dieser Zeit fehlen diese äußeren Details über Meyrink. In dem Interview mit F. Adema van Scheltema heißt es:

> »Hier gab es nichts Geheimnisvolles, nur die Titel der frischgebundenen Bücher, die allen verfügbaren Raum an den Wänden ausfüllten, und einige sehr zart empfundene Buddha-Gemälde, sowie eine vortreffliche Skulptur des Ganesa, des Schutzpatrons der Schriftsteller mit Elefantenkopf und vier Armen, verrieten, daß hier ein Freund östlicher Weisheit lebte.« [66]

In der Einleitung wurde schon erwähnt, daß die Privatkorrespondenz Meyrinks nach seinem eigenen Wunsch nicht erhalten geblieben ist. Darauf soll an dieser Stelle noch einmal hingewiesen werden. (Julius Böhler erzählte, Meyrink habe die Briefe so verschmiert, daß sie unleserlich wurden). Man kann dies natürlich als einen Versuch, sich interessant zu machen, abtun. Meiner Ansicht nach entspringt es aber mehr dem Wunsch nach Selbstschutz. Ein einziger Brief Meyrinks nämlich, der durch sein System geschlüpft zu sein scheint, gibt einen Hinweis in dieser Richtung. Er ist angefüllt von einem beinahe hysterischen Wortschwall einer exaltierten Dame, die Meyrink all ihre Gunst und Fähigkeiten anbot, dazu einen Teil ihres nicht unbeträchtlichen Vermögens. Es ist unbekannt, ob er auf ihr Angebot eingegangen ist. Die Vermutung liegt nahe, daß er diesen Brief ausnahmsweise aufbewahrt hat, um zu erkennen zu geben, warum er auf Privatbriefe keine Antwort gab. Diese Vorsorge-Maßregel hat jedenfalls dazu geführt, daß Meyrink keinen Schweif von Anbetern hinter sich herzog oder wie es Adema van Scheltema ausdrückte:

»Im Gegensatz zu manchen Mystikern, die man sich anders als mit einer Corona vom Geiste getriebener Damen nicht vorstellen kann, hat Meyrink für so etwas nicht die geringste Neigung verspürt.«
Es war oft nicht einfach, zu Meyrink vorzudringen. Für den niederländischen Autor Adema van Scheltema dauerte es besonders lange, da sein Name bei Meyrink die Vorstellung weckte, es sei eine Frau, die auch zu den vom Geiste getriebenen Damen gehöre. Aus der sachlich-kunsttheoretischen Korrespondenz mit Bertram van Eyck geht hervor, daß dieser auch einige Briefe schrieb, die ohne Antwort blieben[67]. Die Ursache dafür war, daß Meyrink regelmäßig Heilstätten aufsuchte.
Liest man die Berichte über die spärlichen Besuche und Interviews nach, so fällt auf, daß die Besucher von der besonderen Ausstrahlung, die von Meyrink ausging, immer beeindruckt waren. Es war etwas an ihm, das unwiderstehlich überzeugte und imponierte. Die Feststellungen, die er traf, ließen die Interviewer manchmal mit roten Ohren zuhören, doch so ungewöhnlich prägnant und häufig auch kulturpessimistisch sie klangen, Meyrink blieb dabei ruhig und wachsam. Hermann Beckh beschreibt ihn als einen im Umgang mit anderen bescheidenen Menschen, zuvorkommend, wohlwollend. Das Familienleben sei gemütlich und liebevoll gewesen[68].
Francis merkt an, daß Meyrink stets mit einem Lächeln um die Mundwinkel sprach, das aber niemals bitter oder mißbilligend war:

> »Dieser einsame Mann, berühmt und von der Welt zurückgezogen, ein Mann, dessen Lebensabend schon angebrochen war, war ein Mann, erfüllt von Freude.«[69]

Meyrink schrieb selbst einmal über »die innere Freude, frei vom Verstand«, eine Lebenshaltung, die den Boden für seinen geistigen Weg abgab, und ohne die, wie er meinte, keine Fortschritte gemacht werden könnten. Verschiedene Zeugnisse weisen darauf hin, daß er eine solche Lebensführung wirklich praktizierte.
Ein gutes Beispiel dafür findet man in einem Interview von Thomson[70]. Es fängt damit an, daß Thomson berichtet, er habe sich gleich nach Beendigung des Gesprächs nicht mehr erinnern können, wie Meyrink aussah.

> »Das einzige, was mir noch gewärtig ist, ist das Leuchten der zwei starken, durchdringenden Augen, als ob alle Kraft dieser Persönlichkeit sich in diese Augen zusammengedrängt hätte und nun daraus hervorstrahlte.«

Thomson findet diese Erfahrung bezeichnend, beinahe symbolisch für Meyrink:

> »Wenn es etwas gibt, was mich in unserer Unterhaltung besonders betroffen macht, so ist es die Abwesenheit von allem, was man von einer Persönlichkeit erwarten würde, die so ganz andere geistige Wege beschritt als wir es normalerweise tun. Die fremden, in meinen Ohren teils sehr sonderbar klingenden Theorien, die er entwickelte, deren Ungewöhnlichkeit er sich übrigens so deutlich bewußt war, daß er es in einem bestimmten Moment für angebracht hielt, einzuschalten: ›Sie können mich getrost für verrückt halten, aber ich bin überzeugt, daß dies die Wahrheit ist‹, wurden mit einer für ihn typischen Nüchternheit vorgetra-

gen. Bei jedem Wort hatte man die Empfindung: es ist auf tiefer Überzeugung gegründet. Nichts von Phrasenhaftigkeit!«

Ein anderer Interviewer bemerkt:

»Schon allein seine Stimme im Telephon zerstreut die um den Magier vom Starnberger See gewobenen Nebel. Es ist die Stimme eines Menschenfreundes.«[71]

Äußerlich glich er mehr einem Weltmann als einem Dichter, geschweige denn einem Mystiker. Dies paßt gut zu dem Bild, das sich auch aus anderen Begegnungen ergibt. Ein auffallender Zug an ihm war, daß er immer unter den ersten war, die moderne Erfindungen anwandten, ob es sich um einen Parlographen, ein Automobil oder ein automatisches Gartentor handelte. Er scheint sogar selbst eine Erfindung gemacht zu haben, nämlich eine Gasglühlampe. Was auf Besucher am meisten Eindruck machte, war die durch Erfahrung gereifte Überzeugung. In den Worten von Adema van Scheltema, der sich fragte, worauf der starke Eindruck Meyrinks beruhte: »Es sind nicht in erster Linie die von ihm ausgesprochenen Ideen oder die höchst eigenartigen Erfahrungen, mit denen er seine Ideen belegt. Was die letzteren betrifft, so kann doch nur die eigene Erfahrung die nötigen Beweise geben, und eine vage Ahnung sagt mir, daß zwischen unserem westlichen Denken und Meyrinks Theorien ein fundamentaler Gegensatz besteht, der vielleicht einst noch zu einem heftigen Streit Anlaß geben wird (...) Was von Meyrink so stark nachwirkt, sind nicht so sehr seine fremdartigen Gedanken (...) als vielmehr die unerschütterliche Überzeugung und die Ruhe, mit der dieser Mann sie vor einem entwickelt (...) Und von diesem Seher, der mit feinster Intuition und unvergleichlicher Bildekraft bestimmte Grenzzustände unseres Seelenlebens geschildert hat, kann man nicht anders als annehmen, daß er aus tiefster persönlicher Überzeugung und Erfahrung spricht.«

Worüber sich Meyrink bei diesen Begegnungen geäußert hat, sind Weltprobleme, die seiner Ansicht nach mit großen Umwälzungen zusammenhängen. So sagte er Thomson gegenüber, daß eine neue Religion im Entstehen begriffen sei.

> »Um dieser Religion freie Bahn zu machen, hat es Krieg und Revolution gegeben und suchen sie die Welt noch immer heim. Denn die wirkliche Bedeutung dieser beiden ist die Vernichtung alter Begriffe und Vorstellungen.« Das Wesen dieser neuen Religion ist die Unverlierbarkeit des Bewußtseins. »Jedenfalls kommt man zu dieser Religion nicht ohne einen Bruch mit dem eigenen ursprünglichen Wesen, oder, besser, nicht ohne in die Einheit mit diesem Wesen einzugehen.«

Oskar Geller notiert unter anderem folgende Worte Meyrinks:

> »Die Sache ist einfach die, daß die Menschen einzusehen beginnen, es sei höchste Zeit zum Einsteigen. Der Zug steht unter Dampf und wird bald abgehen. Wer mitkommen will, muß sich beeilen (...)
> Unzweifelhaft stehen wir am Anbeginne großer, erschütternder Umwälzungen, vor einer *geistigen* Umgestaltung, die von innen heraus kommt. Darauf weisen schon die vielen Sekten hin, die in der letzten Zeit entstanden

sind; sie spüren alle, daß etwas Ueberwältigendes, Urgewaltiges kommt, und jede einzelne von ihnen glaubt, die Berufung zu haben, dereinst der Kern dieser kommenden Religion zu sein.« [72]

Überdies betont Meyrink noch einmal, überflüssigerweise, daß seine Schriftstellerei dazu gedient habe, bei anderen sowohl die Fähigkeiten zu erwecken, über die er selbst verfügte, als auch den Leser auf die Veränderungen in der Astralsphäre der Erde aufmerksam zu machen, damit er jetzt und in der nächsten Zukunft besser als je zuvor über

Auf dem Starnberger See

sich selbst hinaussteigen und eine Entwicklung durchmachen könne, bis

> »die Seele ›erwacht‹ ist, die zu unverlierbarem Bewußtsein führt und einer in gewissem Sinne autonomen Herrschaft über Stoff und Form«.

Um diese latente Entwicklungsmöglichkeit in seinen Lesern wachzurütteln, setzt Meyrink seine wortmagische Fähigkeit ein, von der er sagt:

> »Jetzt muß ich noch mit Tinte zaubern, später wird's mein bloßer Willen tun« [73]

Meyrink war jedem Ruhm abgeneigt und fast allergisch gegen begeisterte Verehrer.

> »Wenn man wirklich populär wird«, sagte er einmal, »kann man nicht mißtrauisch genug gegen sich selbst werden.«

In Starnberg stand ein silberner Becher auf seinem Schreibtisch, den er einst bei einem Ruder-Wettbewerb gewonnen hatte. Darin bewahrte er eine Nummer einer lokalen Wassersport-Zeitschrift auf. Unter einem Foto darin stand als Unterschrift:

> »Wenige unserer Leser werden wissen, daß unser Schiedsrichter Gustav Meyrink auch ein begabter Schriftsteller ist.« [74]

Es gab immer Menschen, die nach äußeren Beweisen für die Fähigkeiten des Magiers Gustav Meyrink gesucht haben. Sie fragten wahrscheinlich, ob er nur in der Theorie über das »unverlierbare Bewußtsein« und die »freie Herrschaft über Stoff und Form« sprach, oder ob er tatsächlich über diese Fähigkeiten auch verfügte. Man ging sensationslüstern auf die Suche, woraus dann auch einige Berichte über Zauberkünste entstanden sind. So läßt ein Journalist Meyrink einen Baum, der im Garten seines Nachbarn stand und ihm die Aussicht versperrte, mit Zauberkraft spurlos entfernen, nachdem die Nachbarn auf seine Bitte, den Baum abzuhauen, nicht eingegangen waren.[75] Vom gleichen anekdotischen Wert ist der Bericht von Th. Theodor Heine, der zu melden weiß, daß Meyrinks

> »Astralleib sich nach Wunsch auf andere Art materialisieren, auch die Form eines Tieres annehmen (könne). Seine täglichen Atemübungen hätten ihm die Kraft verliehen, jeden Menschen seinem Willen untertan zu machen, sobald er den Blick mitten zwischen dessen Augen richte.
> Ich bat ihn um eine Probe. Er blickte starr auf die Kellnerin, die sich gerade unserem Tisch näherte. Sofort brachte sie ihm die Weinkarte. Ich wußte es ja, sagte Meyrink.«

Soweit Heine, der sich selbst als platten Materialisten bezeichnete.[76]

Wer nach äußeren Beweisen sucht, findet sie meistens auch. Ein wirklich durchlebter, wirklich durchkämpfter Entwicklungsweg, wie ihn Meyrink gegangen ist, beweist sich selbst und zwar in zweierlei Hinsicht: Im inneren

Leben, das stets freier von persönlichen Beschwerden, Ängsten und Sorgen wird, aus dem »eine innere Freude, frei vom Verstand« spricht und eine unaufdringliche, in sich ruhende Überzeugung.

Aber auch in den äußeren Fakten findet man den Beweis, entsprechend dem hermetischen Gesetz: wie oben so unten, wie innen so außen. Die äußeren Fakten haben freilich nichts zu tun mit der Anwendung besonderer Machtmittel, mit denen das eigene Recht oder ein persönlicher Wunsch auf Kosten anderer durchgesetzt wird. Unter diesen äußerlichen Fakten sind vielmehr Geschehnisse und Lebensumstände zu verstehen, die, hervorgerufen durch den inneren Weg, den Pfad kreuzen. Man kann nun einmal nichts auf dem Weg zurücklassen. Alles Gepäck muß aufgepackt und direkt in neue Energie umgesetzt werden, wenn der Kampf auf dem Pfad zu einem guten Ende gebracht werden soll. Daß zu dem eigenen inneren Gepäck manchmal Dinge gehören, von denen man selbst nicht die geringste Ahnung hatte, ist eine allgemeine Erfahrung, die besonders auf Gustav Meyrink zutrifft.

In seinem Fall war es jetzt ein Schlag, der eine radikale Wirkung hatte: Der Kampf wurde noch heftiger, doch stellte sich auch eine um so tiefere Erleuchtung ein. Es war – in befreiendem Sinn – ein Gnadenstoß.

Freilich ist es sehr schwierig, zu beweisen, daß sich in einem bestimmten Augenblick in Meyrinks Leben etwas ereignete, was einen Durchbruch oder einen Abschluß verursachte. In jeder Entwicklung gibt es Staus und Stöße, schockähnliche Geburtswehen von etwas Neuem. Das Neue wird manchmal während eines ganzen Lebens vorbereitet, eigentlich ist es niemals ganz unwirksam oder tot und kommt dann einfach so vom Himmel gefallen. Gustav

Meyrink hatte sich den größten Teil seines Lebens mit dieser »Geburt« befaßt, ihr in immer neuen Worten Ausdruck verliehen, tastend und suchend. Dabei ging er auf eigene visionäre Erfahrungen zurück und schöpfte aus verschiedenen Informationsquellen. Es fällt in diesem Zusammenhang auf, daß der Akzent langsam von vornehmlich östlichen Philosophien zu westlichen Vorstellungen verlegt wurde, allerdings nicht zu sogenannten geheimen Lehren. Es sind »geoffenbarte Geheimnisse«. Und da stellt sich denn heraus, daß Meyrink am Ende seines Lebens und Werkes Farbe bekennt. Er stellt sich in die Tradition der westlichen Esoterik, genauer gesagt, des esoterischen Christentums.

Über Christus oder in christlichen Bildern sprach er anfangs selten oder niemals. Über Gott schwieg er sich aus, besser gesagt, er nannte sich selbst einen »Gottesverlierer«. Von Hermann Beckh wissen wir, daß Meyrink nur mit Mühe mit den christlichen Themen klarkommen konnte, theoretisch vielleicht schon, aber praktisch konnte oder wollte er sie offenbar (noch) nicht in sein Leben integrieren. In den beiden letzten Romanen gewinnen christliche Themen das Übergewicht, was im »Engel vom westlichen Fenster« kulminiert. Er ist ein Stück europäischer Geistesgeschichte in dichterischer Form und mit der nötigen dichterischen Freiheit. In Anbetracht des mitreißenden Charakters des Buches und seiner elektrisierenden Kraft ist deutlich, daß sich Meyrink in hohem Maße mit John Dee, dem angelsächsischen Faust, identifiziert hat.

Erst am Ende seines Lebens läßt sich Meyrink in aller Offenheit über Christus aus, gegenüber Freunden und Familie oder in Form von Tagebuchnotizen. Es handelt sich aber nicht um fromme Ergüsse oder metaphysische Betrachtungen, sondern erinnert viel eher an die Kraft der Sprache des Paulus nach Damaskus.[77]

»Heute am 7. August 1930, morgens um 10 Uhr, nach langer, qualvollster Nacht, fiel es mir plötzlich wie Schuppen von den Augen und ich weiß nun, was der Zweck alles Daseins in Wahrheit ist.
Nicht sollen wir durch Yoga uns selbst verändern, sondern wir sollen quasi einen Gott *bauen*, oder christlich gesprochen: ›Wir sollen nicht Christo nachfolgen, sondern ihn vom Kreuz abnehmen!‹
Den alten Mann, den ich immer in der Ferne sehe, soll ich also krönen und ihn mit Purpur bekleiden und ihn zum Herrscher meines Lebens machen. Ich sehe ihn jetzt auch gekrönt und im Purpurmantel! Je vollkommener *er* wird, desto eher wird er *mir* helfen. ER ist also dann der Adept und ich werde nur insofern daran teilnehmen, als er sich einmal mit mir verschmelzen wird, denn im Grunde ist er ja mein eigenstes Ich. ›Er wird wachsen, ich aber werde schwinden.‹ (Dies ist der Sinn der Rede des Täufers!)
Bisher war falsch und die Ursache alles meines Leidens, daß ich all das nicht klar wußte und glaubte: ›ich‹ müßte *mich* vervollkommnen, mich und nicht *ihn*! Die Tantrik-Übungen sind also wie alle Askese falsch, führen in den Abgrund und sind eigentlichste schwarze Magie!
Jetzt weiß ich auch, weshalb der alte Mann immer so unbeweglich war wie ein Bild! Eben, weil ich an mir arbeitete und nicht an ihm. Bo Yin Ra stellte es mir so dar, als müsse man sofort alles, was man in solcher Art findet, gewissermaßen verschlingen und sich von ihm nähren! Gerade umgekehrt! Der Alte ist also der Christos und wir

müssen ihn losbinden und ihn mächtig machen, dann erst kann er Wunder tun! Das Wundertun geht erst dann auf uns über, bis diese Schizophrenie aufgehoben sein wird und wir mit aufgesogen sein werden. Zum Beispiel die Konnersreutherin müßte den, den sie leiden sieht, geistig loszubinden trachten, statt immer mitzuleiden. Sie geht also immer im Kreis herum.
Alle diese Erkenntnisse müßte ich eigentlich jetzt in Romanform behandeln. Es wäre das denkbar interessanteste Thema. Vielleicht ändern sich bald unsere Verhält-

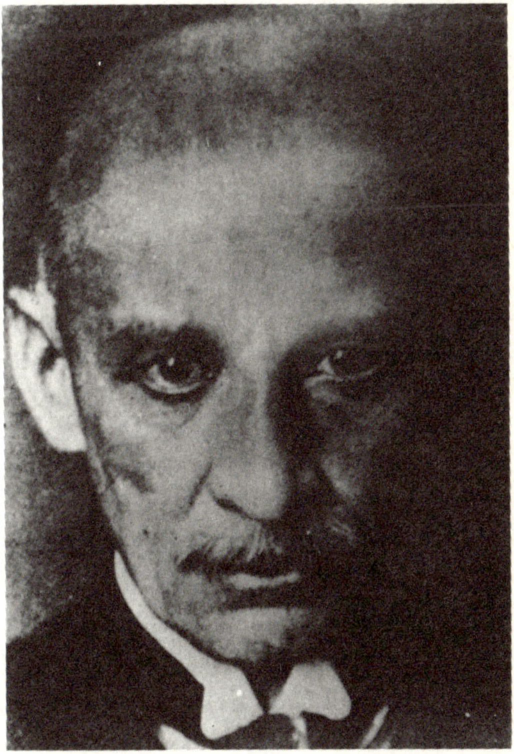

Letztes Photo von Gustav Meyrink

nisse, daß ich endlich so arbeiten werde können, wie ich es möchte.
Ich kann keineswegs alles das, was ich ein Leben lang hindurch in Yoga versuchte und tat, als Irrtum bezeichnen. Ich glaube aber, solche Mühen sind nötig, um das zu erkennen, was mir heute, am 7. August, klar geworden ist.«

Diese Passage spricht für sich. Zweierlei will ich aber dazu noch anmerken. Bei dem »alten Mann« könnte man an die populäre Gottesvorstellung eines alten Herrn mit langem Bart denken. Ich selbst fühle mich dabei an den gnostischen Ausdruck »Der sehr Alte« erinnert, der identisch ist mit »Dem Anderen«. Ein anderer Punkt, der mir auffiel, ist der Nachdruck, der auf das Datum gelegt wird (zwei Mal). Für Meyrink ist das ziemlich ungewöhnlich. Es gibt reichlich undatierte Briefe von ihm. Die ausdrückliche Nennung des Datums unterstreicht die große Bedeutung seiner »Umkehr«. Über diesen Text hinaus ist von Meyrink kein Tagebuch erhalten geblieben, auch keine anderen Notizen daraus. Er hat hier also ein einziges Mal eine Ausnahme gemacht. All diese Tatsachen zusammengenommen weisen darauf hin, wie einschneidend seine Erfahrung gewesen sein muß.
Von seinem Plan, den Inhalt dieses Umdenkens als Romanstoff zu verwenden, wurde nichts verwirklicht. Seine Gesundheit ließ das nicht zu, und die Zeit, die ihm noch blieb, war zu kurz. Er mußte außerdem noch einen anderen schweren Schlag verarbeiten, der seine Lebenszeit sehr verkürzte.
Im Winter 1932 erlitt sein Sohn Harro einen ernsten Skiunfall in der Umgebung von Garmisch. Er verletzte sich am

Rückgrat und wurde ungefähr ein halbes Jahr in einem Krankenhaus in München behandelt. Monatelang ertrug er ohne Klage die schlimmsten Schmerzen. Obwohl eine leichte Besserung eintrat und die Schmerzen etwas abnahmen, war doch klar, daß er niemals mehr gesund werden würde. Harro war ein junger Geologe und hatte kurz vor dem Unfall eine Anstellung bei einer Ölgesellschaft bekommen. Diese hätte er aufgeben müssen. Außerdem wollte er seiner Umgebung nicht länger zur Last fallen. Schmid-Noerr:

> »Und so ging er, schon an der Grenze seiner Heilbarkeit so gut wie angelangt, ohne ein andeutendes Wort, ohne eine Gebärde der Trauer, bis zur letzten Minute häuslicher Geselligkeit froh und fast glücklich gestimmt, nach Mitternacht aus dem Haus, lief an Stöcken eine Wegstrecke, ließ sich fern im Wald zum letzten Schlaf nieder unter furchtbar losbrechenden Wettern der Sturmnacht, und barg sich so gut, daß eine Woche verging, ehe man ihn weitab dem Umraum geliebter Menschen fand: mit dem friedlichen Lächeln auf dem Gesicht, mit dem er gestorben war, da ihm gelingen durfte, durch seinen Tod und die Art seines Todes niemanden, die Nächsten nicht und nicht die Freunde, belästigt zu haben. (...) Um dieses Lächelns willen fand man die Angehörigen getröstet.« [78]

Meyrink soll noch, umsonst, mit Hilfe seiner Hellsichtigkeit versucht haben, den Platz, wo Harro lag, ausfindig zu machen. Nach Mangoldt hat sich der Junge erschossen, eine andere Version ist, daß er Schlaftabletten nahm und sich dann die Pulsadern durchschnitt. Man fand schließlich die

Leiche des jungen Mannes in der Haltung, die Meyrink selbst beim Tod des Charousek im »Golem« beschrieben hat, das heißt, vornüber liegend, die Arme auf die Erde ausgestreckt, als brächte er eine Art rituelles Blutsopfer.
Der Selbstmord war ein Schock für Mena, Sybille und Meyrink selbst.
»Ein entsetzliches Unglück ist über meine Familie und mich gekommen, und ich bin mehr tot als lebendig«, schrieb er an van Eyck.[79]
Das Schockierendste für Meyrink muß gewesen sein, daß bestimmte Ereignisse, die er aus seiner Phantasie als Fiktion niedergeschrieben hatte, nun geschehen waren und ihn selbst in der Wirklichkeit trafen. Ausführlich schreibt Meyrink darüber in einem Brief an seinen Freund, den Verleger Oldrich Neubert:[80]

»Ich habe meinen Sohn gefunden und bin mit ihm vereint. Aber diese Vereinigung ist so ganz, ganz anders, als ich mir früher dachte, daß es sein könnte. Hätte man mir früher gesagt, daß es auf solche Weise zustande kommen würde, so wäre ich sehr traurig gewesen in meiner irdischen Blindheit, denn ich hätte gedacht, es sei zu wenig. In Wirklichkeit aber ist es grandios, wenn man es erlebt, daß man meint, es zerspringt einem das Herz. Ich kann es hier auf dem Papier gar nicht ordnen und muß schreiben ohne rechten Zusammenhang.
(...) Ich kann nicht sagen, es wurde mir mitgeteilt mit Worten von drüben, was ich tun solle, sondern es kam über mich wie ein wachwerdendes eigenes Wissen, das ich seit Jahrtausenden besessen habe, aber nur vergessen hatte. Zuerst erwachte ich in der Nacht und mir war, als müsse ich ein Glas Wasser trinken. Ich hatte gar

keinen Durst, und doch war es wieder Durst, aber ganz anders, als man sonst Durst verspürt. Ich trank ein Glas Wasser, aber ich mußte mich dazu zwingen, denn es schmeckte mir gar nicht. Dabei wurde mir plötzlich bewußt: mein Sohn hat Durst und ich trinke für ihn! Und dabei wurde mir plötzlich klar, die Verbindung mit ihm wird dadurch eingeleitet, nichts weiter! Die Elementale, die sich von seinem Leichnam auslösen und die mit ihm als irdische Bestandteile im Leben verschwunden waren, haben Durst und nicht *er* hat Durst!
Am nächsten Morgen wußte ich plötzlich, ich müsse seinen Hut aufsetzen, so wie im ›Golem‹ der Pernath den anderen Hut aufsetzt. Ich tat es mit der Vorstellung: jetzt bin ich gewissermaßen mein Sohn und er ist ich. (...) Sogleich erfuhr ich den wichtigsten Schlüssel, den man braucht, um mit den Toten in *wahre* Verbindung zu kommen: Das Motiv muß das richtige sein! (...) Und dieses Motiv muß also sein: ich muß dem Toten helfen. Nicht er soll mir helfen, nein, ich will und muß *ihm* helfen. (...) Dann kam plötzlich eine heiße Eingebung: bete mit aller Inbrunst zur Allmutter ISIS, der ägyptischen Göttermutter, von der es heißt, sie achtet weder irdische noch himmlische Gesetze, sie sieht nicht recht und nicht unrecht. Mit ihrer Liebe zerbricht sie jedes starre Gesetz, jedes Karma und alles. Und da habe ich das Gesicht nach Ägypten gewendet, innerlich geschrieen: Allmutter Isis, tu ein Wunder, ein unbegreifliches Wunder für meinen Sohn und meine Frau und meine Tochter, die Schwester meines Sohnes! Ich will nicht wissen, wie dieses Wunder sein wird und wenn ich dadurch zerschmettert werden sollte, es ist mir gleich, nur tu ein Wunder! Und das Wunder hat auch bald eingesetzt, es ist

noch lange nicht zu Ende, es geht immer weiter. Eine solche Flut von ungeheurem Wissen und von Erkenntnis ist mit einemmal über mich hereingebrochen, daß ich mich selbst gegen gestern nicht mehr wiedererkenne. Es ist, als sei mein gestriger Mensch gestorben und ein neuer Mensch auferstanden. Die Trauer um meinen Sohn ist spurlos fort. Wenn ich mit einer Handbewegung alles ungeschehen machen könnte, den Sturz beim Skilaufen und alles, ich täte es nicht, eher würde ich meine Hand im Feuer verbrennen. Ein ungeheures Glücksgefühl hat sich meiner bemächtigt. Ein Glücksgefühl, von dem ich früher nichts geahnt habe, daß es so etwas überhaupt geben könnte. (...)
Ich kann Dir nicht mit Worten beschreiben, wie beglükkend dies alles ist, ich wünsche Dir nur von ganzem Herzen, daß Du ein Gleiches erleben mögest. Wenn man die leeren Worte hört, dann meint man, ach, das ist viel zu wenig. Wenn man es aber nacherlebt, dann sieht man, wie blind, taub und stumm man vorher war. Aber auch die Außenwelt scheint sich bei mir zu verwandeln, mir ist, als sähe ich sie plötzlich ganz neu. Jedes Blatt, jeder Baum und jedes Tier ist mir neu. Mir ist, als sei ich plötzlich selber frisch und jung wie ein Kind und sähe mit den Augen eines fröhlichen Kindes die Natur. (...)
Ich vergaß noch zu sagen, als ich anfing, den Hut meines Sohnes aufzusetzen, – gewissermaßen um einen magischen Kontakt herzustellen –, stellte ich mir auch immer vor, wenn ich gegessen habe oder getrunken oder geraucht: er, – mein Sohn, – ißt und trinkt jetzt mit *meinem Mund*, ich leihe ihm meinen Mund und meine Augen und meinen Körper usw. – (...)
Seltsam ist auch: in der Nacht vom 12. Juli, in der Nacht,

als mein Sohn sich tötete, verließen mich mit einemmal die gräßlichen Schmerzen zwischen den Schultern, die mich bis dahin länger als einen Monat fast ununterbrochen gefoltert hatten, und ich war am Morgen erwacht als fast gesunder Mensch! Als mein Sohn noch in der Klinik lag, litt er schrecklich an den gleichen Schmerzen an derselben Stelle. Damals faßte ich ihn an der Hand und konzentrierte mich, sie ihm wegzunehmen. Gleich darauf war er frei von den Schmerzen und *ich* hatte sie statt dessen. Später, als er tot war, und ich die Verbindung mit ihm suchte, wurde mir die Erkenntnis: dieses Einswerden mit ihm ist ein ähnlicher Prozeß wie bei einem sogenannten Transfigurationsmedium, nur viel besser. So wie sich das Transfigurationsmedium sogar vorübergehend körperlich in den Toten verwandelt, ohne sich dessen aber selbst bewußt zu sein und dabei in Trance liegt, so verwandelte ich mich innerlich und wach und bewußt in meinen Sohn und wenn es wieder geschieht, so wird es immer vollkommener werden. (...)

Bei meiner Tochter, – obwohl ich mit ihr über meinen Sohn gar nicht gesprochen habe, hat sich bereits derselbe Zustand eingestellt wie bei mir. Sie sagte mir gestern abends, ich weiß nicht, was da plötzlich geschehen ist, ich fühle mich mit einemmal so unendlich glücklich, wie nie in meinem Leben. Ich trauere nicht mehr um ihn und bin so froh, daß er tot ist, – ich fürchte mich vor mir selber, denn das klingt ja wie gräßliche Gefühlsrohheit. Mein Schwiegersohn saß dabei und wurde blaß vor Entsetzen, denn er glaubte natürlich, meine Tochter sei wahnsinnig geworden. Ich mußte dabei an die Stelle im *Golem* denken, wo der Rabbi Hillel selig lächelt über den Tod seiner geliebten Frau und an die Stelle im *Grünen Gesicht* vom Umstellen der Lichter im Lazarus Eidotter. Ich frage mich nur: wie konnte ich damals, als ich diese beiden Romane schrieb, wissen, daß es so etwas gibt?«

Beim Lesen dieser Sätze mußte ich an eine kurze Passage aus dem Werk von Stefan Lubiënski denken, in dem er sieben Phasen auf dem Weg zur Liebe beschreibt, im besonderen das sechste Stadium:

»Im sechsten Stadium verlieren wir das Objekt unserer Liebe. Der von uns geliebte Mensch begegnet uns mit Undankbarkeit und Bosheit. Ein Freund verrät uns, jemand, den wir liebhaben, läßt uns im Stich. Ein Kind, dem wir alles aufgeopfert haben, wird uns durch den Tod entrissen. Zwischen uns und das, was wir mehr lieben als uns selbst, tritt unerbittlich der Tod. (...) Wir gehen durch die Qual entsetzlicher, vollkommener Einsamkeit, Nacht ohne Licht, ohne Hilfe. Das ist der kritische und entscheidende Augenblick. Wenn es uns dann glückt, alle inneren Kräfte in einem zentralen nicht meßbaren Punkt zusammenzufassen, wenn es uns gelingt, aus eigener Kraft ein Licht in der uns umringenden Finsternis zu entzünden (lux lucet in tenebris), wenn das Kreuz, an das unsere Seele genagelt ist, zu leuchten beginnt – dann wird die geistige Welt auch ihr Teil hinzufügen: die Gabe der Auferstehung.«[81]

Ich glaube, den Schluß ziehen zu können, daß Meyrink diesen kritischen abschließenden Moment durchkämpft hat. Der »Andere«, von dem er sagte, daß »Es« durch ihn hindurch schrieb, floß stets mehr mit ihm zusammen. Dichterische Phantasie, die er als eine Art Transfigurations-Medium niederschrieb, wurde Wirklichkeit. Schlagen wir nach im »Engel vom westlichen Fenster«.

> »Und sofort bin ich abermals in die zerfallene Küche in Mortlakecastle entrückt. Doch diesmal bin ich nur ein unsichtbarer Zeuge dort und nicht mehr selber John Dee.
> Ich sehe meinen Ahnherrn, oder die Larve, der man vierundachtzig Jahre vor seiner Geburt den Namen gab: John Dee, Baronet of Gladhill, auf seinem Lehnstuhl aufrecht gebettet am Backsteinkamin, mit erloschenem Blick nach Osten gewandt wie einen, der jahrhundertelang Zeit hat, zu warten. Ich sehe, wie wieder die Morgenröte aufsteigt über dem vermorschten und gänzlich in sich zusammengebrochenen Notdach über der Ruine jenes einst stattlichen Edelsitzes; sehe, wie die ersten Strahlen der Frühsonne über das heimlich lauschende, kaum tot zu nennende Gesicht huschen, und den Morgenwind mit den silberklaren Haarsträhnen des zurückgelehnten Hauptes spielen.«[82]

Es ist hier sicher angebracht, auf ein mögliches Mißverständnis hinzuweisen. Wenn Meyrink sich mit seinem toten Sohn »vereinigt« und wenn er dabei von einem ungeheuren Glücksgefühl spricht, so geht doch aus seinem Brief über dieses Ereignis deutlich hervor, daß nicht diese Vereinigung an sich, nicht die Freude über ein Wiedersehen, das Glück hervorgerufen hat. Nicht die Fähigkeit zur Vereinigung mit einem geliebten Toten oder Lebenden war das lebenslang angestrebte Ziel Meyrinks, ebensowenig hat diese Vereinigung als solche mit Lubiënskis sechster Stufe des mystischen Weges oder mit dem Christuserlebnis Meyrinks zu tun. Vielmehr ist die *anläßlich* dieses Vereinigungserlebnisses auftretende Erfahrung, daß überirdische Kräfte, die Christuskräfte, in einem Menschen wirken können, und wie sie wirken, das Entscheidende. Wenn Christus, der »Andere«, in einem Menschen wächst, während das alte Wesen zurücktritt, so stellt sich irgendwann einmal auch die Folge ein, daß dieser Mensch – durch die neuen Kräfte – anderen helfen kann. Wie Meyrink schreibt: »Das Motiv muß das richtige sein: ›ich muß dem Toten helfen‹.« Und diese Hilfe ist dann elementar, sie löst den Toten – oder den Lebenden – von seinem Karma, d. h. sie führt ihn in den Bereich der Christuskräfte, die alles Karma auflösen. Das beseligende Gefühl, das Meyrink bei der Vereinigung mit seinem Sohn überkam, war also nicht das Glück des Wiedersehens oder das bloße Glück, geholfen zu haben, sondern das Glück, gemeinsam mit dem Sohn in die Kräfte des Christus – oder, wie er es in diesem Zusammenhang nennt: in die Liebe der »Allmutter Isis« einzugehen, die »jedes starre Gesetz, jedes Karma und alles« zerbricht.

Möglicherweise war Meyrink auch durch sein eigenes Karma an seinen Sohn gebunden. Und durch seine »Hilfe« wurden er und sein Sohn vom Schmerz dieser gegenseitigen karmischen Verstrickung frei, gingen beide ein in die Ewigkeit.

Und beobachten wir nun, wie Meyrink starb. Ursula von Mangoldt:

> »Er war ein tief religiöser Mensch, konnte aber sehr zynisch über den Gott der Christen sprechen, der ihm

nichts bedeutete. Die letzte Nacht vor seinem Tode aber wandelte sein ganzes Leben.«[83]

Hans Ludwig Held:

»So war es selbstverständlich, daß unser letztes Gespräch um die Gnade ging, daß ihm, dem in der Zauberkraft seines reichen Lebens die mitleidende *Klarheit Buddhas* als der Weisheit Letztes erschienen war, der Gott eines tiefen Trostes, der freundliche, christliche Gott, der ihm in dem Gesichte einer liebevoll-beschwingten Vision versprach, der Sinn seines Leides und seiner Schmerzen, seiner Trauer um den so plötzlich dahingerafften Sohn solle sich in der Gnade eines himmlischen Wiedersehens erfüllen.«[84]

Albert Talhoff:

»Es ist Meyrinks letzte Nacht. Er hat solche Schmerzen, daß der Arzt Frau Meyrink rät, ein von ihm mitgebrachtes narkotisches Mittel in den Tee zu tun, den Meyrink als einzige Labung noch zu sich nahm. Meyrink fühlte diese Absicht sofort und sagte: ›Ich habe nur noch eine Bitte an euch, mich in meinem Sterben nicht zu stören. Gebt mir keine Narkotika.‹
Er wollte den Tod ›erleben‹, ihn nüchtern bis zum letzten Atemzug erfahren.«[85]

Schmid-Noerr:

»Dann sagte Meyrink: ›Geh' nun schlafen. Ich werde mit dem übrigen schon allein fertig. Ich muß den Kreuzweg zu Ende gehen.‹

Er saß in seinem Lehnstuhl und schwieg. Als der Morgen dämmerte, schob er sich selbst im Stuhl dicht zum Fenster. Von nun ab schaute er unverwandt dem Sonnenaufgang entgegen. Er streichelte noch ein paarmal tröstend die Hände der Seinen.«[86]

Albert Talhoff:

»Da fühlte er den Tod auf sich zukommen. Er wußte: jetzt muß sich die Frage meines ganzen Lebens lösen. Er raffte seine ganze geistige Kraft zusammen, um diesen Prozeß bis zu Ende ›zu kontrollieren‹. Aber da brach in ihm plötzlich eine Erscheinung auf. Er rief seine Tochter (an der er sehr hing) und sagte ihr: ›Sterben ist schwer. Der Tod ist das Vergänglichste des Lebens. Aber sieh, es gibt nur einen Gott: Christus!‹«

Schmid-Noerr:

»Dann spürten sie seinen Wunsch, allein gelassen zu werden. Sie begaben sich in den Nebenraum, der durch verhängte Türscheiben ein Beobachten des Schlafzimmers gestattete.
Jetzt zog sich der Sterbende das Hemd vom Leib und saß mit nacktem Oberkörper. Er breitete die Arme aus und atmete tief, regelmäßig und ruhig. Sein Blick fing die ersten Sonnenstrahlen auf. Fast unmerklich atmete er aus.«

Mena Meyrink:

»Der Tod meines Mannes, – ich nenne diese Größe des Sterbens Auferstehung – war für uns ein Hochamt an

Religion und Größe. – Seit dem erschütternden Tod unseres geliebten Buben hatte Gustl keinen Lebenswillen mehr – sein Geist war schon lang sehnend drüben – seine Augen wurden immer strahlender, sein Körper immer weniger. – Er sprach die Zeit überhaupt nicht viel – er saß immer so entrückt und schaute in die Fernen. – Am 2. Dezember um 11^{h} nachts sagte er mir wörtlich: Ich werde jetzt sterben, bitte rede es mir nicht aus, die

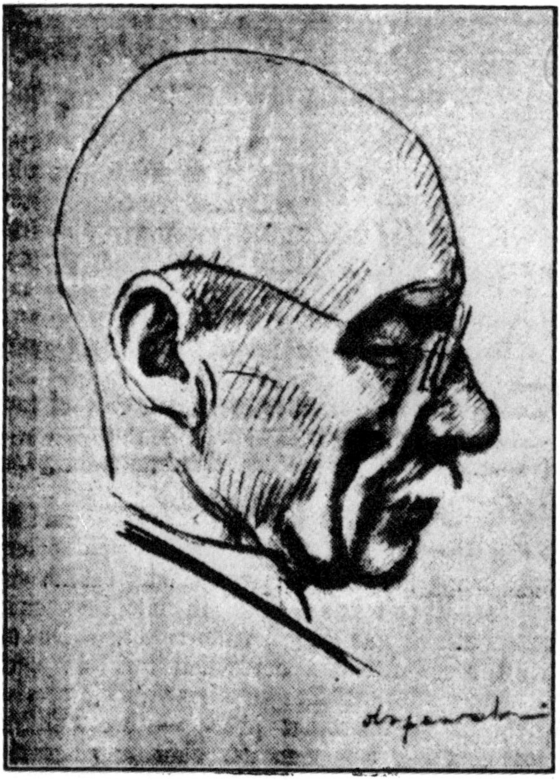

Gustav Meyrink. Porträt von Olszewski, kurz vor des Dichters Tod gezeichnet

Ablösung ist viel zu groß und wichtig – und bitte gib mir, falls ich noch so viel leiden sollte, keinerlei Betäubungsmittel – ich will aufrecht und bewußt hinübergehn. – Und so aufrecht, klar, ohne jede Klage, ohne Wimmern erwartete er den Tod. – Seine Augen wurden immer strahlender und um ½7^{h} früh am Sonntag d. 4. Dez. machte er den letzten Atemzug. In uns war eine erschütternde Freude, daß sich sein großer Geist so harmonisch losgelöst hat. Sein Körper ist zurückgeblieben, wie eine Larve – der Schmetterling ist zur Höhe geflogen. – So aufrecht wie er starb – so aufrecht bin ich geblieben. Sein Tod und auch der Tod meines Buben, er ging, auch so gehoben – fast mit Freude seinen Weg. – Sie sind mir ein Beispiel, daß der Tod nichts Schreckhaftes hat. – Trotz der großen Erschütterungen bin ich ja so reich! – den inneren Reichtum, den mir Gustl gegeben hat, kann mir nichts und niemand nehmen. Ich bin so seltsam froh verbunden mit ihnen ›drüben‹ und freue mich, weil ich jeden Tag ihnen näher komme. – Gustl ist aus Sehnsucht zu seinem Kind den Liebestod gestorben – er wäre uns jedem einzelnen nachgestorben – er hat uns zu stark geliebt. – Diese seine große Liebe wird Ihnen vielleicht mehr seinen Weg beleuchten, als andere Beispiele.«[87]

Mir scheint, daß manche der in diesen Berichten zum Ausdruck kommenden Urteile über den geistigen Zustand Meyrinks bei seinem Tod eines Kommentars bedürfen. So suggeriert z. B. die Bemerkung Ursula von Mangoldts, Meyrink habe im Tode doch noch zum »lieben Gott« gefunden, über den er sich zeit seines Lebens nur negativ geäußert hatte. Aber das ist nach allen seinen Lebenserfahrungen und den durch sie errungenen Erkenntnissen auszuschließen. Er hatte den bewußten Zugang zu den Kräften des Christus schon einige Zeit vorher gefunden, sein Tod war nur noch das bewußte Eingehen in diese Kräfte, während er sich vom Stoffkörper löste. Ebensowenig brachte ihm dieser Tod vor allem die »Gnade eines himmlischen Wiedersehens mit seinem Sohn«, wie Held formulierte. Wer aus den Christuskräften lebt, ist mit allen Menschen verbunden und bedarf des Trostes eines Wiedersehens nicht, da er, wie Meyrink in seinem Brief an Oldrich schreibt, keine Trauer mehr kennt. So ist er sicher auch nicht »aus Sehnsucht zu seinem Kind den Liebestod gestorben«, wie sich Mena Meyrink ausdrückt.

Als offizielle Todesursache wurde Urämie angegeben. Einer seiner letzten Wünsche war, daß ihm ein Arzt nach seinem Tod einen Gnadenstich ins Herz geben sollte, weil er wegen seiner vielen Yoga-Übungen befürchtete, als Scheintoter begraben zu werden. Am 7. Dezember 1932 wurde Gustav Meyrink in Starnberg begraben. Sein Freund Hans Ludwig Held hielt die Grabrede.[84]
Bald nach seinem Ableben besuchten Hermann Beckh und Wilhelm Kelber Mena Meyrink. Beckh erzählt, daß Meyrink den Tod nicht als etwas Tragisches ansah, sondern als einen Ehrendienst, als eine geistige Aufgabe. »Es war, als ob Meyrink das Entscheidende, wonach er in seinem Leben gerungen hatte, schließlich im Tode fand.« »Als ein Nachhausekommen zu Christus sehe ich diesen Tod, sehe ich den Tod an sich«, äußerte Mena Meyrink.
Während seines Besuches fühlte Beckh sehr stark die Anwesenheit des Verstorbenen, seine geistige Nähe. Rührend empfand er auch, wie die zwei kleinen Hündchen aus

Meyrinks Haus ihn nach seiner Verabschiedung noch eine Zeitlang begleiteten, als wolle Meyrink auf diese Weise von ihm Abschied nehmen.[88]
Der andere Besucher, Kelber, berichtet, daß Mena die ersten Tage nach seinem Tode sehr litt, daß aber dann bald eine glückliche Ruhe und Heiterkeit über sie kam, die sie als ein Geschenk ihres Mannes von »jener Seite« erfuhr.

> »Sie wohnt jetzt allein in einem kleinen wie verzauberten Häuschen am Starnberger See. Gleich am schmalen Treppenaufgang erwartet den Besucher eine Seltsamkeit, die in die Stimmung Meyrinkscher Romane versetzt. Da hängt ein Porträt Meyrinks von großer Eindrücklichkeit. Auf einer der sehr schönen Hände sitzt eine Spinne. Frau Mena erläutert: ›Der Gustl hat doch die Spinnen so gern g'habt und immer mit der Hand ang'faßt. Und da ist jetzt eine zwischen Glas und Bild hineingekrochen und grad auf der Hand ist sie hängengeblieben. Nirgends ist hinten am Bild eine Ritze. Ich kann gar nicht verstehen, wie die hineinkommen ist.‹«

Kelber faßt das Lebensende Meyrinks wie folgt zusammen:

> »Aus dem ganzen Zusammenhang seines Lebens konnte das nur so verstanden werden, daß er während der drei Tage seines Todeskampfes innere Wahrnehmungen hatte, die ihn seine Abneigung gegen das Christentum auf Erden überwinden und sich einer Macht zuwenden ließen, die ihm aus der Pforte des Todes entgegenkam.«

Alfred Kubin sagte einmal über ihn: »Ich kannte Meyrink sehr gut seit 1905, er war Okkultist und versicherte seiner

Frau (...), er werde nicht sterben.« Er ging hinüber, seine Larve ließ er zurück.
Elisabeth Castonier gegenüber äußerte er einmal, er habe Berta Eckstein versprochen, ihr nach seinem Tod zu erscheinen. Als sie darüber lachte, sagte er ernsthaft: »Ich weiß nur noch nicht genau, in welcher Gestalt.« Später hörte sie von Berta Eckstein den Verlauf. Diese saß in ihrem Garten, als plötzlich die Büsche rauschten und ein weißer Hund auftauchte, der Meyrinks Züge hatte. Sie schrie auf, rannte ins Haus, telefonierte nach Starnberg und erfuhr, daß Meyrink soeben gestorben war.[89]
Etwas Ähnliches erlebte Herbert Fritsche, der einige Jahre nach dem Tod Meyrinks ihm einmal in einer Stadt auf der Straße begegnete, Meyrink in seiner typischen Art zu laufen, in seiner typischen Haltung. Als Fritsche seinen alten Freund höchst erstaunt ansprach, gab Meyrink ihm ein Zeichen zu schweigen, bog um die Ecke und verschwand aus dem Gesichtskreis, obwohl Fritsche ihm noch einige Zeit auf dem Fuß folgte.[90]

Epilog

Das Grab Gustav Meyrinks habe ich nicht besucht. Mir scheint, daß er eine solche posthume Verehrung seiner Larve nicht sehr schätzen würde. Ich bin nicht dortgewesen, und doch möchte ich schwören, daß ebenso wie bei dem Großvater aus »J. H. Obereits Besuch bei den Zeitegeln«, dem »Filadelfischen Bruder«, auf seinem Grab steht: vivo.*

V	I
V	O

»Vivo – ich lebe; ein seltsamer Spruch für einen Grabstein.«[1]

Gustav Meyrink ist gut fünfzig Jahre tot, und die Irrtümer, die Mißverständnisse, die halben Lügen zirkulieren immer noch um seine Person. »Er hat ja aber auch sein Teil dazu beigetragen«, wird man einwenden. Ich möchte antworten: er hat uns eine moderne »Quästio«, ein Rätsel aufgegeben. Nicht eines, das dazu auffordert, das Unterste seiner persönlichen Intimitäten nach oben zu kehren oder seine schwachen und starken Seiten abzuschätzen. In dieser Erwartung sieht man sich bei ihm schnell betrogen. Nicht umsonst hat er dafür gesorgt, daß dieses Kapitel seines

* Anmerkung des Übersetzers: Das Grab Gustav Meyrinks befindet sich im städtischen Friedhof zu Starnberg. Von grünem Efeu umwuchert, leuchten tatsächlich auf dem Grabstein die vier Buchstaben in der angegebenen Anordnung.

Lebens so gut wie hermetisch abgeschlossen ist – es ist vorbei und vergangen. Was davon noch greifbar ist, habe ich, soweit es mir in das Ganze zu passen schien, wiedergegeben. Den Rest habe ich, ebenso wie sein Grab, in Ruhe gelassen. Er soll tot und begraben sein.

Das Rätsel, das uns Gustav Meyrink mit seinem Leben stellt, ist dasselbe, das er sich selbst stellte. Es lautet: wer ist der »Vermummte«, wer ist dieser Unsichtbare, der durch mich schreibt? Und da diese Frage sich nicht mit den Mitteln des Verstandes auflösen läßt, mußte sie anders formuliert werden: was muß ich tun, um diesen »Anderen« kennenzulernen? Wie kann ich mich mit ihm *vereinigen*?

Mir ging es darum, in dieser Biographie dieses Rätsel aufzugeben und die Antwort von den Tatsachen des Lebens Gustav Meyrinks erteilen zu lassen. In dem Augenblick, als der vom Schicksal geschickte Laufjunge den Reklameprospekt über das Leben nach dem Tod und Ähnliches unter seiner Tür durchschob, während Meyrink in einer schwarzromantischen Aufwallung seinen Revolver lud, in diesem Augenblick wurde nicht er, sondern der »sehr Alte« in ihm aus seinem Todesschlaf wachgerufen. Von diesem Augenblick an konnte Meyrink nicht anders, als den neuen, seltsamen Suggestionen, die zu ihm kamen, Gehör zu schenken. Von diesem Moment an begann der Zwiespalt zwischen dem alten, verbrauchten, nur zu gut bekannten Reich der Form, und dem anderen, unbekannten, noch ungeformten Zukünftigen. Jetzt ging es an ein Experimentieren und Suchen, Suchen und Experimentieren, mit höchsten Erwartungen, aber ebenso deprimierenden Ergebnissen: eine Enttäuschung nach der anderen. Nichts ist so lehrreich, wie mit leeren Händen dastehen zu müssen. Und in einem gegebenen Augenblick stand Meyrink buchstäblich mit leeren Händen da, ausgeplündert, erniedrigt, bankrott. Er ersetzte die plumpe Waffe des physischen Kampfes Mann gegen Mann durch die scharf geschliffene Waffe der Feder. Sein Talent entfaltete sich im Zuge der Abrechnung mit seinen Feinden, und erst als er sich alles von der Seele geschrieben hatte, verfügte er über die Offenheit, seine Begabung in den Dienst einer anderen Berufung zu stellen. Es war eine schwere Geburt, doch plötzlich überraschte ihn ein gigantischer Erfolg. Er stand im Rampenlicht größten Interesses, von Bewunderung und Ablehnung, ja man führte eine Art Krieg um ihn. Aber der Zwiespalt löste sich dadurch nicht, denn unaufhörlich erklang die Stimme des Unsichtbaren. Dieser ergriff seine Hand und führte sie beim Schreiben, ohne daß sein Bewußtsein oder sein freier Wille nur im mindesten beeinträchtigt wurden. Der Erfolg wurde ihm dann allmählich untreu. Da zog er sich zurück und fand lächelnd zur Ruhe. Die letzten Jahre waren ausgefüllt mit Yoga-Übungen, täglicher Meditation, der Abfassung populär-esoterischer Abhandlungen zur Milderung der chronischen Geldsorgen, oder Segelfahrten über den Starnberger See.

Aber eines schönen Tages wurde auch dies schal, allzu vertraut. Es sah so aus, als ob Meyrinks Schicksal noch einmal in Galopp verfallen wollte. Eines seiner geliebten Kinder wurde aus dem Leben gerissen. Wieder wurde ihm etwas sehr Wertvolles aus den Händen geschlagen. Von da an wehrte er sich nicht mehr gegen den Tod. Jetzt war der Tod für ihn »der Kuß Gottes«, wie das Buch Sohar ihn nennt.

Ein überraschender, tiefer Schock kann betäuben, er kann aber auch eine Binde von den Augen reißen. Auf einer Bergwanderung glitt Gustav Meyrink einmal unversehens aus und fiel in die Tiefe. Da durchfuhr ihn ein Ausspruch des Buddha: »Vom Herzen gehn die Dinge aus.« Meyrink erzählte später, diese Eingebung sei seine Rettung gewesen. Sie versetzte ihn in einen derart wachen Zustand, daß er, ohne etwas zu brechen, unversehrt unten aufkam. Über das Herz, das Kernprinzip, das die Chinesen den »Diamantleib« nennen, schrieb er einst:

> »Im Tagleben schlägt das Herz, während der Träume schlägt das Herz, bei Schlaganfällen schlägt das Herz, bei Halluzinationen schlägt das Herz, und sein Klopfen gibt den Takt zu einer magischen Musik, die wir das Menschenschicksal nennen können. Was erleben wir aber, wenn das Herz einmal still steht? Ein solcher Stillstand kommt meist so plötzlich, daß wir uns dessen nicht bewußt werden und nur das Würgen der Todeshand fühlen. Aber in dieser kurzen ›Pause‹ kann uns in Wirklichkeit ein ganz und gar verborgenes, uns bis dahin unbewußt gebliebenes Leben zu Bewußtsein kommen, ein Leben, von dem der gewöhnliche Mensch nicht einmal eine Vermutung hat. Es ist ein Leben, worin sich Jahre unserer äußeren Zeitwahrnehmung zu einer Sekunde verdichten. (...) Diese Erfahrungen sind wie Meteore, die aus einem anderen unbekannten Kosmos in unsere Atmosphäre niederfallen.«

Ein Schock ist eine derartige »Pause«. Die Tretmühle steht plötzlich still. Meyrink hat mehrmals solche Schocks erfahren – schon deshalb, weil sich jede Entwicklung schockartig vollzieht –, und bei jedem Meteoreinschlag wurde der »Unsichtbare« kräftiger, bis die Entwicklung schließlich an einem Punkt angekommen war, wo sich im Zwiespalt die Waagschale neigte. In den Worten von Albert Talhoff:

»Der aus den Rätseln zur Stille sich sehnende Geist war die führende Macht in Gustav Meyrinks Leben. (...)
Als gebe es keinen anderen Sinn, als nur den einen: ganz und selbstlos aufzugehn im reifenden Gehorsam der eingesäten Saat, als sei die irdische Pflanzung nur Wurzel eines zu höherem Dasein sich formenden Wachstums.« [2]

Dieses Samenkorn ist ins Herz gesät, ins Kernprinzip des »Anderen«, und dieses Saatkorn ist das einzige, was bleibt, wenn es aus der Latenz aktiv geworden ist und zu strahlen beginnt.

»Wenn ich schreibe, geschieht es, um das ›Andere‹ in mir loszuwerden«, sagte Meyrink einmal.

Wer die äußeren Fakten von Meyrinks Biographie zur Kenntnis nimmt, kann leicht den inneren Zusammenhang seines Lebens entdecken: das Erwachen, das Wachsen, das Freiwerden und das Selbständigwerden eines anderen Bewußtseins und einer anderen Beseelung. Die äußere Signatur ist die Suche, manchmal als zaghaftes Klopfen, manchmal als gewaltsames Drängen. Sie wurde zur treibenden Kraft seines Lebens. Die Wahrheit wollte er erobern, die Freiheit wollte er erlangen. Die Literatur war dabei seine Plattform, das Medium, durch das er andere Zeuge seines Kampfes sein ließ.
In seinen Büchern steht also nicht die Wahrheit. Man kann sie sich nicht zeitweise ausborgen, um sie in Buchstaben zu

fassen. Für Meyrink war die Wahrheit eine Kraft, eine magnetische Kugel, in der das neue Bewußtsein erwachsen werden und woraus es selbständig schöpfen konnte. Freiheit hatte für ihn Bezug auf eine neue Beseelung, ein neues System mit immer wachsendem Aktionsradius und einem autonomen Stoffwechsel. Konkret bedeutete dies das Durchschneiden der Fäden der Marionette.

Das Ende seines Lebens, der letzte Abschnitt von zwei, drei Jahren stellt eine Kulmination dar, eine grandiose Beschleunigung und Vertiefung. Man kann diese Phase, die meiner Meinung nach das hellste Licht auf das Phänomen Meyrink wirft, höchstens annähernd begreifen. Sucht man nach einem Begriff, der am besten darauf paßt, so dürfte dies »Verwirklichung« sein, nicht so obenhin, nicht mystisch, sondern konkret, bis in alle Details. Zentral dabei steht sein Christus-Bekenntnis. Das ist die größte Rätselfrage seines Lebens, die mir begegnet ist, und ich betone dies hier mit Nachdruck, weil mir klar geworden ist, daß man bisher diese Frage unter den Teppich gekehrt hat. Das hat zu den vielen ärgerlichen Mißverständnissen und Halbwahrheiten um Meyrink geführt. In einem literaturwissenschaftlichen Buch, in dem auch Meyrink behandelt wird, heißt es: »Meyrink war seit langem Buddhist, glaubt man.« Und im Nachwort zur Übersetzung eines seiner Romane steht: »Er starb als Buddhist.« Erst weiß man es nicht genau, und am Schluß ist man sich sicher. Es ist wie bei einem Gesellschaftsspiel, bei dem man dem Nachbarn einen bestimmten Satz ins Ohr flüstert und so fort. Das Spiel führt zu verblüffenden Ergebnissen.

Die Quellen, die sich auf das Christus-Bekenntnis beziehen, sprechen für sich. Ohne Verständnis für den inneren Zusammenhang und die Entwicklung des äußeren Lebens

wäre es ein unlösbares Rätsel, wie Meyrink, von dem es hieß, er könne an den Gott der Christen nur mit Zynismus denken, zu guter Letzt diese Kehrtwendung um 180 Grad vollzog. Es wäre zu einfach anzunehmen, er sei in seiner Sterbestunde in die Arme der Kirche zurückgeeilt, aus der er ausgetreten war, oder daß er auf der Schwelle zum Tod in einer frommen Aufwallung doch die Wahl für einen sicheren orthodoxen Glauben traf, um vielleicht in den Hafen des Himmels der Christen einzulaufen. Es gibt genügend Künstler, die nach langen »Irrwegen« in den Schoß der heiligen Kirche mit Ritus und fester Tradition zurückkehrten – es gibt zahlreiche Beispiele dafür. Nichts weist aber darauf hin, daß dies auch bei Meyrink der Fall war.
Ich glaube, der Schlüssel für des Rätsels Lösung ist in derjenigen Kraft und in demjenigen Leben zu finden, die senkrecht, als vierte Dimension, auf dem uns bekannten Leben stehen, und die in einem Augenblick der Stille wie ein Meteor herniederschießen können. Der Christus, dem sich Meyrink schließlich zuwandte, ist nicht der Schmerzensmann am Kreuz, wie er in Kirchen und Küchen oder am Wege hängt, sondern der höchste Repräsentant und Träger des »anderen Lebens«. Der Christus, der gesagt hat: »Mein Reich ist nicht von dieser Welt.«
Vieles, wenn nicht alles von dem, was Meyrink als visionärer Dichter niederschrieb, hat er auch verwirklicht.

»Vor dem Morgenrot ewiger Gegenwart, die jedem Sterblichen so selbstverständlich dünkt wie das eigene Gesicht und doch so urfremd ist wie das eigene – Gesicht, verbleichen alle Schemen, auch die der leiblichen Qual. (...)
Er sieht, daß er wieder daheim im Park seiner Jugend ist.

Eine Wanderung durch die Nebel des Lebens im großen Kreise umher!
Tiefe Zufriedenheit beruhigt sein Herz, Furcht und Grauen sind ausgetilgt, er ist versöhnt mit den Toten und den Lebenden und mit sich selbst.
Das Geschick birgt fortan keine Schrecken für ihn, nicht in der Vergangenheit und nicht in der Zukunft.
Der goldne Kopf der Zeit hat nur mehr ein einziges Gesicht: die Gegenwart als Gefühl nie endender seliger Ruhe kehrt ihm ihr ewig junges Antlitz zu. (...)
Der Gedanke, daß alles, was sich bewegt, sich zum Kreise schließen muß, daß auch er ein Teil des großen Gesetzes ist, das die Weltenkörper rund macht und rund erhält, bekommt etwas unendlich Tröstliches für ihn; klar erfaßt er den Unterschied zwischen dem Satanszeichen mit den ruhelos laufenden vier Menschenbeinen und dem stillstehenden aufrechten Kreuz. –«[3]

In der Einleitung habe ich geschrieben: Meyrink wird wieder aktuell. Während ich dieses Buch schrieb, erfuhr ich, daß sich vor etwa einem Jahr das handgeschriebene Originalmanuskript des »Weißen Dominikaners«, das immer als verschollen galt, in der Bibliotheca Philosophica Hermetica in Amsterdam eingefunden hat. Es liegt dort also jetzt nicht nur ein Teil von Meyrinks Nachlaß, sondern auch sein Fluidum. Es wurde dort als Geschenk des »Unsichtbaren« in Empfang genommen. Für mich ist das eine aktuelle Bekräftigung der Worte:

»Er war« (und ist, könnte man hinzufügen) »hüben und drüben ein lebendiger Mensch.«

Anmerkungen

Allgemeines

Die folgenden Bücher werden in den Quellenangaben mit römischen Ziffern I bis V bezeichnet:

I. Gustav Meyrink, *Das Haus zur letzten Latern.* Nachgelassenes und Verstreutes, herausgegeben von Eduard Frank, München 1973.

II. Gustav Meyrink, *Fledermäuse. Erzählungen, Fragmente, Aufsätze,* herausgegeben von Eduard Frank, München 1981.

III. Manfred Lube, *Gustav Meyrink, Beiträge zur Biographie und Studien zu seiner Kunsttheorie,* Dissertation, Graz 1980.

IV. *Gustav Meyrink,* herausgegeben von Yvonne Caroutch, Edition l'Herne, Paris 1976.

V. Mohammad Qasim, *Gustav Meyrink, Eine monographische Untersuchung,* Dissertation, Stuttgart 1981.

Die in den Quellenangaben erwähnten »Meyrinkiana« sind ein Teil des Nachlasses von Gustav Meyrink in der Handschriftensammlung der Bayerischen Staatsbibliothek in München.

Einleitung

1. William R. van Buskirk, *The bases of satire in Gustav Meyrinks Work,* Dissertation, Michigan 1957.
2. Eduard Frank, *Gustav Meyrink, Werk und Wirkung,* Büdingen-Gettenbach 1957.
3. III.
4. IV.
5. V.
6. V, S. 33.
7. Es handelt sich um eine Kassette mit Meyrinks Romanen und Erzählungen, Langen Müller, München 1982.

Kapitel 1

1. Nach der Zeittafel in IV, S. 13 war die Mutter 25 Jahre alt. Frank (in I, S. 7) spricht von 27 Jahren.

2. IV, S. 13.
3. Idem 2, S. 15.
4. Viktor Schweizer, *Der Bürgerschreck von Prag,* in: Hannoversches Tageblatt vom 7. Dezember 1932, und Gustav Kauder, *Meyrink gestorben,* in: BZ am Mittag vom 5. Dezember 1932.
5. Meyrinkiana.
6. F. A. Schmid-Noerr, *Erinnerung an Gustav Meyrink,* in: Münchner Neueste Nachrichten vom 5. März 1932.
7. Hans Arnold Plöhn, *Zur achtzigsten Wiederkehr des Geburtstages Gustav Meyrinks am 19. Januar 1948,* in: Der Zwiebelfisch, Jahrgang 1948–1949, Nr. 8, S. 7–9.
8. Eduard Frank, *Gustav Meyrink, Werk und Wirkung,* Büdingen-Gettenbach 1957.
9. Psycho-analytische Analysen findet man u. a.:
   – Eduard Frank, *Gustav Meyrinks Leben und Werk im Lichte der Grenzfragenpsychologie,* in: Neue Wissenschaft, Basel 1955.
   – Carl Gustav Jung, *Psychologie und Dichtung,* in: Philosophie der Literaturwissenschaften, hrsg. von Emil Ermatinger, Berlin 1930, S. 319.
   – *Meister Leonhard:* in II, S. 25.
10. Max Pulver, *Erinnerungen an eine Europäische Zeit,* Zürich 1953, S. 72.
11. Meyrinkiana.
12. S. G. Hablitz, *Die Charakteranalyse auf psychologischer und kosmobiologischer Grundlage,* Zürich 1949, S. 121–149.
13. Idem 6.
14. III, S. 218. Siehe auch 3.
15. Idem 14.
16. Aus einem undatierten Brief von Mena Meyrink an »Bill« (wahrscheinlich William van Buskirk) in Meyrinkiana.
17. Roda Roda, in: Vossische Zeitung Nr. 340, 1933.
18. Idem 16.
19. Idem 4.
20. Paul Leppin, *Bankier Meyer, Erinnerungen an Gustav Meyrinks Prager Zeit,* in: Zeit im Bild 1932, Nr. 8, S. 4–5.
21. Max Brod, *Streitbares Leben,* München 1960, S. 214, 237 und 291–305.
22. *Meine einzige politische Chance, Erinnerungen eines Wüstengreises,* in: Tempo 1928, Nr. 44.
23. Paul Leppin, *Severins Gang in die Finsternis,* München 1914, S. 41–42.

»Es war etwas Unklares und Unergründetes in der Person des jungen Studenten, das Severin anzog und seine Gesellschaft suchen ließ. Niemand wußte etwas Genaues über Nikolaus zu berichten, der vor ein paar Jahren nach Prag gekommen war und an der Universität die philosophischen Fächer studierte. Auf den Sportplätzen auf dem Belvedere sah man ihn beim Fußballspiel und beim Tennis, und man begegnete ihm in den Bootshäusern der Ruderklubs an der Moldau. Abends saß er in den Kaffeehäusern der Stadt, spielte stundenlang Schach mit allerhand Leuten und trank zwischendurch aus einem dünnen Strohhalme ungezählte Gläser Schwedenpunsch. Man wußte, daß er reich war, eine große und wertvolle Bibliothek besaß, mit Künstlern Umgang pflegte und okkultistische Liebhabereien betrieb.«

24. Idem 21.
25. Idem 20.
26. Idem 4.
27. *Die geheimnisvolle Stadt,* in: I, S. 162.
28. *Die Stadt mit dem heimlichen Herzschlag,* in: I, S. 157.
29. Gustav Janouch, *Gespräche mit Kafka,* Amsterdam 1965, S. 75.
30. *Der Lotse,* in: I, S. 286.
31. *Meine Erweckung zur Seherschaft,* in: Merlin Nr. 3 (1949). Auch in IV, S. 113.
32. Paul Leppin, *Der Okkultist Meyrink,* in: Deutsche Zeitung Bohemia vom 6. Dezember 1932.
33. *An der Grenze des Jenseits,* in: I, S. 372.
34. Albert Talhoff, im Vorwort zu *»Der Golem«*, Rascher, Zürich 1946.
35. *Das Zauberdiagramm,* in: I, S. 264, und *Die Verwandlung des Blutes,* in: II, S. 252.
36. Im Vorwort von Gustav Meyrink zur Übersetzung des Romans *Dhoula Bel* von P. B. Randolph, Wien 1922.
36a. *Der Weiße Dominikaner,* S. 194.
37. *Haschisch und Hellsehen,* in: I, S. 245.
38. Notizen in den Meyrinkiana.
39. Idem 30.
40. *Magie im Tiefschlaf,* in: I, S. 274.
41. *Magie und Hasard,* in: I, S. 257; *Das Zauberdiagramm,* in: I, S. 264; *Wie ich in Prag Gold machen wollte,* in: I, S. 293.
42. *Alchimie oder die Unerforschlichkeit,* in: I, S. 302.
43. *Fakirpfade,* in: I, S. 232.
44. Aus: *Unsterblichkeit,* in: II, S. 296.

45. Nach Lube (III) ist es 1893. Andere Quellen (I und IV) geben an: 1892.
46. Fritz von Herzmanovsky-Orlando, *Eine Meyrink-Anekdote,* in: Gesammelte Werke, München-Wien 1957. Teil 4, S. 61–62.

Kapitel 2

1. Francis, *Meyrink erzählt von seinem Leben,* in: Hannoverscher Anzeiger vom 18. Oktober 1931.
2. IV, S. 13.
3. Ursula von Mangoldt, *Auf der Schwelle zwischen Gestern und Morgen,* Weilheim 1963, S. 96–100.
4. Egon Erwin Kisch, *Mann ist Mann oder die Verwandlung des Bankiers Meyer,* in: Prager Pitaval, Berlin-Weimar 1975, S. 286–288. Die Angelegenheit kam vor den »Ehrenrat«, einen Ausschuß des Offizierskorps. Am 22. August 1910 brachte Meyrink ein Leumundszeugnis der Polizei bei, des Inhalts, daß nichts Nachteiliges gegen ihn vorläge. Während er mit diesem Zeugnis den Vorstand des Ehrenrates einer Lüge bezichtigte, wandte er sich gleichzeitig an die »Verfasser des Ehrenkodex«. Von ihnen (Hauptmann, Hergesell und Barbasetti) erhielt er die Bestätigung, daß das Urteil des Ehrenrates ungültig sei. Hergesell, selbst Angehöriger des Offizierkorps, widerrief seine Aussage später. Der Vorstand des Ehrenrates, Kapitän Budiner und ein Offizier namens Heller, gewannen unterdessen einen Prozeß gegen Meyrink wegen Beleidigung. Der Name Dr. Bauer wird in einer der Akten des Falles in den Meyrinkiana erwähnt, worin Meyrink schreibt, daß »der Arzt Dr. Bauer mich in der Zeit, als er wußte, daß ich gefährlich krank war, und mich deshalb für wehrlos hielt, hinter meinem Rücken schwer beleidigte«.
5. *Der Prager Bankier G. Meyer, Zur Erinnerung an eine Verhaftung,* in: Prager Tageblatt vom 21. Januar 1927. Hintergrundinformation über Olič: *Ein tschechischer Revolutionär,* in: Schlesische Zeitung vom 6. Dezember 1932.
6. Paul Leppin, *Bankier Meyer. Erinnerungen an Gustav Meyrinks Prager Zeit,* in: Zeit im Bild 1932, Nr. 8, S. 4–5.
7. *Verhaftung des Bankgeschäftsinhabers Meyer,* in: Bohemia vom 19. Januar 1902.
8. Idem 6. Nach Leppin war der falsche Zeuge ein Strohmann ungarischer Herkunft. Andere Quellen sprechen von einer Frau unbekannter Identität.

9. William R. van Buskirk, *The bases of satire in Gustav Meyrinks Work,* Michigan 1957, S. 21.
10. Idem 5.
11. In *Der Lotse,* in: I, S. 286.
12. Arnold Waldstein, Vorwort zur französischen Ausgabe von *Das Wachsfigurenkabinett (Le Cabinet des Figures de Cire),* Paris 1976.
13. *Izzi-Pizzi,* erschienen im Simplicissimus vom 5. Mai 1902, später im Sammelband *Der Heiße Soldat,* 1903.
14. Idem 6.
15. *Prag,* erschienen in *März*, 1. Jahrgang, Teil 1, 1907. Im Sammelband *Des deutschen Spießers Wunderhorn*, 1913; *Das ganze Sein ist flammend Leid,* erschienen in: Simplicissimus vom 15. September 1902, im Sammelband *Der Heiße Soldat*, 1903.
16. Meyrinkiana.
17. *Die Tretmühle,* unveröffentlichtes Typoskript in den Meyrinkiana, gesammelt in einer Privatausgabe von R. Karle, Königswinter 1974.
18. Über die Ursache seiner Krankheit siehe auch *Die Verwandlung des Blutes,* in II, S. 241 ff.
19. Paul Leppin, *Severins Gang in die Finsternis,* München 1914, S. 41–42. Eine andere dichterische Transposition stammt von Thomas Mann in der Novelle *Tonio Kröger*, Frankfurt a. M. 1970, S. 34–35:

    »Man weiß, daß Künstler leicht verletztlich sind – nun, man weiß auch, daß dies bei Leuten mit gutem Gewissen und solid gegründetem Selbstgefühl nicht zuzutreffen pflegt ... Sehen Sie, Lisaweta, ich hege auf dem Grunde meiner Seele – ins Geistige übertragen – gegen den Typus des Künstlers den ganzen Verdacht, den jeder meiner ehrenfesten Vorfahren droben in der engen Stadt irgendeinem Gaukler und abenteuernden Artisten entgegengebracht hätte, der in sein Haus gekommen wäre. Hören Sie folgendes. Ich kenne einen Bankier, einen ergrauten Geschäftsmann, der die Gabe besitzt, Novellen zu schreiben. Er macht von dieser Gabe in seinen Mußestunden Gebrauch, und seine Arbeiten sind manchmal ganz ausgezeichnet. Trotz – ich sage »trotz« – dieser sublimen Veranlagung ist dieser Mann nicht völlig unbescholten; er hat im Gegenteil bereits eine schwere Freiheitsstrafe zu verbüßen gehabt, und zwar aus triftigen Gründen. Ja, es geschah ganz eigentlich erst in der Strafanstalt, daß er seiner Begabung inne wurde, und seine Sträflingserfahrungen bilden das Grundmotiv in allen seinen Produktionen. Man könnte daraus mit einiger Keckheit folgern, daß es nötig sei, in irgendeiner Art von Strafanstalt zu Hause zu sein, um zum Dichter zu werden. Aber drängt sich nicht der Verdacht auf, daß seine Erlebnisse im Zuchthaus weniger innig mit den Wurzeln und Ursprüngen seiner Künstlerschaft verwachsen gewesen sein möchten als das, was ihn hineinbrachte? – Ein Bankier, der Novellen dichte, das ist eine Rarität, nicht wahr? Aber ein nicht krimineller, ein unbescholtener und solider Bankier welcher Novellen dichtete, – das kommt nicht vor....«

20. III, S. 135. Ein Fragment dieser Erzählung wurde erstmalig abgedruckt in, Gustav Meyrink, *Gesammelte Werke,* Leipzig – München 1917. Siehe auch: II, S. 327 und 345.
21. Oskar A. H. Schmitz, *Dämon Welt,* München 1926, S. 264–266.
22. F. A. Schmid-Noerr, *Im Haus zur letzten Latern,* in: Münchner Neueste Nachrichten vom 17. Januar 1928.
23. *Das grüne Gesicht,* 72–73.
24. Franz Werfel, in: Bohemia, 1912.
25. Viele Jahre später sagte Meyrink in einem Interview (Prager Tageblatt vom 2. Juni 1922): »Wenn jemand mich fragte: Würden Sie gerne wieder in Prag sein, so würde ich antworten: Ja, aber nur in der Erinnerung, in der Wirklichkeit keine Stunde.«
26. *Honni soit qui mal y pense,* in: Orchideen, 1904: *Das – Allerdings,* in: *Das Wachsfigurenkabinett,* 1907; *Der Wahrheitstropfen,* in: *Des deutschen Spießers Wunderhorn,* 1913.
27. Brief von Mena Meyrink (wahrscheinlich an Buskirk) vom 2. Dezember ohne Jahresangabe (Meyrinkiana). Buskirk erzählt auch, wie Mena durch einen Tischnachbarn auf ihren späteren Ehemann aufmerksam gemacht wurde: »Hab nichts mit ihm zu schaffen, er ist ein schwarzer Magier.« (Van Buskirk, S. 16) Aus der gleichen Quelle: Am 4. September sollen sie und Gustav Meyrink sich heimlich verlobt haben.
28. Roda Roda, in: Prager Tageblatt vom 6. Dezember 1932, und Paul Wiegler, *Gustav Meyrink gestorben,* in: Die literarische Welt, 1932, Nr. 51, S. 1–2.
29. Dr. Karl Gustav Bittner, *Dem Andenken Gustav Meyrinks* (ohne Erscheinungsdatum).

Kapitel 3

1. In: *Meine einzige politische Chance, Erinnerungen eines Wüstengreises,* in: Tempo, 1928, Nr. 44.
2. II, S. 209.
3. Ladislaus Frank, *Geschichte um Meyrinks Tod. Er nimmt seinen Todfeind mit in den Tod,* in: Das 12-Uhr-Blatt (Berlin) vom 6. Dezember 1932.
4. *Die Schwarze Kugel,* in: Simplicissimus vom 4. Mai 1903, im Sammelband *Orchideen,* 1904.
5. *Jörn Uhl,* in: Simplicissimus vom 13. April 1903, im Sammelband *Orchideen,* 1904, *Hilligenlei,* in: Simplicissimus vom 24. September 1906, im Sammelband *Des deutschen Spießers Wunderhorn,* 1913.
6. III, S. 47–48.
7. In diesen Jahren war Meyrink fester Mitarbeiter. Er lieferte für fast jede Nummer eine Erzählung. Nach 1909 wurden die Publikationen seltener, zogen sich aber noch bis zum Jahre 1926 hin. Einmal hat Thomas Mann, der damals Redakteur beim Simplicissimus war, einen Beitrag Meyrinks redigiert. Er wollte das Stück nicht aufnehmen, da er Gefängnisstrafe für Meyrink befürchtete. Um welches Stück es sich dabei handelte, ist nicht bekannt.
   (Quelle: Max Krell, *Das alles gab es einmal.* Frankfurt a. M. 1961, S. 44–45).
8. Äußerung Meyrinks gegenüber Karl Bittner, zitiert in: Eduard Frank, *Gustav Meyrink, Werk und Wirkung,* Büdingen-Gettenbach 1957, S. 14.
9. In: Der liebe Augustin, 1. Jahrgang, 1904–1905, Teil 1, S. 8. Meyrink selbst umriß später ergänzend sein eigenes Programm. Es war seine Absicht, »das Beste auf literarischem und graphischem Gebiet zu bringen. Freie, ungeknebelte Phantasie, Humor und Satire (...) nichts Gezwungenes, nichts Gemeines oder Triviales; größte künstlerische Freiheit für alle Mitarbeiter! Verdiente es so ein Blatt nicht, vom Publikum freundlich aufgenommen zu werden?«
10. Aus einem Brief Meyrinks an Richard Teschner vom 18. März 1913. Siehe auch III, S. 31.
11. III, S. 35–39.
12. Brief Meyrinks an Roda Roda vom 6. Mai 1913. Roda Roda war das Pseudonym des ungarischen Offiziers Sandor Rosenfeld.

13. Nach seiner Prager Zeit hatte Meyrink sein Leben lang Schulden, darunter beträchtliche Summen aus seiner Zeit als Bankier, die er noch in den zwanziger Jahren abzahlen mußte. In diesen Jahren machte er auch Schulden bei Verlegern, z. B. 30000 Mark beim Kurt Wolff Verlag.
14. Janouch, *Gespräche mit Kafka,* Amsterdam 1965, S. 171.
15. Kurt Wolff, *Autoren, Bücher, Abenteuer,* Berlin 1967, S. 17–19.
16. Brief Meyrinks an Hermann Hesse vom 18. Mai 1920 (? – Datum unsicher).
17. Die Übersetzungen bezogen sich auf sieben Werke von Dickens.
18. Arnold Waldstein, Vorwort zu *Le Cabinet des Figures de Cire,* Paris 1976.
19. Hans Arnold Plöhn, *Zur achtzigsten Wiederkehr des Geburtstages Gustav Meyrinks am 19. Januar 1948,* in: Der Zwiebelfisch, 25. Jahrgang, 1948–1949, Teil 8, S. 7–9.
20. Roda Roda, in: Prager Tageblatt vom 6. Dezember 1932.
21. Max Pulver, *Erinnerungen an eine Europäische Zeit,* Zürich 1953, S. 37–39.
22. Karl Wolfskehl, *Gustav Meyrink aus meiner Erinnerung,* in: *Briefe und Aufsätze,* München 1966, S. 200–203.
23. Erich Mühsam, *Namen und Menschen, Unpolitische Erinnerungen,* Leipzig 1949, S. 100–101 und 225–226. Außerdem besuchte Meyrink bei Gelegenheit den durch Arthur Kutscher ins Leben gerufenen Kreis Das Junge Krokodil im Münchner Ratskeller.
24. Notizen in Meyrinkiana.
25. III, S. 87.
26. III, S. 114–115.
27. Brief Mena Meyrinks an den Albert Langen Verlag vom 18. Januar 1914 und Brief Mena Meyrinks an Kurt Wolff vom 13. Februar 1914.
28. Meyrinkiana.
29. I, S. 41–144.
30. Oskar Kokoschka, *Mein Leben,* München 1971, S. 103.
31. Ursula von Mangoldt, *Auf der Schwelle zwischen Gestern und Morgen,* Weilheim 1963, S. 99.
32. Brief Meyrinks an Adolf Loos von 1910, 1911? – ohne genaues Datum.
33. Reproduktionen dieses Gemäldes finden sich in:
– *Der neue Roman,* Almanach des Kurt Wolff Verlags, Leipzig 1917. Gegenüber S. 144.

– *Der Golem,* Sofia 1926.
– Das Kunstblatt, Nr. 2, 1918, S. 79.
– Hans Maria Wingler, *Oskar Kokoschka. Das Werk des Malers,* Salzburg 1956, Werkverzeichnis Teil I, Nr. 37.
– Lambert Binder, *Ein verschollenes Porträt Gustav Meyrinks,* in: Esotera (Freiburg i. Br.), 22. Jg., Teil 9, S. 811.

34. Idem 22, S. 127.
35. Idem 21, S. 203.
36. Max Brod, *Streitbares Leben,* München 1960, S. 291.
37. Es handelt sich um Briefe und Karten Meyrinks an Alfred Kubin vom 19. Januar 1907, 22. Januar 1907 und 8. Februar 1907.
38. Alfred Kubin, *Wie ich illustrierte,* in: Vom Schreibtisch eines Zeichners, Berlin 1939, S. 188ff.
39. Wilhelm Kelber, *Besuch bei der Witwe Gustav Meyrinks,* in: Christengemeinschaft, 28. Jg., 1956, Teil 3, S. 318.
40. Max Krell, *Das alles gab es einmal,* Frankfurt a. M. 1961, S. 45. Er berichtet, Nöggerath habe die Zahl der Figuren des Romans von 120 auf 30 reduziert!
41. F.A. Schmid-Noerr, *Die Geschichte vom Golem,* in: Münchner Merkur vom 16. Januar 1948.
42. in: Pan, 1. Jg., 1911, Nr. 22, S. 716.
43. Zitiert bei Paul Mayer, *Ernst Rowohlt in Selbstzeugnissen und Bilddokumenten,* Reinbek 1967, S. 41.
44. Idem 14, S. 17.
45. LW: *Gustav Meyrink gestorben,* in: Deutsche Zeitung Bohemia vom 6. Dezember 1932.
46. Beate Rosenfeld, *Die Golemsage und ihre Verarbeitung in der deutschen Literatur,* Dissertation Breslau 1934.
47. Aus Entwürfen für den Roman *Das Haus des Alchemisten*, in: I, S. 125.
48. Gustav Janouch, *Franz Kafka und seine Welt,* Wien-Stuttgart-Zürich 1965, S. 11–12.
49. K. Wagenbach, *Kafka – Die Biographie seiner Jugend,* Bern 1958, S. 68.
50. *Der Golem,* S. 133–134 (siehe Bibl.)
51. Siehe unter anderem:
    – Gershom Scholem, *Zur Kabbala und ihrer Symbolik,* Suhrkamp 1973, S. 209–259.
    – Gershon Winkler, *The Golem of Prague,* New York 1980.
52. Sybille Meyrink, Biographisches über Gustav Meyrink, undatiertes Typoskript (Meyrinkiana).

53. Interview mit F. Adema van Scheltema, in: Nieuwe Rotterdamse Courant (Datum unbekannt).
54. Aus: Mircea Eliade, *Fragments d'un Journal,* Gallimard 1973.
55. Lambert Binder, *Essai sur l'histoire du roman Le Golem,* in: IV, S. 73.
56. Äußerungen in *Gesprächen mit Janouch* (idem 13).
57. Die Bekanntmachung des Verbots von *Des deutschen Spießers Wunderhorn* in Österreich-Ungarn erfolgte in: Wiener Zeitung vom 3. Dezember 1916.
58. Bericht aus Das Literarische Echo vom 1. März 1918.
59. Albert Zimmermann, *Gustav Meyrink,* in: Bühne und Welt, 19. Jg., 1917, Teil 4, S. 161–167.
60. Albert Zimmermann, *Gustav Meyrink und seine Freunde,* in: Flugschriften der Fichtegesellschaft, Hamburg 1917, Nr. 6, S. 21.
61. Adolf Bartels, *Deutsche Dichtung der Gegenwart,* Teil 3, Leipzig 1921, S. 101.
62. V, S. 16–17.
63. Idem 18.
64. Starnberger Zeitung vom 18. Juni 1917.
65. Hans von Weber, *Die Meyrink-Hetze,* in: Der Zwiebelfisch, 9. Jg., 1918, Teil 1–2, S. 8.
66. Zitiert aus Jakob Overmans, *Der Fall Meyrink,* in: Stimmen der Zeit, Teil 94, 1916, S. 237.
67. Franz Graetzer, *Krieg um Meyrink,* in: Kölner Tageblatt vom 30. September 1917.

67a. Brief an »Müller« vom 16. 8. 1917.

68. Idem 52.
69. *Selbstbeschreibung des Autors Gustav Meyrink,* in: Der Zwiebelfisch, 19. Jg., 1926, Teil 1, S. 25–26.
70. *Aufruf zur Würde,* aus: Meyrink-Sammlung der Stadtbibliothek München.
71. III, S. 100–101.
72. Idem 30, S. 97.
73. *Das Grillenspiel,* in: II, S. 53.
74. *Meine merkwürdigste Vision,* in: I, S. 282.
75. *Dämonenfang in Tibet,* in: I, S. 366.
76. Jan van Rijckenborgh, *Light over Tibet,* Haarlem 1956.
77. *Walpurgisnacht,* aus: *Gesammelte Werke,* Teil III, S. 151 ff., München-Leipzig 1917.
78. Meyrinkiana.
79. *Das grüne Gesicht,* S. 109.

80. Aus Entwürfen für *Das grüne Gesicht* (Meyrinkiana).
81. Idem 52.
82. *Vor kommendem Brand,* in: I, S. 340.
83. I, S. 426.
84. Annie Francé-Harrar, *So war's um Neunzehnhundert. Mein Fin de Siècle,* München-Wien 1962, S. 114.

Kapitel 4

1. V, S. 33ff.
2. Hermann Sinsheimer, *Gelebt im Paradies, Erinnerungen und Begegnungen,* München 1953, S. 157–158.
3. Horst E. Miers, *Lexikon des Geheimwissens,* 1979, S. 267. Eigene Erfahrungen Meyrinks finden sich in Die Verwandlung des Blutes, in II, S. 228–232.
4. Nach Emil Bock, in: *Rudolf Steiner, Studien zu seinem Lebensgang und Lebenswerk,* Stuttgart 1961, S. 180–187. Siehe auch III, S. 180.
5. Brief von »Johannes« vom 12. September 1902, abgedruckt in II, S. 410.
6. II, S. 241–242.
7. Brief von »Johannes« vom 26. Dezember 1902, abgedruckt in II, S. 408–409.
8. *Die Tretmühle,* unveröffentlichtes Typoskript (Meyrinkiana).
9. Von Charubel empfing Meyrink Anweisungen für Rituale, zum Beispiel: 'It brings you dear brother face to face with terrible realities'. (Brief von Charubel, Manchester 13. Februar 1895).
   Zur Charakterisierung dieser Orden gibt Qasim an:
   - was ihren Ursprung betrifft, so berufen sie sich auf die Erleuchtung durch einen Meister, dessen Namen sie nicht bekanntgeben, der aber aus Tibet oder Indien stammen soll;
   - von den Mitgliedern wird strengstes Stillschweigen und absoluter Gehorsam gefordert;
   - Anweisungen für kultische Handlungen erstrecken sich über Jahre und richten sich nach festen hierarchischen Prinzipien.
10. Nach der Korrespondenz in Meyrinkiana, weiteres ist nicht bekannt.
11. Idem 3.
12. Aus dem Vorwort Meyrinks zu *R. H. Laarss, Eliphas Lévi. Der große Kabbalist und seine magischen Werke,* abgedruckt in II, S. 351.

13. Aus: *Meine Erweckung zur Seherschaft,* in: Merlin, Nr. 3, 1948. Französische Übersetzung in IV, S. 113–118.
14. *Hochstapler der Mystik,* in: I, S. 351.
15. Idem 14, S. 353.
16. Gemeint ist Gurdjieff, idem 14, S. 354–355.
17. Idem 14, S. 357–359.
18. Idem 14, S. 361.
19. Idem 14, S. 364–365.
20. Idem 14, S. 353.
21. Eines der Mitglieder war Karl Weinfurter. Zitiert wird aus seinem Buch: *Der brennende Busch. Der entschleierte Weg zur Mystik,* Lorch 1949, S. 50ff. und 206ff. »Nach der Gründung der Prager theosophischen Loge (...) kamen wir regelmäßig einmal in der Woche in der Wohnung des Schriftstellers Gustav Meyrink zusammen und arbeiteten auf alle mögliche Weise und mit höchster Anspannung daran, Fortschritte in der Geheimlehre zu erzielen, wobei es uns vor allem darum ging, so viel Nutzen wie möglich aus der damals verfügbaren Literatur zu ziehen, aber auch einen mystischen Führer zu finden.«
22. I, S. 232.
23. Idem 22, S. 243–244.
24. Bis 1921. Von Mead erhielt Meyrink auch den Auftrag, die Errichtung einer neuen Loge in Budapest zu überwachen. Über die Begegnung mit Mead und X. Y. siehe II, S. 225–227.
25. II, S. 212–213.
26. Wilhelm Kelber, *Besuch bei der Witwe von Gustav Meyrink,* in: Christengemeinschaft, 28. Jg., 1955, Teil 10, S. 317–318.
27. Nach Max Brod, *Streitbares Leben,* München 1960, S. 302.
28. Meyrinkiana.
29. In Meyrink-Sammlung der Stadtbibliothek München.
30. II, S. 148.
31. Zitiert nach E. Frank, in II, S. 402.
32. Carl Unger, *Schriften I,* Stuttgart 1964, S. 304.
33. Rudolf Steiner, *Gegenwärtiges und Vergangenes im Menschengeiste,* 5. Vortrag, Berlin 1916, gedruckt 1920, S. 128.
34. *Der Kardinal Napellus,* in: II, S. 105.
35. II, S. 371.
36. II, S. 385.
37. II, S. 394.
38. Idem 27.
39. II, S. 314.

40. IV, S. 132 (E. Frank) und II, S. 279ff.
41. I, S. 292.
42. II, S. 262–264.
43. I, S. 41.
44. Ursula von Mangoldt, *Auf der Schwelle zwischen Gestern und Morgen,* Weilheim 1963, S. 97.
45. Aus einem Interview mit F. Adema van Scheltema, in: Nieuwe Rotterdamse Courant (Datum unbekannt).
46. IV, S. 60, und im *Engel vom westlichen Fenster*, S. 329.
47. Eine andere konkrete Anweisung wird von Herbert Fischer erwähnt: »Sie üben immer dann auf die richtige Weise, wenn Sie, trotz aller Vorsichtsmaßregeln und Abschirmungen, beim Üben von außen her, durch Besuche, Telefonanrufe oder noch dringendere Unvermeidlichkeiten, gestört werden. Bleiben diese äußeren Störungen aus, so ist anzunehmen, daß Ihre Übungen keinen Tiefgang und keine Wirkungen haben.« Aus Herbert Fritsche, *Der ockergelbe Herr aus Prag,* in: Die andere Welt, 10. Jg., 1959, Teil 2, S. 11–15.
48. Kurt Tucholsky, *Gesammelte Werke,* Rowohlt Verlag 1960, Teil II, S. 240–241.
49. Hermann Hesse, Rezension zu *Das Grüne Gesicht,* in: März, 10. Jg., 1916, Teil 4, S. 239.
50. Brief von Rilke vom 15. Januar 1918 an Marie von Thurn und Taxis, zitiert in: R. M. Rilke und Marie von Thurn und Taxis, Briefwechsel, hrsg. von E. Zinn, Zürich 1951, Teil II, S. 533.
51. Julius Bab, *Gustav Meyrink,* in: Das literarische Echo vom 15. Oktober 1917, 20. Jg., Teil 2, S. 79.
52. Albert Soergel, *Dichtung und Dichter der Zeit,* Leipzig 1925, S. 68.
53. Gustav Kauder, *Meyrink gestorben,* in: Berliner Zeitung am Mittag vom 5. Dezember 1932.
54. Herbert Fritsche, *August Strindberg, Gustav Meyrink, Kurt Aram. Drei magische Dichter und Deuter,* Smichov 1953, S. 21.
55. Hermann Hesse, *Gustav Meyrink,* in der Vossischen Zeitung vom 17. 1. 1918 zum 50. Geburtstag von Gustav Meyrink.
56. Brief von Meyrink an Baron Freiherr von Tautphoeus vom 3. Dezember 1917.
57. *Der Engel vom westlichen Fenster,* S. 379.
58. *Walpurgisnacht,* aus: *Gesammelte Werke,* München-Leipzig 1917, Teil III, S. 177.

Kapitel 5

1. *Selbstbeschreibung des Autors Gustav Meyrink,* in: Der Zwiebelfisch, 19. Jg., 1926, Teil 1, S. 25–26.
2. III, S. 197.
3. I, S. 68.
4. Anne Richter, Vorwort zu *l'Allemagne fantastique. De Goethe à Meyrink,* Verviers 1973.
5. Herbert Fritsche, *An der Bahre des Meisters aus dem Haus zur letzten Latern,* Privatausgabe 1933.
6. Francis, *Nicht ich, sondern ›es‹ schreibt... Gustav Meyrink über die Gabe des ›inneren Gesichts‹,* in: Neues Wiener Journal vom 6. Dezember 1932, abgedruckt in: IV, S. 236–238.
7. Aus dem Vorwort Gustav Meyrinks zu Carl Vogt, *Sri Ramakrishna,* Wien 1921, S. 12.
8. Meyrinkiana.
9. I, S. 125.
10. Interview mit Thomson in Algemeen Handelsblad vom 13. Januar 1922.
11. Idem 6.
12. *Der weiße Dominikaner,* S. 5–9 (siehe Bibl.).
13. Aus: *Unsterblichkeit,* II, S. 295–296.
14. *Telephonverbindung mit dem Traumland,* I, S. 332.
15. In: *An der Grenze des Jenseits,* I, S. 427.
16. *Der Astrolog,* II, S. 185.
17. Siehe u. a.: *An der Grenze des Jenseits* und *Die Verwandlung des Blutes.*
18. Brief Meyrinks an Otto Friedl vom 28. Juni (1930?).
19. Idem 6.
20. Idem 10.
21. Francis, *Meyrink erzählt aus seinem Leben,* in: Hannoverscher Anzeiger vom 18. Oktober 1931.
22. Brief Meyrinks an »Müller«, vom 20. Juni 1917, abgedruckt in IV, S. 215–216.
23. *Tonleiter der Willenskraft* (Meyrinkiana). Privatdruck von R. Karle, Königswinter 1974.
24. I, S. 374.
25. Idem 10.
26. Idem 22.
27. Brief Meyrinks an »Müller«, abgedruckt in IV, S. 216–217.

27a. Brief Meyrinks an »Müller«.

28. Brief Meyrinks an »Herrn Müller« vom 22. Juli 1917. Wahrscheinlich handelt es sich um A. Müller-Edler (AME), das Vorbild für Baron Müller im *Engel*. Hermetiker aus Hamburg. (Abgedruckt in IV, S. 217–218).
29. Äußerung Meyrinks gegenüber Karl Gustav Bittner, zitiert aus: Dem Andenken Gustav Meyrinks (undatiert).
30. Zitiert nach W. van Buskirk, *The bases of satire in Gustav Meyrinks Work,* Michigan 1957, S. 87.
31. *Gesammelte Werke,* Teil IV, S. 57–58.
32. V, S. 172.
33. In: *Die Verwandlung des Blutes,* II, S. 203.
34. *Der weiße Dominikaner,* S. 220.
35. Idem 33, S. 234–235.
36. Idem 1.
37. Kasimir Edschmid, *Lebendiger Expressionismus,* Wien-München-Basel, 1961, S. 223–224.
38. Brief Mena Meyrinks an Eduard Frank vom 28. Januar 1957, abgedruckt in II, S. 435–438.
39. Aus: Hermann Beckh, *Mein Erlebnis mit Gustav Meyrink,* in: Christengemeinschaft, 9. Jg., 1932–1933, Nr. 12, S. 369–373.
40. II, S. 94.
41. *Der Uhrmacher* und *Die vier Mondbrüder* (siehe Bibl.).
42. August Pfizmaier schrieb u. a. *Die Tao-Lehre von den wahren Menschen und den Unsterblichen,* Wien 1870, *Die Lösung der Leichname und der Schwerter,* Wien 1870.
43. *Der weiße Dominikaner,* S. 56–73 (siehe Bibl.).
44. Gérard Heym, *Le Dominicain Blanc,* IV, S. 161–169.
45. Raymond Abellio, *La Nuit de Walpurgis,* IV, S. 155.
46. Hans Arnold Plöhn, *Zur achtzigsten Wiederkehr des Geburtstages Gustav Meyrinks am 19. Januar 1948,* in: Der Zwiebelfisch, 25. Jg., 1948–1949, Teil 8, S. 7–9.
47. Quelle ist ein Brief des Verlags Grethlein an Meyrink vom 16. September 1927.
48. Eduard Frank, in: Sudetenland, 19. Jg., 1977, Teil 4, S. 258–260.
49. Brief vom 21. Dezember 1966.
50. Lambert Binder, Brief vom 5. Dezember 1966.
51. Ausgabe in der Stiasny Bücherei (Nr. 156), Graz-Wien-Köln 1966. (Es geht hier um einen Teil des Romans).
52. Brief vom 20. November 1966.
53. Karl Kiesewetter, *John Dee. Ein Spiritist des 16. Jahrhunderts,* Leipzig 1893.

54. *Mein Neuer Roman,* in: Der Bücherwurm, 12.Jg., 1927, S. 236–238.
55. Peter French, *John Dee,* London 1972.
56. In: Bres, Nr. 35.
57. Frances A. Yates, *The occult philosophy in the Elizabethan Age,* Kapitel VIII: John Dee: Christian Cabalist, London-Boston-Henley, S. 79–95.
58. Yates bezieht sich hier auf die Hypothese, daß John Dee der angelsächsische Faust sei.
59. Notizen in Meyrinkiana.
60. Idem 54.
61. Gregor Schwartz-Bostunitsch, in: Der Seher (Datum unbekannt). Zum Beweis für die Wahrheit seiner Angaben führt dieser Astrologe den Umstand an, daß Meyrink nur von unbedeutenden Inkarnationen gesprochen habe. Er fügt hinzu, bei Steiner sei das ganz anders, er gebe nur bedeutende Inkarnationen an. Schwartz-Bostunitsch schrieb ein Werk gegen Steiner, er war überzeugter Antisemit und schloß sich den Nazis an. Er brachte es bis zum Obersturmbannführer.
62. Jan van Rijckenborgh, *Es gibt keinen leeren Raum,* Haarlem 1977, S. 59–60.
63. Idem 36.
64. Eine vollständige Übersicht über Meyrinks Aktivitäten als Übersetzer und Herausgeber gibt die Personalbibliographie von Aster.
65. Max Brod, *Streitbares Leben,* München 1960, S. 291–305.
66. Interview mit F. Adema van Scheltema in Nieuwe Rotterdamse Courant (Datum unbekannt).
67. Die Korrespondenz zwischen Bertram van Eyck und Meyrink ging über Pläne für eine Bühnenbearbeitung des *Golem.* Van Eyck schrieb im Auftrag des Nederlandsche Toneelunie (Meyrinkiana).
68. Idem 39.
69. Idem 6.
70. Idem 10.
71. Idem 21.
72. Oskar Geller, *Ein Tag bei Gustav Meyrink,* in: Allgemeine Zeitung München, Nr. 149, 1924.
73. Notizen in Meyrinkiana.
74. Max Krell, *Das alles gab es einmal,* Frankfurt a. M. 1961, S. 44–45.
75. Kemil Oraj, *Der Magier Gustav Meyrink. Die verzauberte Eiche,* in: II, S. 428–430.

76. Thomas Theodor Heine, *Erinnerungen an Gustav Meyrink,* in: Das Tagebuch, Teil 50, 10. Dezember 1932, S. 1967.
77. I, S. 346–347.
78. F.A. Schmid-Noerr, *Das Lächeln eines Todes.* Undatiertes Typoskript (Meyrinkiana).
79. Brief vom Juli 1932.
80. Brief vom 25. Juli 1932. Abgedruckt in I, S. 457–463.
81. Stefan Lubiënski, *Wegen naar geestelijk inzicht,* Deventer 1984, S. 18.
82. *Der Engel vom westlichen Fenster,* S. 319.
83. Ursula von Mangoldt, *Auf der Schwelle zwischen Gestern und Morgen,* Weilheim 1963, S. 100.
84. Aus der Grabrede von Hans Ludwig Held, abgedruckt in II, S. 435–437.
85. Zitiert nach von Mangoldt (idem 83).
86. F.A. Schmid-Noerr: *Erinnerungen an Gustav Meyrink,* in: Münchner Neueste Nachrichten vom 5. Mai 1933.
87. Brief Mena Meyrinks an Ernst Alt vom 21. Februar 1934, abgedruckt in I, S. 463–464.
88. Idem 39; siehe auch: Wilhelm Kelber, *Besuch bei der Witwe von Gustav Meyrink,* in: Christengemeinschaft, 28. Jg., 1955, Teil 10, S. 317–318.
89. Elisabeth Castonier, *Stürmisch bis Heiter, Memoiren einer Außenseiterin,* München 1964, S. 137. Eine ähnliche Erfahrung machte Th. Th. Heine (siehe Anm. 76).
90. Herbert Fritsches seltsames Erlebnis (Leserbrief), in: Die andere Welt, 1965, Teil 5.

Epilog

1. II, S. 94.
   Als ich den Epilog geschrieben hatte, las ich, daß dieser Spruch tatsächlich auf seinem Grabstein steht. Die selbe Erfahrung, die auch Herbert Fritsche machte! Siehe: Fritsche: Der ockergelbe Herr aus Prag, in: Die andere Welt, 10. Jg., 1959, Teil 2, S. 11–15.
2. Albert Talhoff, *Gustav Meyrink. Der Mensch,* undatiertes Typoskript (Meyrinkiana).
3. Aus: *Meister Leonhard.* II, S. 7.

Register